Hubert Wippermann

Des Goldes Schlaf

agenda

Hubert Wippermann

Des Goldes Schlaf

Bonn-Krimi

agenda Verlag
Münster
2020

Bibliografische Information der Deutschen Nationalbibliothek
Die Deutsche Nationalbibliothek verzeichnet diese Publikation in der Deutschen Nationalbibliografie; detaillierte bibliografische Daten sind im Internet über http://dnb.d-nb.de abrufbar

Drubbel 4, D-48143 Münster
Tel. +49-(0)251-799610, Fax +49-(0)251-799519
info@agenda.de, www.agenda.de

Umschlagabbildungen:
Wasser: paraphoniac / photocase.de
Die Goldscheibe von Moordorf: Landesmuseum Hannover, Artothek

Druck und Bindung: TOTEM, Inowroclaw, Polen

ISBN 978-3-89688-668-2

The castled crag of Drachenfels
Frowns o'er the wide and winding Rhine,
Whose breast of waters broadly swells
Between the banks which bear the vine
[…]
The river nobly foams and flows,
The charm of this enchanted ground,
And all its thousand turns disclose
Some fresher beauty varying round:

(Lord Byron: The castled crag of Drachenfels, 1818)

Weit droht ins offne Rheingefild
Der turmgekrönte Drachenstein;
Die breite Brust der Wasser schwillt
An Ufern hin, bekränzt vom Wein.
[…]
Der stolze Strom erbraust und fließt,
Der schönen Sagen Zaubergrund;
In tausend Windungen erschließt
Sich neue Schönheit, reich und bunt;

(Übersetzung: August Mommsen, 1885)

„Des Goldes Schlaf
hütet ihr schlecht!
Besser bewacht
des Schlummernden Bett,
sonst büßt ihr beide das Spiel!"

(Richard Wagner: Das Rheingold, 1. Szene)

Kapitel I

Er reckte den Kopf hoch und schnappte nach dem bisschen Luft, das ihm noch geblieben war. Durch die wilden Bewegungen, die er in seiner Todesangst vollführte, saugte er sie in hektischen Atemzügen auf. Es wird nicht mehr lange dauern, dachte er mit einer Mischung aus Panik und Erleichterung. Er dachte zurück an sein armseliges Leben. Man hatte ihn immer wie ein Stück Dreck behandelt, und selbst in seiner Todesstunde änderte sich daran nichts. Er konnte noch ein letztes Mal einen der anderen wahrnehmen, die übrigen hatten schon längst aufgegeben. Er erinnerte sich, wie sie zuhause unwillkommene Welpen und räudige Straßenköter im Wasser ersäuft hatten. Ihren Todeskampf hatte er als Kind häufig mit angesehen, ohne jede Regung, ohne jedes Mitgefühl für die unschuldigen Kreaturen. Und jetzt erging es ihm genauso, ihm und seinen Leidensgenossen.

Wie bedeutungs- und sinnlos ihr aller Leben war, niemand würde sie finden, niemand würde sie suchen, niemand würde sie vermissen.

Dann schwappte wieder Wasser in seinen Mund und er begann noch wilder mit seinen Armen um sich zu schlagen. Es nützte nichts, das eisig kalte Wasser drang mit dem nächsten Atemreflex in seine Luftröhre und füllte schließlich seine Lungen. Noch ein letztes Mal blitzten Bilder seines jämmerlichen Lebens vor ihm auf, es war kein tröstliches darunter. Niemand würde ihn vermissen. Und endlich wurde er erlöst. Seine Gedanken und das damit verbundene Leid erloschen nach und nach, bis er endlich das Bewusstsein verlor. Seine Extremitäten, die gerade noch wild gezuckt hatten, erschlafften mit einem Mal und sein lebloser Körper, dessen Lungen vollgepumpt waren mit Wasser, wurde herumgewirbelt und sank dann wie ein Blatt, das sanft im Herbstwind hin- und hergewiegt wird, tief bis auf den Grund. Dort setzte er von der Auftriebskraft des Wassers abgemildert mit dem Rücken auf. Doch davon spürte er schon nichts mehr.

Kapitel II

Elegant schritten sie die langgezogene marmorweiße Treppe des Diamanten, so wurde das prächtige Bonner Festspielhaus wegen seiner edelsteinartigen Form genannt, zum Rheinufer hinunter. Paula, die in ihrem schwarzen, festlichen Abendkleid atemberaubend aussah, hatte sich bei Karl eingehakt, der zur Feier des Tages seinen neuen Smoking eingeweiht hatte. Sie hatten einem phantastischen Konzert Simon Rattles mit dem London Symphony Orchestra beigewohnt. Die orchestrale Darbietung der Wagner-Ouvertüren hatte das Publikum zu wahren Begeisterungsstürmen und nicht enden wollendem Applaus animiert. Jetzt standen sie unten auf dem Plateau und schauten auf den Rhein, der durch die wellenartige Strömung im Mondlicht selbst wie ein Diamant funkelte. Dann stellte sich Paula vor ihn und nahm seine Hände. Karl sah fragend in ihre wunderschönen dunklen Augen. „Ich muss dir etwas sagen, Karl." Er hatte nie zu hoffen gewagt, was jetzt passieren würde. „Ich habe mich unsterblich in dich verliebt." Karl durchflutete ein wohliger Schauer. Er konnte es nicht fassen und ehe er sich's versah, umfasste sie mit ihren Händen seinen Kopf und zog ihn sanft zu sich heran, bis sich ihre Lippen berührten. Karl spürte den warmen Atem auf seiner Haut und erwiderte ihre Liebkosung mit einer stürmischen Umarmung. In diesem Moment hätte er sterben können. Stattdessen riss ihn ein schriller Ton jäh aus seinen Träumen. Er brauchte einige Zeit, bis er registrierte, dass er von seinem Wecker auf kaltblütige Weise in die Wirklichkeit zurückgeholt worden war. Er schlug entnervt mit der Hand auf den Snooze-Knopf und versuchte zu sich zu kommen. Wie konnte dieser magische Moment, den er sich so lange erträumt hatte, einfach so zerplatzen? Es war eine bittere Erkenntnis, dass die Realität im schroffen Gegensatz zu seinen Traumgespinsten stand. Nicht nur, dass er nicht mit seiner Kollegin Paula, mit der ihn eine langjährige platonische Freundschaft verband, zusammen war und nie zusammen sein würde. Auch das großartige Festspielhaus hatte nur in architektonischen Modellen existiert und war nie verwirklicht worden. Er war mehr als frustriert. Aber immerhin hatten dafür seine Albträume, die ihn seit dem Mord an seinem Kollegen Professor Rosenberg regelmäßig heimgesucht hatten, in den letzten Wochen nachgelassen. Die Frage war nur, was deprimierender war: ein Albtraum, der nur noch Teil der erinnerten Vergangenheit war, oder ein Wunschtraum, der auch in Zukunft niemals in Erfüllung gehen würde. Immerhin, versuchte er seine morgendliche Stimmung aufzuhellen, war seit den schlimmen Ereignissen im Fall Rosenberg doch wenigstens wieder Ruhe in sein Leben eingekehrt. Alles ging seinen gewohnten Gang. Das dachte er zumindest.

Kapitel III

Sie hatten sich wieder einmal im „Café les Fleurs“ am Blumenmarkt verabredet, der mit seinen bunten Verkaufsständen einen schönen Anblick bot. Deshalb wählte Karl auch einen Tisch auf der Außenterrasse. Hier hatte man außerdem weitestgehend seine Ruhe vor dem hektischen Treiben der Einkaufsstraße, die in Sichtweite, aber doch ein gutes Stück entfernt war. Paula war, wie so oft, zu spät. Sie war Italienerin, genau genommen Halbitalienerin, was einiges erklärte. Karl freute sich darauf, sie wiederzusehen. Sie waren eng befreundet und er wäre auch nicht unglücklich gewesen, wenn es nicht nur bei dieser platonischen Freundschaft geblieben wäre. Aber sie war nun einmal in festen Händen. Da sah er sie von weitem über den Blumenmarkt eilen. Immerhin bemühte sie sich um Pünktlichkeit. Nur müsste sie in diesem Moment das Raum-Zeit-Kontinuum auf den Kopf stellen, um rechtzeitig da zu sein. Zuzutrauen war es ihr. Für einen Moment musste er an den Traum der letzten Nacht denken. Zum Glück konnte Paula sein schamrotes Gesicht aus der Ferne nicht erkennen. Sie trug einen kurzen, beigen Rock und ein weißes Oberteil mit Spaghettiträgern. Trotz ihrer Sonnenbrille konnte Karl ihren ernsten Blick erkennen. Vielleicht hat sie beruflichen Stress, dachte er sich und versuchte, sie mit einem besonders sonnigen Lächeln zu begrüßen. „Hallo, schön, dass wir uns endlich wieder mal sehen.“ Er versuchte einen vorwurfsvollen Unterton aufgrund der nicht ganz geringen Verspätung zu vermeiden, stand auf und umarmte sie.

„Setz dich doch!“, bat er sie. „Ich hoffe, dir ist es nicht zu heiß in der Sonne?“

„Soll das ein Witz sein? Ich stamme aus Neapel, bei uns wäre das allenfalls ein milder Herbsttag. Meiner Meinung nach bekommt das Leben erst ab 25 Grad einen Sinn.“

Karl musste lachen, aber Paula sah nach wie vor ernster aus als sonst. Als die Kellnerin kam, glaubte er in ihr eine Studentin aus dem kunsthistorischen Seminar wiederzuerkennen. Anders als in den großen Fakultäten war es bei ihnen etwas überschaubarer und nicht ganz so anonym. Er wusste es zu schätzen, dass die Bonner Universität ihm vor einigen Jahren unter den vielen Bewerbern den Zuschlag für die ordentliche Professur gegeben hatte. Das kam in seinem Fachbereich einem Sechser im Lotto gleich.

Er lächelte sie an und bestellte zwei Cappuccino und eine Flasche Mineralwasser.

„Du siehst irgendwie betrübt aus. Ist etwas passiert?"

Paula legte ihre Sonnenbrille auf den Tisch und klappte die Bügel sorgsam ineinander, als wolle sie noch etwas Zeit gewinnen.

„Naja, wenn man so will, schon. Ich habe Stephan eben zum Flughafen gebracht."

Stephan, dachte Karl verächtlich, als würde er das Wort im Geiste ausspucken. Dieser Mann stand auf seiner Liste unliebsamer Personen ganz weit oben, obschon er ihm noch nie begegnet war. Es reichte aus, dass er existierte und dass er, wie das Schicksal es wollte, Paulas Ehemann war. Karl ließ sich von seinen Animositäten allerdings nichts anmerken.

„Aber du bringst ihn doch öfters dorthin, immer, wenn er auf eine seiner Geschäftsreisen geht."

„Die Sache ist nur die, dass Stephan heute nicht nur für zwei Wochen verreist. Sein Architekturbüro hat einen Großauftrag für einen gigantischen Bau bekommen. Deshalb muss er während des gesamten Projekts vor Ort sein."

Weil ihr die Tränen kamen, schaute sie verschämt nach unten und setzte schnell ihre Sonnenbrille wieder auf. „Er wird für ein ganzes Jahr in Dubai sein und vielleicht nur ein- oder zweimal nach Hause kommen." Sie nahm ein Taschentuch, wischte sich die Tränen aus den Augen und atmete dann tief durch. „Tut mir leid, dass ich so schlecht drauf bin. Ich hatte eigentlich nicht die Absicht, dir etwas vorzuheulen." Sie bemühte sich um ein Lächeln, als wolle sie sich für ihren Gefühlsausbruch entschuldigen.

„Gott, das macht doch nichts." Karl fühlte sich geschmeichelt, dass Paula ihm derart Persönliches anvertraute und ihr Herz bei ihm ausschüttete. Doch er erschrak auch innerlich: „Du willst ihm aber nicht irgendwann in nächster Zeit nachfliegen, oder?"

„Das ist ja der Punkt, deswegen haben wir uns gestern auch gestritten. Er hatte sich, ohne Absprache mit mir, bereits dazu entschieden, dass er diese ‚einmalige Chance' nicht verstreichen lassen könne." Das „einmalige Chance" äußerte sie in einem verächtlichen Unterton und es wurde gestisch von zwei Gänsefüßchen begleitet, die sie mit ihren Fingern in der Luft andeutete. Karl konnte daraus entnehmen, dass Paula dem ganz und gar nicht zustimmte. Sie fuhr fort: „Er wird immerhin der stellvertretende Projektleiter sein, viel mehr kann man als Architekt nicht erreichen. Ich habe ja auch ein gewisses Verständnis dafür. Aber als er fragte, ob ich nicht mitkommen wolle, da uns dort die besten Bedingungen geboten würden, war mir trotzdem sofort klar, dass das für mich nicht infrage kommt. Ich bin Deutsche mit italienischen Wurzeln. Was soll ich in einem Land, in dem ich mich als Frau nicht frei bewegen und ausleben darf? Ich brauche die Freiheiten, die ich hier genieße und was sollte ich denn da beruflich machen? Ich glaube nicht, dass die klassische Musik des 19. Jahrhunderts in den Vereinigten Emiraten irgendjemanden interessiert. Du weißt, wie wichtig mir meine wissenschaftliche Arbeit ist, zumal ich kurz vor dem Abschluss meiner Habilitation stehe. Das kann ich doch nicht einfach alles aufgeben! Wenn ich dort leben würde, wäre das für mich wie ein goldener Käfig, zwar ein *goldener*, aber eben doch ein *Käfig*. Entschuldige, dass es so aus mir heraussprudelt."

„Wozu sind denn Freunde da?" Er lächelte sie aufmunternd an. „Und? Habt ihr euch jetzt irgendwie einigen können?"

„Nein, wir sind zu keiner Lösung gekommen, die uns beide befriedigen würde. Er will seine berufliche Karriere vorantreiben und für mich kommt eine Fernbeziehung auf gar keinen Fall infrage. Da gibt es keinen Kompromiss. Er sagte mir eben noch, dass er es schön fände, wenn ich alle paar Wochen rüber fliegen würde, aber darauf habe ich schon nicht mehr reagiert. Eine Umarmung, ein flüchtiger Kuss und das war's. Ende der Geschichte."

Ihr kamen wieder die Tränen. Karl wusste nicht so recht, wie er sie trösten sollte. Insgeheim hatte er sich schon des Öfteren gewünscht, dass Paulas Mann nicht existent oder wenigstens an einem weit entfernten Ort wäre. Dubai war ja immerhin schon mal ein Anfang. Er schämte sich aber auch für seine niederträchtigen Gedanken. Jetzt sollte er erst einmal Mitleid mit seiner völlig aufgelösten Freundin zeigen. Während er noch überlegte, wie er sie trösten könnte, hatte sich Paula bereits gefasst und fragte unvermittelt: „Ich halte übermorgen einen Vortrag über Richard Wagner. Hättest du vielleicht Lust mich zu begleiten?"

Er überlegte kurz. Ihm fiel ein, dass er an diesem Tag mit seinem Kollegen und Freund Piet verabredet war, aber er konnte Paula in dieser Situation keinesfalls eine Bitte abschlagen. Er musste ihr jetzt beistehen. Ganz uneigennützig, verstand sich. Den Termin konnte er absagen, vielleicht aber besser ohne den wahren Grund zu nennen. Die Neugier seines Freundes wollte er nicht unnötig mit Spekulationen bezüglich möglicher Frauengeschichten nähren. Außerdem wusste Karl, dass Piet *niemals* einen Männertermin absagen würde, um sich mit einer *Frau* zu treffen, einem Wesen, dessen Denken und Handeln ihm völlig irrational und fremd erschienen.

„Aber ja, sehr gerne. Ich habe dich ja noch nie bei der Arbeit erlebt, ich bin sehr gespannt. Wo findet das Ganze denn statt und warum geht es gerade um Wagner?"

„Der ‚Freundeskreis Richard Wagner' hat mich auf das Schloss Drachenburg eingeladen. Es geht, genau genommen, um den *Ring des Nibelungen*, seine Geschichte, die Entstehung und seine Bedeutung für die Musikgeschichte."

„Klingt interessant und die Drachenburg ist auf jeden Fall kein übler Arbeitsplatz. Sie kommt übrigens auch in meiner Rede zur Rheinromantik vor, die ich in einigen Tagen in der Bundeskunsthalle halten werde. Du bist natürlich ebenfalls herzlich eingeladen. Aber eins verstehe ich nicht so recht. Ich dachte immer, die drei großen B's wären eher dein Spezialgebiet."

„Du meinst Beethoven, Brahms und Bruckner. Ja, das stimmt. Aber ich habe mich wegen meiner Habilitationsarbeit auch ausgiebig mit Wagner beschäftigt. Ist dir vielleicht der Tristan-Akkord ein Begriff?"

„Nein, davon habe ich noch nichts gehört."

„Solltest du aber. Er besteht zwar nur aus fünf winzigen Noten, ist aber ein ganz bedeutender Schritt in Richtung Moderne.

„Und was ist so besonders an diesem *Tristan*-Akkord?"

„Er ist der erste Akkord in einem musikalischen Werk, der nicht den Gesetzen der Harmonik und einer festgelegten Tonart folgt." Karl merkte, dass sie mit einem Mal in ihrem Element war und es tat ihr sichtlich gut, auf andere Gedanken zu kommen. „Um es einfach auszudrücken: Er klingt etwas schräg und taucht in Wagners Oper immer wieder als Leitmotiv auf. Mal wird er harmonisch aufgelöst, mal nicht. Wagner hat sozusagen die Gesetze der Harmonik aufgebrochen, es ist eine Art Emanzipation der Tonarten. Diesen Ansatz haben andere Komponisten später aufgegriffen und nach Ausflügen in die Atonalität ist dann 50 Jahre später ein gewisser Herr Schönberg auf die Idee gekommen, auch die Noten in gewisser Weise zu emanzipieren, dass sie gleichwertig und unabhängig nebeneinanderstehen sollen."

„Du meinst die unsägliche Zwölftonmusik?"

„Genau, die Musik, die das Publikum so sehr liebt."

Karl war über Paulas ironisches Lächeln erleichtert.

„Und jetzt habe ich dich *wieder* vollgequatscht.“ Zum ersten Mal huschte ein breites Lächeln über ihr Gesicht.

Karl machte eine abwehrende Handbewegung. „Nein, das ist sehr interessant. Ich finde, Wagner ist einfach ein außergewöhnlicher Komponist, auch wenn er als Mensch wegen seiner antisemitischen Äußerungen ja durchaus umstritten ist. War nicht Barenboim der einzige israelische Dirigent, der es je wagte, Wagner in Israel aufzuführen?“ Paula gab ihm mit einem Nicken recht.

„Aber Wagners Musik ist einfach großartig. Ich mag besonders die Vor- und Zwischenspiele in seinen Opern. Er schafft es, Klänge zu erzeugen, die einen in eine ganz bestimmte, traurige, nachdenkliche oder euphorische Stimmung versetzen können. An ihm kommt auf jeden Fall kein Musikwissenschaftler vorbei.“

Karl war froh, dass Paulas Augen wieder leuchteten. „Wir sollten unbedingt einmal zusammen in die Oper. In der nächsten Saison steht ‚Siegfried‘ auf dem Programm.“

„Ich bin dabei“, erwiderte Paula begeistert.

„Aber übermorgen hole ich dich dann erstmal zu deinem Vortrag ab.“

„Ja, das wäre nett.“

„Um wie viel Uhr musst du vor Ort sein?“

„Die Veranstaltung beginnt um 19.30 Uhr und ich soll meinen Vortrag eine gute Stunde später halten. Das ist auch ein Grund, warum ich dich gerne dabeihaben möchte. Man kann das Schloss ja leider nicht mit dem Auto erreichen. Die Zahnradbahn hat aber nach dem Vortrag nicht mehr geöffnet und ich möchte ungerne allein den Weg in der Dunkelheit zurückgehen. Ich bin von meinem unangenehmen Erlebnis beim Joggen, als mich diese zwei unheimlichen Typen verfolgt haben, noch ziemlich traumatisiert.“

„Das geht schon in Ordnung, ich kenne einen Parkplatz, der relativ weit ans Schloss heranführt. Von da sind es nur noch gute 15 Gehminuten bis zum Schloss.“

„Du bist ein Engel.“

„Es ist eine Ehre für mich dabei sein zu dürfen“, verkündete Karl im schneidigen Ton eines preußischen Offiziers. Sie lachten.

„Ich muss jetzt los, ich bin noch mit einer Freundin verabredet. Vielleicht bringt mich ja eine Shoppingtour auf andere Gedanken.“

„Geh ruhig, ich lade dich ein.“

„Danke, übermorgen so gegen halb sieben?“

„Punkt halb sieben. Ciao!“

„Ciao.“ Und weg war sie. Er hatte Verständnis für Paulas schwierige Situation und sie tat ihm leid. Trotzdem war er, egal wohin sich ihre Beziehung mit Stephan entwickeln würde, entschlossen in die Bresche zu springen. Ihr Mann am anderen Ende der Welt war für ihn auf jeden Fall schon einmal eine gute Ausgangsposition.

Kapitel IV

Karl hatte Paula abgeholt. Sie trug ihre ‚Berufskleidung', ein dunkelblaues Kostüm, bestehend aus einem knielangen Rock und einem Blazer, dazu blaue Schuhe mit halbhohen Absätzen.

Karl fand, dass sie mit ihrem seriösen Äußeren auch als eine Bankerin oder Unternehmensberaterin hätte durchgehen können. Er überlegte, was aus Paula geworden wäre, wenn sie eine andere berufliche Laufbahn eingeschlagen hätte. Wären sie sich jemals begegnet? Von wie vielen persönlichen Entscheidungen und äußeren Umständen es doch abhing, dass sich zwei Menschen über den Weg liefen.

„Hallo, Herr Jung. Ich will mich nicht in deine Fahrkünste einmischen, aber hier darfst du 80 fahren." Karl schreckte auf und sah auf den Tacho, dessen Anzeige ihm verriet, dass er knapp über 50 fuhr. „In Süditalien hättest du schon ein gigantisches, sinfonisches Hupkonzert ausgelöst." Es war für ihn höchst fraglich, ob man sich die Italiener beim Autofahren wirklich zum Vorbild nehmen sollte, die das Tempolimit eher als eine unverbindliche Empfehlung des Staates interpretierten, die man aber getrost ignorieren konnte. Aber er behielt seinen Gedanken lieber für sich und antwortete mit einer rasanten Beschleunigung.

Der Weg ins Siebengebirge war von Bonn aus nicht sehr weit, und so hatten sie mit dem Auto keine 20 Minuten benötigt. Vom Parkplatz am Lemmerzbad erreichten sie in einer Viertelstunde den ersten Halt der Zahnradbahn, die bereits im 19. Jahrhundert im Zuge des Rheinromantiktourismus entstanden war. Hier befand sich das beeindruckende Schloss Drachenburg, das lange Zeit nicht öffentlich zugänglich gewesen war, bis es vor wenigen Jahren renoviert und für das Publikum freigegeben worden war. Es lag auf einem leicht ansteigenden Hügel und vermittelte mit seinen Rundtürmen,

Erkern und spitz zulaufenden Fenstern tatsächlich den Eindruck eines mittelalterlichen Märchenschlosses. Die Illusion, die der neugotische Bau erzeugte, war perfekt. Karl war schon einige Male hier gewesen. Er liebte diesen Ort. Das Schloss war umgeben von einer parkähnlichen Anlage und einer Terrasse, die sich rings um das Gemäuer zog. Auf der Rückseite bot sich dem Besucher ein wunderschöner Blick auf den Rhein. Man konnte bei gutem Wetter den Kölner Dom am Horizont erkennen und zudem zwischendurch Kaffee trinken, speisen, eine der vielen Themenführungen buchen oder sogar heiraten. Die Betreiber waren geschäftstüchtig, was für die Finanzierung der Instandsetzung auch dringend erforderlich war.

„Wusstest du eigentlich, dass der Erbauer dieses Märchenschlosses, Stephan von Sarter, nicht einen Tag dort verbracht hat, obwohl es ihn immerhin bei heutigem Kurs gut 17 Millionen Euro gekostet hat?“ Karl sah Paula erwartungsvoll an. Wusste er doch nicht so recht, ob ihr vor ihrem Vortrag noch der Sinn nach einem derartigen Exkurs stand. Sie machte aber einen ganz entspannten Eindruck, oder war das nur aufgesetzt?

„Nein, das wusste ich nicht, aber du wirst mir den Grund wahrscheinlich sofort verraten.“

„So ist es. Es ist eine traurige Geschichte. Von Sarter lebte eigentlich in Paris und war dort an der Börse zu einem Vermögen gekommen. Dann kam er auf die Idee seiner Frau und sich dieses schöne Schloss bauen zu lassen. Kurz vor der Fertigstellung starb sie jedoch und sie haben es niemals bezogen.“

„Das ist wirklich tragisch, aber immerhin hat er uns dieses wunderschöne Bauwerk hinterlassen.“

„Ja, sozusagen das Neuschwanstein Bonns.“

Am Schloss angelangt, fragten sie an der Rezeption des Hotels, wo die Veranstaltung stattfinden würde und wo sie sich bis zum Beginn des Vortrags aufhalten konnten. Die Rezeptionistin zeigte auf eine Tür direkt gegenüber, die allerdings verschlossen war.

„Das ist der Veranstaltungsraum, die Herren tagen aber noch. Wenn Sie einen ruhigen Ort zur Vorbereitung benötigen, dann können sie in den Raum dort rechts um die Ecke. Sie können sich aber auch im Caférestaurant oder draußen auf der Terrasse aufhalten."

„Was hältst du davon, wenn du dich erstmal in Ruhe vorbereitest und ich derweil einen kleinen Spaziergang mache?", schlug Karl vor.

„Gute Idee, ich würde gerne noch schnell mein Konzept durchgehen. Ich will ja schließlich nichts verpatzen, wenn du mir das erste Mal bei der Arbeit zuschaust." Sie lächelte.

Karl ging durch das prunkvolle Atrium und trat durch ein großes Portal an der Rückseite des Schlosses nach draußen. Eine herrschaftliche Treppe, die von zwei überlebensgroßen, goldenen Hirschen eingerahmt war, führte auf eine weitläufige Terrasse. Rechter Hand, Richtung Rheintal zog sich eine lange Balustrade aus weißem Stein entlang, vor der sich einige Marmorbänke befanden. Karl überkam die Lust, die Aussicht auf den Rhein zu genießen. Es war ja schließlich auch ein phantastischer Blick auf den Fluss, der sich bis hin zur Stadt durch die grüne Landschaft schlängelte. Zum Glück, dachte er, sind nicht alle natürlichen Flusswindungen der Begradigung, die im 19. Jahrhundert vorgenommen worden war, zum Opfer gefallen. Karl graute es bei dem Gedanken, mit welcher Hybris sich der Mensch im Namen des Fortschritts an der Natur vergangen hatte. Trotz der massiven Eingriffe war aber die Rheinromantik zum Glück nicht gänzlich verloren gegangen. Die Schiffe, die den Rhein befuhren, wirkten aus der Entfernung geradezu wie Spielzeug- oder Modellboote. Karl nahm auf einer der Bänke Platz und ließ die parkähnliche Anlage auf sich wirken. Zwischendurch lehnte er sich zurück, schloss die Augen und genoss die wohltuenden Strahlen der Sonne auf seiner Haut. Er musste an den bemitleidenswerten Erbauer des Anwesens denken, der sich hier in dieser märchenhaften Kulisse vermutlich ein schönes Leben mit seiner Frau erträumt hatte, bis der Tod ihre Pläne durchkreuzte. Als er die Augen öffnete, sah er eine Gruppe junger Menschen die Treppe herunterkommen, die eine altertümlich anmutende Verkleidung trugen. Menschen in Kostümen waren im Rheinland, der Hochburg des Karnevals, nicht selten zu sehen. Mitten im August war dies aber selbst hier ungewöhnlich. Die Vierergruppe kam auf ihn zu und die Männer und Frauen suchten sich jeweils einen Platz auf den Bänken. Jetzt konnte er die Kleidung besser sehen und er glaubte, in ihnen bekannte Figuren aus der Nibelungensage wiederzuerkennen. Auf der einen Bank saßen zwei Frauen, die eine gewisse Ähnlichkeit mit Kriemhild und Brunhilde aufzuweisen schienen, auf einer anderen, direkt daneben, saßen zwei junge Männer. Der eine konnte eindeutig als Siegfried durchgehen. Er hatte blonde Locken, einen Schurz und trug einen Gürtel mit einer Scheide, in der wohl normalerweise das berühmte Schwert Balmung steckte oder zumindest eine billige Kopie davon. Etwas anachronistisch wirkte sein modernes T-Shirt, auf dem eine Abbildung zu sehen war, die den Helden darstellte, wie er gerade den blutrünstigen Drachen erschlug. Eigentlich wurde Siegfried auf Gemälden doch häufig mit freiem Oberkörper gezeigt und nur selten im T-Shirt. Das war aber vielleicht dem Umstand geschuldet, sich in einem Schloss, das zugleich auch Hotel war, nicht mit nacktem Oberkörper zu präsentieren. Neben diesem blonden Recken saß ein weiterer Held, bei dem es sich vermutlich um Hagen von Tronje handeln sollte. Alle studierten konzentriert die Blätter in ihren Händen. Karl war neugierig und sprach den Mann mit den blonden Haaren an:

„Entschuldigung, aber dürfte ich Sie fragen, was der Grund für Ihren Aufzug ist? Sind Sie Schauspieler oder so etwas?“

Siegfried war gedanklich noch bei seinem Text, lächelte aber trotzdem freundlich und antwortete: „Wenn Sie so wollen, können Sie uns als Schauspieler bezeichnen. Wir sind auf der einen Seite weniger, da wir keine Profis sind und auf der anderen Seite mehr, da wir unsere Rollen nicht nur spielen, sondern auch leben. Wir verbringen hier, wie jedes Jahr um diese Zeit, ein Wochenende, um intensiv für unsere Aufführungen im kommenden Jahr zu proben."

„Heißt das, sie führen die Nibelungensage auf der Bühne auf?"

„Ja genau. Natürlich nicht die gesamte, aber zumindest die Höhepunkte: den Streit zwischen Kriemhild und Brunhilde vor dem Wormser Dom, die Tötung des Drachens und andere berühmte Szenen."

„Und was meinten Sie damit, als Sie sagten, dass Sie ihre Rollen wirklich leben?"

„Wir sind eigentlich alle Studenten an der Uni Köln, wir studieren am Germanistischen Seminar. Als wir in einer Vorlesung das Nibelungenlied behandelten, waren wir alle sofort begeistert und haben unsere kleine Schauspielgruppe gegründet. Wir treffen uns regelmäßig in unseren Kostümen. Die Höhepunkte des Jahres sind allerdings die Veranstaltungen, bei denen wir auftreten."

Da Karl den Studenten fragend ansah, fuhr dieser fort:

„Es beginnt im Mai mit dem *Siegfriedspektakel* in Xanten, wo der Held der Sage nach ja geboren wurde. Dann geht es im Juli nach Worms, wo sich wichtige Szenen der Sage abspielen und heute jedes Jahr die Nibelungenfestspiele stattfinden. Der dritte wichtige Termin ist dann der August hier auf dem Drachenfels, wo Siegfried", er zeigte dabei auf sein T-Shirt, „angeblich den Drachen getötet hat. Das ist für uns immer eine große Inspiration, an solch sagenumwobenen Orten proben zu dürfen."

Karl war beeindruckt davon, dass sich junge Menschen immer noch für die alten Sagen begeistern konnten. Aber irgendwie schien es auch eine Sehnsucht zu befriedigen, in eine andere, vergangene Welt einzutauchen. Die Gruppe erinnerte ihn an die Mittelalter-Feste, bei denen authentisch gekleidete Fans für ein Wochenende in Zelten und am Lagerfeuer lebten und zwischendurch ritterliche Schaukämpfe aufführten. Das klang alles irgendwie etwas verrückt, aber auch beneidenswert.

„Danke, das war sehr interessant", das mit dem verrückt erwähnte er besser nicht. „Sie müssen sicherlich Ihre Rolle weiter studieren, da lasse ich Sie jetzt mal lieber in Ruhe. Ich wünsche Ihnen aber viel Erfolg bei Ihren Aufführungen."

„Danke. Ach, und wenn Sie uns zusehen wollen, dann kommen Sie doch mal nach Xanten oder Worms, die Veranstaltungen sind auf jeden Fall eine Reise wert." Damit wandte er sich wieder seinem Manuskript zu.

Karl schaute auf die Uhr und entschied sich wieder ins Schloss zu gehen, um nach Paula sehen. Gleich müsste sie an der Reihe sein. Sie schien tatsächlich mit ihren Vorbereitungen gerade fertig geworden zu sein.

Sie legte ihr Manuskript zur Seite und empfing Karl mit einem Lächeln. „Was macht diese Stiftung, bei der du den Vortrag hältst, eigentlich genau?", wollte Karl wissen.

„Der Veranstalter, mit dem ich telefoniert hatte, ein gewisser Herr Dr. Braunheim, sprach davon, dass sie junge Musiker und Komponisten fördern würden. Jeweils am 25. August, also auch heute, jährt sich die Fertigstellung des ‚Rings'. Wagner hatte an diesem Tag seinem Gönner, Ludwig II. von Bayern, zum 27. Geburtstag gratuliert und ihm mitgeteilt, dass sein großes Werk nun endlich vollendet sei. Deshalb findet die Veranstaltung heute statt. Ich habe Herrn Braunheim aber noch nicht persönlich kennengelernt, lassen wir uns überraschen."

Als es auf halb neun zuging, informierte Paula die Empfangsdame, dass sie sich im Nebenraum aufhalten würden, wenn man sie suche. Sie mussten nicht lange warten, als schon bald ein älterer Herr hereinkam. Er trug einen edlen grauen Anzug mit Krawatte und klassische Oxfordschuhe. Die wachen und intelligenten Augen, die von einer goldumrandeten Brille eingerahmt waren, musterten zunächst Karl und dann Paula, der er seine Hand, begleitet von einem Lächeln, entgegenstreckte.

Kapitel V

„Guten Abend, Frau Lanzini. Es freut mich sehr, Sie persönlich kennenzulernen. Mein Name ist Dr. Braunheim, ich bin der Vorsitzende der Stiftung. Wir haben ja schon miteinander telefoniert. Wir wären dann soweit, wenn Sie mir bitte in den Veranstaltungssaal folgen würden."

„Guten Abend, ich bin bereit. Das ist übrigens mein Kollege, Professor Jung. Ich hoffe, Sie haben nichts dagegen, wenn er sich unter die Zuhörer mischt."

„Nein, natürlich nicht. Folgen Sie mir doch bitte!"

Sie betraten einen großen Saal, in dem sich etwa 20 Zuhörer eingefunden hatten. Der Großteil des durchweg männlichen Publikums hatte bereits auf den Stühlen Platz genommen und viele sahen Paula und Karl erwartungsvoll an. Während Paula ihr Manuskript auspackte und Karl sich auf einen der hinteren Plätze begab, kündigte der Vorsitzende sie als Rednerin an: „Frau Dr. Lanzini vom musikwissenschaftlichen Seminar der Universität Bonn wird uns jetzt einiges über die Umstände der Entstehung unseres so geschätzten ‚Rings' verraten. Sie ist eine ausgewiesene Fachfrau im Hinblick auf die Komponisten des 19. Jahrhunderts. Frau Lanzini, Sie haben das Wort." Nach seiner kurzen Ansprache setzte er sich in die erste Reihe und nickte Paula aufmunternd zu. Karl warf noch einmal einen Blick auf Braunheim. Er machte auf ihn einen kultivierten und recht sympathischen Eindruck.

Paula stellte sich ans Rednerpult und ließ erst ein leises Räuspern vernehmen, bevor sie mit dem Vortrag begann.

„Über unglaubliche 30 Jahre seines Lebens hat sich Wagner mit der Sage um den Nibelungenschatz und deren Vertonung beschäftigt. Sie sehen, ein Meisterwerk braucht seine Zeit und es wird klar, welche immense Bedeutung dieses Projekt für den Komponisten hatte.

Seit jeher hatte sich Wagner für die nordischen Sagenstoffe begeistert. Ihn inspirierte vor allem die nordgermanische Liedsammlung, die ‚*Edda*', die die bekannten Geschichten um Siegfried und den Nibelungenhort enthält. Aber auch andere, sogar griechische Sagen, haben ihn beeinflusst. All das ist schließlich in sein Werk eingeflossen und von ihm durch eigene Figuren und Motive ergänzt worden. Den gesamten Text der vier Teilopern hat er selbst verfasst, wobei er sich des germanischen Stabreims bediente. Im Jahre 1872 war es endlich so weit. In einem Schreiben an Ludwig II., seinen glühendsten Verehrer und Mäzen, gab er zu dessen 27. Geburtstag die Vollendung des monumentalen Zyklus mit feierlichen Worten bekannt. Das Pathos, mit dem Wagner sein Werk präsentierte, wird in einem von ihm selbst verfassten Gedicht deutlich.

Vollendet das ewige Werk!
Wie im Traum ich es trug,
wie mein Wille es wies,
was bange Jahre barg des reifenden Mannes Brust,
aus winternächtigen Wehen
der Lieb' und des Lenzes Gewalten
trieben dem Tag es zu:
Da steh' es stolz zur Schau,
als kühner Königsbau prang' es prächtig der Welt!

Sie haben vielleicht schon bemerkt, dass Bescheidenheit nicht gerade zu seinen hervorstechendsten Tugenden zählte." Karl beobachtete ein allgemeines Schmunzeln im Publikum.

„Tatsächlich vollendet worden ist der Ring allerdings erst 1876 kurz vor seiner Aufführung bei den Festspielen."

Karl war beeindruckt von der Entstehungsgeschichte des „*Rings*". Außerdem fand er, dass Paula ihre Sache gut machte. Sie hatte eine angenehme, nicht zu helle Stimme, der man gerne zuhörte. Dazu trug auch ihre facettenreiche Betonung bei, die nie eintönig klang. Karl beobachtete die anderen Zuhörer. Alle hörten interessiert zu, nur ein etwas jüngerer Mann zwei Reihen vor ihm schien nicht sehr konzentriert zu sein. Er rutschte ständig auf seinem Stuhl hin und her und machte nicht den Eindruck, als würde er dem Vortrag folgen. Karl lenkte seine Aufmerksamkeit wieder auf Paula, die zum Schluss der Rede noch einmal auf die Bedeutung des Werkes für die Musikgeschichte einging.

„Sie sehen, Wagner war nicht nur rückwärtsgewandt, wenn er sich mit den alten Stoffen des Mittelalters auseinandersetzte, sondern er war gleichzeitig Visionär, ein Kind der Moderne, wenn er durch den Einsatz seines Tristan-Akkords mit alten Traditionen brach und damit neue Wege beschritt. Genau das macht bis heute seine Faszination aus. Er schuf sich seinen eigenen musikalischen Kosmos und hinterließ der Nachwelt ein Werk, das in der Welt der Oper seinesgleichen sucht. Ich bedanke mich für Ihre Geduld."

Die Zuhörer klatschten und Karl hatte den Eindruck, dass sie von Paulas Vortrag sichtlich angetan waren. Der Vorsitzende überreichte ihr einen Blumenstrauß und bedankte sich für die interessanten und aufschlussreichen Ausführungen. Dann wies er darauf hin, dass die Veranstaltung damit beendet sei. Die Zuhörer erhoben sich von ihren Plätzen, standen noch einige Zeit lang in kleinen Grüppchen zusammen und verließen dann nach und nach den Saal.

Paula begann ihre Notizen einzupacken, während Karl geduldig neben ihr stand. Der Letzte hatte den Saal bereits verlassen, als die Dame von der Rezeption ihnen noch etwas zu trinken anbot, was sie dankend annahmen. Sie gingen in den Saal zurück und bewunderten die prunkvolle Ausstattung, die hohen Decken, die langgezogenen, gotischen Fenster mit ihren bunten Motiven, kristallene Kronleuchter und die edlen Brokatvorhänge. Man hatte sich nicht nur bei der Außenarchitektur bemüht, einen mittelalterlich-feudalen Stil zu imitieren. Außerdem fiel ihnen auf, dass die riesigen Gemälde an der

Wand ausschließlich Motive aus der Nibelungensage darstellten und nach Karls Einschätzung aus dem 19. Jahrhundert stammten. Paula erkannte die Siegfried-Szene, in der der Held in einem See aus Drachenblut badet und vermeintlich unverwundbar wird, bis auf eben jene Stelle zwischen seinen Schulterblättern, auf die ein Lindenblatt gefallen ist. Auf einem anderen Bild waren Brunhilde und Kriemhild vor dem Dom zu Worms zu erkennen. Kein Zufall also, dass die Veranstaltung hier stattgefunden hatte. Es war der ideale Ort, um ein Jubiläum zu Ehren Wagners angemessen zu begehen. „Ich glaube, wir sollten uns langsam auf den Rückweg machen", bemerkte Paula. Karl nickte zustimmend und sie verließen den Saal, nachdem sie sich mit einem herzlichen Dank von der Empfangsdame verabschiedet hatten.

Kapitel VI

Als sie aus dem Schloss heraustraten, war die Dunkelheit schon hereingebrochen. Einige Laternen spendeten aber im Umkreis des Schlosses noch genug Licht und auch der Weg nach unten war relativ gut ausgeleuchtet. Erst als sie wieder an der Zwischenstation der Zahnradbahn angelangt waren, wurde es deutlich düsterer. Sie drehten sich noch einmal um und schauten zum Hügel hinauf, auf dem das Schloss in ein gelbliches Licht getaucht lag und einen majestätischen Eindruck machte. Darüber schien der Mond, der fast sein volles Rund zeigte und durch die schwarze Silhouette der hohen Bäume hindurch schimmerte.

„*Er ist nur halb zu sehen und ist doch rund und schön/So geht es vielen Sachen, die wir getrost belachen, weil unsere Augen sie nicht sehen*", zitierte Karl die berühmten Zeilen aus dem Gedicht Clemens Brentanos. „Ist das nicht romantisch und geheimnisvoll?", schwelgte er.

„Ich finde, es wirkt, ehrlich gesagt, irgendwie ein bisschen gruselig", stellte Paula hingegen mit einem gewissen Unbehagen fest.

„Ja, man hat das Gefühl, jeden Moment könnte eine Fledermaus heruntergeflogen kommen, um sich vor unseren Augen in einen Untoten zu verwandeln. Uaaahhh." Karl riss die Arme hoch und imitierte etwas ungeschickt einen blutsaugenden Vampir. „Ich bin Dracula, kommen Sie mit auf mein Schloss!"

„Lass das, Karl, das ist gar nicht lustig." Auch wenn es spaßig gemeint war, wurde Paula ein wenig mulmig zumute. „Du bist ein Spinner, lass uns weitergehen."

Wenigstens spendete der Mond noch etwas Licht, sodass man den Weg auf einige Meter im Voraus erahnen konnte. Karl zog etwas aus seiner Jackentasche: „Für den Fall der Fälle habe ich meine geliebte Taschenlampe mitgenommen."

„Du weißt, dass es auch am Smartphone ein Licht gibt."

„Erstens glaube ich nicht, dass mein Handy so etwas besitzt und zweitens ist das hier etwas ganz Besonderes. Ich habe das Ding nämlich zu meiner Kommunion geschenkt bekommen und man kann verschiedene Farbfilter benutzen, um sich Signale zu senden." Karl sagte es mit einer kindlichen Begeisterung, die Paula nicht so recht nachvollziehen konnte.

„Ich hoffe, du hast in all den Jahren auch mal die Batterie gewechselt", frotzelte sie.

„Mach dich nur lustig! Ich bin jedenfalls froh, dass wir überhaupt was sehen können."

Als sie dem Weg gut 100 Meter gefolgt waren, zeigte sich zur Rechten der runde Kuppelbau der Nibelungenhalle, die sie beim Aufstieg kaum wahrgenommen hatten. Karl blieb stehen. „Ich war schon einige Male hier. Der Innenraum hat etwas Sakrales. An den Wänden hängen großformatige Bilder mit Szenen aus der Nibelungensage. Von der Halle aus führt ein stockdusterer Gang zu einem Brunnen, hinter dem sich eine riesige Drachenstatue befindet. Ich habe schon verschiedene Führungen zum Thema „Nibelungen", „Rheinromantik" oder auch „Alltagsleben im 19. Jahrhundert" mitgemacht. Es gibt sogar Gruselnächte, die nur für Erwachsene ausgewiesen sind. Das wäre vermutlich nichts für dich, oder?"

„Nein danke, ich finde es so schon unheimlich genug." Sie wollten gerade weitergehen, als Paula auffiel, dass die Tür zur Nibelungenhalle einen kleinen Spalt breit offenstand. Es schimmerte ein schwaches Licht hindurch. „Das ist merkwürdig, wer ist denn um diese Zeit noch dort? Die haben doch bestimmt schon längst geschlossen", wunderte sich Paula.

„Vielleicht ist ja der Hausmeister noch unterwegs oder es handelt sich um eine dieser Gruselführungen, die natürlich erst stattfinden, wenn es richtig dunkel ist." Paulas Gesicht verriet, dass ihr Karls Erklärungen nicht sonderlich plausibel erschienen. Sie hatte ein ungutes Gefühl. „Komm, lass uns weitergehen“, forderte sie Karl auf. Sie machten sich wieder auf den Weg. Während sie in der Nähe der Gebäude immer noch von dem Licht der Laternen profitiert hatten, wurde es jetzt zunehmend dunkler, bis es irgendwann stockfinster war und sie den Verlauf des Weges nicht mehr erkennen konnten. Paula hakte sich bei Karl ein, der es an der Zeit fand, seine heißgeliebte Taschenlampe zu benutzen. Sie warf einen Lichtkegel auf den Boden, der gerade ausreichte, um die nächsten drei, vier Meter zu überblicken. Karl fand es ein beunruhigendes Gefühl, nicht zu sehen, was sich hinter ihm befand. Es war vermutlich noch ein Relikt aus grauer Vorzeit, dass beim Homo sapiens Unbehagen aufkam, wenn er einer möglichen Gefahr nicht ins Auge sehen konnte. So schüttete der Körper reichlich Adrenalin aus, um jederzeit seinem Fluchtreflex nachgeben zu können. Paula schmiegte sich immer dichter an ihn, zog regelrecht an seinem Arm. Sie versuchten, ihr Schritttempo zu erhöhen, was aber der schwache Lichtschein und der abschüssige, unebene Weg erschwerten. Der Rückweg erschien ihnen ungleich länger als der Aufstieg im Hellen. Karl erinnerte sich an eine Klassenfahrt, bei der sie damals ganz allein durch ein Waldstück hatten gehen müssen. Da er nicht als Angsthase in die Annalen der Schule hatte eingehen wollen, hatte er sich ein Herz gefasst und die Mutprobe bestanden. Allerdings hatte er in seinem Leben noch nie so viel Angst gehabt.

Kapitel VII

Seine Nervosität hatte sich nicht im Geringsten gelegt. Schon die ganze Zeit während des Vortrags musste er an das bevorstehende Treffen denken. Er hatte sich viel davon erhofft, doch jetzt war er unsicher, das Richtige zu tun. Würden sie ihm geben, was er verlangt hatte und die Sache wäre damit für ihn beendet? Schon als sie die Halle betraten, überkam ihn ein ungutes Gefühl. Der Raum war nur spärlich beleuchtet. Die zwei Männer waren mit ihm eingetreten, doch er konnte hören, dass ihnen noch ein weiterer gefolgt war. Warum erschienen sie zu dritt, wenn es doch nur um eine schnelle Übergabe ging?

Die beiden sahen ihn an, keiner sprach ein Wort. Er wurde zunehmend nervöser. „Wo ist Ihr Teil unserer Abmachung?“, versuchte er die unerträgliche Stille zu unterbrechen. Die beiden betrachteten ihn kalt und schweigend. An ihren Augen hätte man jedoch erkennen können, dass sie etwas beobachteten, das sich hinter ihm abspielte. Er sah die beiden abwechselnd an, sein ganzer Körper vibrierte vor Angst und dann vor Schmerz. Kaltes Eisen bohrte sich in seinen Rücken und durch seinen Körper hindurch. Mit schmerzverzerrtem Gesicht und weit aufgerissenen Augen starrte er auf seine Brust und sah eine blutbeschmierte Spitze herausragen. Eine Schrecksekunde später schrie er vor Entsetzen und Schmerzen kurz, aber gellend auf. Er röchelte und spuckte kleine Fontänen von Blut, die sich über das filigrane Bodenmosaik ergossen. Noch einmal riss er die Augen weit auf, um dann mit seinem Körper ungebremst auf dem Boden aufzuschlagen. Der Aufprall schallte wie ein Echo durch die Halle. Dann war es wieder still.

Kapitel VIII

Paula und Karl zuckten zusammen und sahen sich instinktiv um, ohne bei der Dunkelheit irgendetwas erkennen zu können.

„Hast du das gehört, das war doch ein Mensch, oder?“, wisperte Paula erschrocken.

„Ja, ich würde sagen, es klang nach einem Aufschrei. Aber wer weiß, vielleicht war es irgendein Tier? Katzen können ja schreien wie Babys, oder…“, er suchte nach einer weiteren plausiblen Erklärung, „oder die Wölfe sind inzwischen hier im Siebengebirge angekommen. Es klang auf jeden Fall beunruhigend. Ich schlage vor, wir legen einen Zahn zu.“

„Du hast gut reden, mit meinen Schuhen geht es nicht viel schneller.“ Karl bemerkte, wie Paula sich jetzt geradezu an ihm festkrallte, während er mit zittriger Hand versuchte die Taschenlampe zu kontrollieren. Er wollte verhindern, dass sie vom Weg abkamen oder Paula wegen ihres unpassenden Schuhwerks stolperte. Trotzdem erhöhte er das Tempo leicht, um den Parkplatz möglichst schnell zu erreichen. Karl musste an den Horrorfilm denken, in dem zwei ahnungslose Studenten durch die schottischen Wälder wandern und einer der beiden von einem zähnefletschenden Werwolf angegriffen und zerfleischt wird. Beide lauschten aufmerksam, ob sie von irgendjemandem oder irgendetwas verfolgt wurden.

„Wie weit ist es noch?“, fragte Paula zaghaft, um die erdrückende Stille zu unterbrechen.

„Ich glaube, wir sind gleich da.“ Wenig später konnte Karl endlich erkennen, dass der Lehmboden in Kies überging. Er wedelte mit seiner Taschenlampe und sah, dass es sich um den Parkplatz handeln musste. Karl nestelte in seiner Hosentasche herum, erfühlte seinen Autoschlüssel und betätigte den Knopf, der die Wagentüren öffnete und die Lichter des Wagens wie ein herzliches Willkommen aufleuchten ließ. Sie waren sichtlich erleichtert, endlich ihr Ziel sehen zu können und machten eilige letzte Schritte auf den Wagen zu. Als sie im Auto saßen und die Türen schließen konnten, atmeten sie auf. Karl startete den Wagen und fuhr ungewöhnlich scharf an, als erwarte er, dass im letzten Moment doch noch eine unheimliche Gestalt auftauchen und auf der Rückbank Platz nehmen würde. Nach einer längeren Stille begann Paula als erste wieder zu reden.

„Mann, ich bin froh, dass wir bald wieder zu Hause sind. Vielleicht bin ich etwas zu empfindlich, aber ich hatte echt Panik."

„Mir war zugegebenermaßen auch nicht ganz wohl bei der Sache. Wir Stadtkinder sind völlige Dunkelheit und die vielen Naturgeräusche wohl nicht mehr gewohnt. Jetzt kann ich auch nachvollziehen, warum die Menschen früher an Werwölfe und Gespenster geglaubt haben. Dazu braucht man gar nicht viel Phantasie." Er holte tief Luft. „Ich glaube, eine bekannte Philosophin sagte einmal, dass sie natürlich wisse, dass es keine Geister gebe, sie aber trotzdem Angst davor habe. Unsere Vernunft ist in solchen Situationen wie eben anscheinend nicht mehr der Herr im eigenen Haus, wie Freud so schön sagte."

„Apropos Haus, wir sind gleich da und ich freue mich riesig auf meine Wohnung, in der es ruhig ist und in der ich jederzeit so viel Licht machen kann, wie ich will. Ich liebe die Zivilisation." Sie lachte.

Karl parkte und stellte den Motor ab. Er hätte auch nichts dagegen gehabt, wenn sie ihn noch zu sich hereingebeten hätte. „Du könntest gerne noch auf einen Wein mit zu mir kommen, aber leider muss ich morgen früh raus. Jedenfalls danke für den Security-Service. Um die Zeit war es doch ganz schön unheimlich dort und der Schrei hat mich zu Tode erschreckt. Ich mag mir gar nicht ausmalen, wie es mir ergangen wäre, wenn ich allein unterwegs gewesen wäre." Karl dachte, dass er der denkbar ungeeignetste Bodyguard war, den man sich nur vorstellen konnte. Er war nicht vom Schlage eines Kevin Kostners, der es locker mit mehreren Angreifern aufnehmen konnte. Aber immerhin hatte sich Paula bei ihm einigermaßen sicher gefühlt. Man konnte über sich hinauswachsen, wenn da jemand war, der noch mehr Angst hatte als man selbst. „Stets zu Diensten, Madame. Bis morgen. Ach, und dein Vortrag hat mir übrigens außerordentlich gut gefallen.“

„Vielen Dank für die Blumen.“ Paula lächelte zufrieden und winkte ihm von ihrer Haustür noch einmal zu.

Kapitel IX

Es waren seit der Veranstaltung auf Schloss Drachenburg bereits zwei Tage vergangen, als Karl morgens gemütlich bei einem Toast und einer heißen Schokolade den Lokalteil der Zeitung studierte. Er genoss die morgendliche Ruhe und war gespannt zu lesen, was in seiner geliebten Stadt passiert war und welche Theateraufführungen und Konzerte demnächst in Bonn stattfinden würden. Das war auch der Grund, warum er neben der FAZ die Bonner Lokalzeitung abonniert hatte. Eine gefeierte Inszenierung in München oder Berlin nützte ihm nicht allzu viel. Im Feuilleton wurde eine interessante Ausstellung im Rheinischen Landesmuseum angekündigt. Er las die Kurzmeldung und blätterte um. „Verkohlte Leichen entdeckt" war die fettgedruckte Schlagzeile, die ihm unvermittelt ins Auge fiel. Die Zeitung hatte keine Skrupel ein entsprechendes Foto mit den verbrannten Körpern, die man als solche gerade noch ausmachen konnte, zu veröffentlichen. Er überflog die Zeilen und erfuhr, dass es sich nach Obduktionsberichten um noch nicht identifizierte Menschen asiatischer Herkunft handelte. Die Todesursache konnte bei den meisten Leichen aufgrund der Verkohlung allerdings nicht ermittelt werden. Nur eine war so weit erhalten gewesen, dass man eingehendere forensische Untersuchungen hatte vornehmen können. In ihrer Lunge hatte man Wasser gefunden, die Todesursache war offenbar Tod durch Ertrinken. Karl stutzte und dachte sich, was für ein skurriler Tod das gewesen sein musste. Man ertrinkt und endet als verkohlte Leiche. Das ist nicht nur Ironie, das ist schon eher Sarkasmus des Schicksals. Eigentlich hatte er sich vorgenommen, solch scheußliche Details zu übergehen und gar nicht erst an sich heranzulassen. Die Welt schien voller Verbrechen und Grausamkeit zu sein. Wenn man all diese Nachrichten täglich zur Kenntnis nahm, konnte es einen nur zu einem Pessimisten und Misanthropen machen. Als er aber zur Panoramaseite umblätterte, traf ihn der Schlag. Auf einem Bild war die Nibelungenhalle zu sehen, an der sie noch vor zwei Tagen vorbeispaziert waren. Die Überschrift lautete: *„Mysteriöser Mord in der Nibelungenhalle"*.

Karl fühlte sich völlig vor den Kopf gestoßen. Mit einem Mal kam ihm der Rückweg mit Paula wieder in den Sinn.

„Gestern, am Montagmorgen, fand der Hausmeister des Anwesens Schloss Drachenburg die Nibelungenhalle unverschlossen vor. Als er nach dem Rechten sah und die Halle betrat, entdeckte er eine männliche Leiche, die in einer riesigen Blutlache lag. Im Rücken des Opfers steckte ein Schwert. Die Polizei konnte noch keine Angaben zu Motiv oder Tatablauf dieses mysteriösen Mordes machen. Denn, dass es sich um einen Mord handelt, darüber besteht nach Auskunft des Polizeisprechers keinerlei Zweifel. Den Tatzeitpunkt schätzt man auf Sonntagabend zwischen 22 und 24 Uhr. Handelt es sich etwa um einen Ritualmord? Die Ermittlungen laufen auf Hochtouren."

Nach einer kurzen Schockstarre warf Karl die Zeitung zur Seite und lief ziellos durch seine Wohnung. Dann entschied er sich, Paula anzurufen.

„Hallo Paula, guten Morgen, hast du schon die Zeitung gelesen?"

„Nein, wieso?"

„Halt dich fest. Vorgestern Nacht, als wir auf dem Weg zum Parkplatz waren…", er machte eine kurze Pause, „ist jemand in der Nibelungenhalle umgebracht worden. Der Hausmeister hat gestern Morgen die Leiche entdeckt. Ich musste sofort daran denken, dass du ja gesehen hast, dass die Tür aufstand. Mir wird dabei ganz anders." Es trat eine kurze Stille ein. Karl hatte plötzlich ein schlechtes Gewissen, dass er Paula mit dieser Hiobsbotschaft einfach so überrumpelt hatte. Die Nachricht musste sie ebenfalls schockiert haben.

„Das ist ja furchtbar. Was für ein schreckliches Gefühl, dass wir so nah am Tatort waren, als es passiert ist. Oh Gott, dann stammte der Schrei, den wir gehört haben, wirklich von einem Menschen. Ich darf gar nicht daran denken."

„Und wir wären, hätte man uns gesehen, vermutlich in größte Gefahr geraten. Wir müssen uns auf jeden Fall noch heute bei der Polizei melden. Sollen wir zusammen hingehen?"

„Ja, natürlich."

„Ich rufe gleich meine Exfrau im Polizeipräsidium an, damit sie schon mal Bescheid weiß. In diesem Fall liegt die Sache ja anders als bei dem Fenstersturz von Rosenberg. Ein Mann kann sich aus einem Fenster stürzen, er ist aber definitiv nicht in der Lage, sich selbst ein Schwert in den Rücken zu stoßen und die Polizei geht diesmal selbst von einem Mord aus. Vielleicht kann ihnen unsere Aussage ja irgendwie helfen. Wäre es dir gegen zwei Uhr vorm Präsidium recht?"

„Ja, ich werde da sein. Bis dann."

Kapitel X

Beide kannten das Präsidium bereits. Paula, da sie im Mordfall Rosenberg als Zeugin ausgesagt hatte, und Karl, weil er Carla früher an ihrem Arbeitsplatz des Öfteren besucht hatte. Als sie das Großraumbüro betraten, erhob sich Karls Exfrau hinter ihrem Schreibtisch und kam ihnen direkt entgegen. Zunächst musterte sie Paula. Auch nach der Scheidung interessierte Carla sich immer noch für die weiblichen Bekanntschaften ihres Mannes. „Hallo, Frau Lanzini, hallo Karl. Kommt bitte mit, wir gehen lieber in einen separaten Raum, da können wir uns ungestört unterhalten.“ In einem sehr spartanisch eingerichteten Zimmer, das an die Verhörräume in den Abendkrimis erinnerte, nahmen sie Platz.

„Also Frau Lanzini, Sie scheinen ja die Verbrechen geradezu magisch anzuziehen.“ Paula sah verunsichert zu Karl herüber und lächelte gequält. Karl kannte Carlas schwarzen Humor, aber in Paulas Gegenwart war es ihm extrem unangenehm. „Also, was habt Ihr beziehungsweise was haben Sie von der Sache mitbekommen?“

Paula entschied sich offenbar dafür, nicht auf die unangebrachte Bemerkung einzugehen: „Ich habe am Sonntag auf Schloss Drachenburg einen Vortrag über Richard Wagner gehalten, der ‚Freundeskreis Richard Wagner‘ hatte mich dazu eingeladen. Als die Veranstaltung zu Ende war, gingen wir…“, sie hielt kurz inne und überlegte, ob es für Carla unangenehm war, dass sie automatisch von *wir* sprach. „Also Karl und ich machten uns etwa um halb elf auf den Weg runter zum Parkplatz. Als wir dann an der Nibelungenhalle vorbeigekamen, ist mir aufgefallen, dass dort die Tür aufstand und Licht durch den Spalt schien. Wir haben uns darüber gewundert, aber Karl meinte, dass vielleicht der Hausmeister seine Runde macht oder dort eine der Themenführungen stattfinden könnte.“ Als sie das sagte, packte Karl ein schlechtes Gewissen. Hätten sie besser nachschauen sollen und dann vielleicht einen Mord verhindern können? Andererseits hätte man sie am nächsten Tag vielleicht auch mit einem Schwert im Leib aufgefunden. Allein der Gedanke jagte ihm einen Schauer über den Rücken. „Dann sind wir weitergegangen und hörten vielleicht zehn Minuten später einen lauten Schrei. Das hat uns ganz schön erschreckt. Es klang zwar wie von einem Menschen, aber wir dachten, dass es von irgendeinem Tier stammen könnte. Man vermutet ja nicht gleich etwas so Schreckliches. Schließlich hatten wir den Parkplatz erreicht und sind dann zurück nach Bonn gefahren.“ Paula überlegte, ob sie noch etwas Wichtiges vergessen hatte, sagte dann aber an Karl gerichtet: „Ich glaube, das ist alles, oder?“ Karl überlegte kurz und nickte zustimmend.

„Na, das ist doch schon einmal was. Wir haben bisher den ungefähren, aber nicht den exakten Todeszeitpunkt bestimmen können. Wenn die Zeiten, die Sie genannt haben, stimmen, bringt uns das ein gutes Stück weiter. Bei den Ermittlungen können auch Minuten eine große Rolle spielen, wenn es darum geht, einen Täter zu überführen. Vielleicht noch eine Frage: Ist Ihnen beziehungsweise dir etwas bei der Gruppe von diesem Wagner-Freundeskreis aufgefallen?“

„Mir eigentlich nicht“, sagte Paula, „ich war aber auch zu sehr mit meinem Vortrag beschäftigt und habe nicht so sehr auf die Zuhörer geachtet. Der Vorsitzende, Dr. Braunheim, machte, wie ich finde, einen sehr seriösen und freundlichen Eindruck, das Publikum wirkte interessiert, aber sonst eigentlich unauffällig.“

Da ergriff Karl das Wort: „Ich saß etwas weiter hinten im Saal und konnte die Männer – es war übrigens keine einzige Frau anwesend – beobachten. Das einzige Auffällige war ein vergleichsweise junger Mann, der sehr nervös wirkte und auf seinem Stuhl hin und her rutschte. Er hat dem Vortrag anscheinend keinerlei Aufmerksamkeit geschenkt.“ Kommentarlos legte Carla ein Foto vor ihm auf den Tisch, das einen Mann zeigte, dessen Augen geschlossen waren. Seine Gesichtsfarbe war extrem blass, totenblass, ging es Karl durch den Kopf.

Er sah sich das Bild in Ruhe an. „Ich habe ihn nur schräg von der Seite gesehen, aber der könnte es durchaus sein. Ist das etwa der Tote?“

„Sieht ganz so aus“, sagte Carla, als wäre es selbstredend. In Karl stieg Beklemmung auf. Dieser Beruf hatte seine Exfrau im Laufe der Jahre ziemlich abgehärtet. Er konnte nachvollziehen, dass man sich eine dicke Haut zulegen musste. Sie hatte diesen Ton aber oft mit ins Private genommen, was ihn immer sehr gestört hatte. Als Carla mit der Befragung zu Ende war, ergriff Karl noch einmal das Wort: „Darf ich jetzt mal eine Frage stellen?“

„Nur zu. Wir sind ja unter uns Pastorentöchtern.“

„Was habt ihr bis jetzt über die Todesumstände herausgefunden?“ Carla sah etwas skeptisch zu Paula herüber. Sie wusste nicht, ob sie sich vor einer Fremden offen zu polizeilichen Ermittlungen äußern sollte. Bisher hatte sie allenfalls mit ihrem Exmann vertrauliche Informationen ausgetauscht. Sie konnte ihm viel vorwerfen, aber ein Quatschweib war er mit Sicherheit nicht. Karl bemerkte das Zögern und versuchte ihre Bedenken zu zerstreuen: „Keine Sorge, Paula ist zwar italienischer Abstammung, kann aber erstaunlicher Weise trotzdem schweigen wie ein Grab.“ Paula fand den Hinweis mehr als unnötig und sah ihn mit einem bösen Blick an, nickte aber zustimmend.

„Also, wie in den Zeitungen schon zu lesen war, ist der Mann von hinten mit einem Schwert erstochen oder besser durchstochen worden. Der Stoß ging direkt ins Herz und führte zum sofortigen Tod. Die Klinge des Schwertes war zwar zu stumpf, um jemanden zu verletzen, aber sie war spitz genug, um mit einem kräftigen Stoß jemanden damit zu erstechen. Aus diesem Grund ist bei dem Täter eher von einem Mann auszugehen, eine Frau hätte dafür vermutlich nicht die Kraft aufbringen können. Wenn wir davon ausgehen, dass der Täter männlich ist, kämen Ihre Zuhörer an dem Abend ja wohl theoretisch alle in Betracht. Zum Glück sind wir bezüglich dieser

Frage schon einen großen Schritt weiter. Wir haben bereits eine Person festgenommen, die, wie man so schön sagt, unter dringendem Tatverdacht steht."

Karl schaute völlig perplex. „Der Mann ist gerade zwei Tage tot und ihr habt schon einen Verdächtigen? Ich dachte, das gibt's nur im Fernsehen. Welche Hinweise hattet ihr denn auf den Mann, dass ihr so schnell zugeschlagen habt?"

Carla zögerte. „Der Besitzer der Mordwaffe ist ein gewisser Julian Stöber, ein junger Student aus Köln. Er ist Mitglied in einer Schauspieltruppe und für seine Rolle als Siegfried besaß er eben dieses Schwert. Auf dem Griff sind ausschließlich *seine* Fingerabdrücke gefunden worden."

Karl war entsetzt. „Das kann nicht sein, ich habe mich vor dem Vortrag noch mit diesem Studenten angeregt unterhalten. Er machte einen sehr entspannten und sympathischen Eindruck. Ich hätte ihm vieles zugetraut, aber keinen Mord."

„Wenn unsere Mörder immer mit einer üblen Visage und einer Narbe im Gesicht herumlaufen würden, dann wären unsere Ermittlungen im Allgemeinen auch leichter", stellte Carla in ihrer schonungslos direkten Art etwas gereizt fest. Sie ahmte mit einer hohen Stimme eine Zeugin nach: „Er war immer so ein lieber und freundlicher Nachbar, ich hätte nie geglaubt, dass er drei Frauen umgebracht und die zerstückelten Leichen in der Kühltruhe im Keller aufbewahrt hat."

Karl musste unpassender Weise schmunzeln, wurde aber, als er Paulas verstörten Blick sah, augenblicklich wieder ernst. „Hat er denn schon gestanden?"

„Nein, er leugnet alles und ist scheinbar völlig fertig mit den Nerven. Wenn er ein Mörder ist, dann ist er zumindest kein kaltblütiger, oder er ist ein guter Schauspieler, was ja aufgrund seines Hobbys naheliegt."

Karl hörte nur mit einem Ohr zu. Sein Blick war auf die geöffnete

Mappe gerichtet, der Carla das Foto des Toten entnommen hatte. „Was ist das?“, erkundigte er sich und zeigte auf das zuoberst liegende Blatt.

„Der Herr ist heute aber wieder mal besonders neugierig. Das ist die Kopie eines ziemlich zerknitterten Zettels, den wir in der Brieftasche des Opfers gefunden haben.“ Sie nahm das Blatt in die Hand und hielt es ihm extra dicht vor die Nase, damit er nichts erkennen konnte. Diese Art, ihn zu ärgern, kannte er nur zu gut aus der Zeit, als sie noch verheiratet gewesen waren. Er lehnte sich zurück, um besser sehen zu können.

„Was zum Teufel ist das?“

„Das ist eine Abbildung von Gevatter Rhein. Es ist der Flussverlauf zwischen Worms und Koblenz.“

„Und was bedeuten die Kreuze?“

„Das allerdings ist eine sehr gute Frage.“

„Auf die ihr noch keine Antwort gefunden habt, richtig?“

„Erraten.“

Karl musste an das Gespräch mit dem Studenten denken, der im Zusammenhang mit den Nibelungen von verschiedenen, am Rhein gelegenen Orten gesprochen hatte. Zwar war ein Kreuz bei Worms eingezeichnet, aber leider waren der Drachenfels in Bonn und Xanten nicht mehr Teil der Karte. Stattdessen befanden sich die anderen Markierungen irgendwo rheinaufwärts, nördlich von Worms. Der Mordfall hatte, das wurde ihm immer klarer, irgendetwas mit der Nibelungensage zu tun. Oder es war auch dies, wie die an die Siegfried-Sage angelehnte Hinrichtung, nur ein weiterer inszenierter Hinweis, der von den wahren Tätern und ihren Absichten ablenkte. Er wurde in seinen Gedanken jäh von Carla unterbrochen.

„So, ich glaube wir haben genug Informationen ausgetauscht. Ich danke Ihnen, Frau Lanzini, für Ihre Zeugenaussage.“ Sie musterte noch einmal interessiert Paulas Gesicht und wandte sich ihrem Exmann zu. „Mach‘s gut, Karl.“ Und schon war sie verschwunden.

Als sie alleine im Raum waren, fragte Paula ungläubig: „Ich habe deine Ex ja vorher noch nicht richtig kennengelernt, aber den Typ Frau …"

„Weiß ich, hättest du mir nicht zugetraut. Dann kannst du jetzt auch erahnen, warum wir inzwischen geschieden sind" … und ich stattdessen dich gerne zur Frau nehmen würde, dachte er, hütete sich aber, es offen auszusprechen. Nachdenklich verließen beide das Präsidium, bis Karl stehenblieb: „Ich weiß, dass man es den Menschen von außen nicht ansieht, aber dieser Student, ich kann trotzdem nicht glauben, dass er ein Mörder ist. Mich treibt ein wenig das schlechte Gewissen um, dass wir an dem Abend nicht irgendetwas unternommen haben. Genau genommen war ich es ja, der versucht hat, alles als harmlos abzutun. Deshalb möchte ich wenigstens dazu beitragen, den Mord aufzuklären oder zumindest diesen sympathischen Studenten zu entlasten."

„Wenn du meine Hilfe brauchst, ich bin bereit", stellte Paula entschlossen fest.

„Du weißt, wie gefährlich es das letzte Mal war, als wir uns zu sehr in einen Fall eingemischt haben."

„Das letzte Mal warst *du* es, der mir beigestanden hat. Und außerdem bin ich nicht aus Zucker." Sie baute sich, die Fäuste in die Hüften gestemmt, vor ihm auf, als wolle sie ihre Aussage untermauern. Diese Frau musste man einfach nur lieben, dachte Karl und sah sie mit einem leicht verklärten Blick an. Schließlich schlug er vor:

„Dann sollten wir dem schönen Hotel vielleicht mal einen Besuch abstatten, die Rezeptionistin war doch sehr nett."

„… und sehr hübsch", ergänzte Paula in einem neckenden Tonfall.

„Ich stehe nicht so auf Blondinen."

„Ich sehe, du hast einen guten Geschmack."

„Ich stehe auf Rothaarige."

Paula gab sich entrüstet. Sie lachten.

„Wie wäre es mit morgen Nachmittag, oder hast du da deine Seminare?"

„Nein, die habe ich bereits vormittags. Wir Musiker sind nicht so verschlafen wie ihr Kunsthistoriker."

„Na gut, du Ausgeschlafene, dann schlage ich vor, wir essen zusammen zu Mittag und fahren dann rauf zum Schloss."

„So machen wir es."

Kapitel XI

Dieses Mal fuhr Karl zum Touristenparkplatz, der direkt unten am Fuß des Berges gelegen war. Von dort aus konnten sie bequem mit der Zahnradbahn bis zur ersten Station fahren. Die Kabine, die gut 20 Passagieren Platz bot, hatte großflächige Fenster, sodass sie auf dem Weg nach oben einen guten Ausblick auf die Landschaft hatten. Als sie auf Höhe der Nibelungenhalle angekommen waren, befiel sie ein mulmiges Gefühl, auch wenn sich am Tag alles friedlicher darbot als bei Nacht. Die Fahrt dauerte gerade mal zehn Minuten, als sie schon Schloss Drachenburg oben auf dem Hügel sehen konnten. Sie verließen die Bahn und gingen über eine Fußgängerbrücke, die die Gleise überspannte, auf die gegenüberliegende Seite. Dann marschierten sie, wie erst drei Tage zuvor, den Weg durch den Park hinauf und suchten abermals die Rezeption des Hotels auf. Glücklicherweise stand dieselbe Dame am Empfang wie an jenem Abend, an dem Paula ihren Vortrag gehalten und sich das Unglück ereignet hatte. Sie blickte von ihrem Computerbildschirm auf und lächelte sie freundlich und erwartungsvoll an.

„Guten Tag, kann ich Ihnen behilflich sein? Ach, Sie waren doch …“ Karl erwiderte ihr Lächeln und führte den Satz fort.

„Ja, wir waren vor einigen Tagen bei Ihnen, sie hatten uns nach der Wagner-Veranstaltung netterweise mit Getränken versorgt. Hätten Sie vielleicht einen Moment Zeit für uns?“

„Ja, ich erinnere mich an Sie. Also es ist gerade wenig los, ich müsste nur in Reichweite bleiben. Lassen sie uns doch kurz dort auf dem Sofa Platz nehmen.“

Sie setzten sich gegenüber auf eine antike Chaiselongue, die mit rotem, etwas in die Jahre gekommenen Samt bespannt war. Sie sah Karl und Paula fragend an.

„Und, wie kann ich Ihnen helfen?“

„Ihnen ist der Mord vor drei Tagen ganz in Ihrer Nähe wahrscheinlich nicht entgangen", kam Karl ohne Umschweife auf den Punkt. Ihr Blick verriet, dass ihr die Sache ziemlich naheging.

„Nein, natürlich nicht. Das war ja schrecklich. Die Polizei war hier und hat das gesamte Hotelpersonal befragt, selbstverständlich auch mich."

„Und, ist Ihnen irgendetwas aufgefallen?"

Es trat ein kurzes Schweigen ein. Karl konnte an ihrem Blick erkennen, dass sie nicht sicher war, ob sie ihm gegenüber überhaupt irgendwelche Details preisgeben sollte.

„Warum interessieren Sie sich denn für den Vorfall? Kannten Sie den Toten?" Karl sagte, dass er ein Bekannter von ihm gewesen sei und fand, dass er die Wahrheit damit nur ein wenig strapaziert hatte. „Ich habe ihn beim Vortrag zufällig wiedergetroffen und dann haben wir auch noch, ohne es zu ahnen, den Mord hautnah mitbekommen. Das ging uns sehr zu Herzen." Karl beobachtete sie und merkte, dass er noch eine Schippe drauflegen musste, um ihre Bedenken zu zerstreuen.

„Wissen Sie, uns plagt seitdem das schlechte Gewissen. Wir wollten auf jeden Fall irgendetwas tun, auch wenn er dadurch nicht wieder lebendig wird."

„Ja, das kann ich gut verstehen." Gleich hatte er sie soweit, dachte Karl.

„Also, unser Haus war zu dem Zeitpunkt, als dieser schreckliche Vorfall geschah, ausgebucht. Wir haben ja nicht so wahnsinnig viele Zimmer. Zwei Gruppen hatten sie für das Wochenende belegt: einmal die Mitglieder der Stiftung und zum anderen eine kleine Gruppe von jungen Schauspielern. Beide sind schon seit einigen Jahren Stammgäste bei uns. Sie buchen immer das Wochenende um den 25. August herum. Es hat, glaube ich, mit Wagner und irgendeinem Jubiläum zu tun. Bei dem Freundeskreis gab es allerdings ein mir unbekanntes Gesicht. Auffällig war auch, dass der Mann etwas jünger als die anderen Stiftungsmitglieder war. Er hatte, soweit ich mich erinnere, die letzten Jahre noch nicht teilgenommen.“ Und wird es auch in den nächsten nicht, dachte Karl. „Er hatte auf jeden Fall Ähnlichkeit mit dem Mann auf dem Bild, das mir die Polizei gezeigt hat. Und ausgerechnet nach diesem Mann hatte auch jemand an jenem Nachmittag bei mir gefragt. Er wollte wissen, ob ein gewisser Bernhard Mohn für diese Nacht im Hotel eingecheckt habe. Er hat gesagt, dass er ein guter Freund aus Bonn sei und ihn unbedingt treffen wolle.“

„Und? Haben Sie ihm die Information weitergegeben?“

„Ich war mir erst nicht sicher, ob ich ihm die Auskunft geben sollte. Er sah ja eigentlich ganz seriös aus und kannte schließlich seinen Namen. Deshalb habe ich dann nachgesehen. Ich habe ihn noch gefragt, ob ich seinem Freund eine Nachricht hinterlassen solle, aber er sagte, er wolle ihn überraschen.“

„Wie sah der Mann aus?“

„Ich habe der Polizei eine Beschreibung gegeben, so gut ich konnte. Er war vielleicht Mitte vierzig, kräftig gebaut und hatte dunkles, leicht gelocktes Haar. Gekleidet war er in ein graues Jackett und eine blaue Hose, eine Jeans oder vielleicht auch eine Chino. An mehr Details kann ich mich leider nicht erinnern, obwohl ich von Berufswegen eigentlich ein ganz gutes Namens- und Personengedächtnis habe.“ Karl nickte verständnisvoll. Er hätte garantiert nicht mehr gewusst, was jemand für Kleidung getragen hatte, den er nur einmal kurz gesehen hatte, selbst wenn er als Clown verkleidet gewesen wäre. Die Sache schien ihm aber auf jeden Fall verdächtig. Er musste Carla bei nächster Gelegenheit fragen, ob sie die Identität dieses Mannes herausgefunden oder er sich bei der Polizei gemeldet hatte. „Wie war es denn, nachdem die Veranstaltung beendet war, gab es da irgendetwas Ungewöhnliches?“

„Nein, eigentlich nicht, die meisten machten sich sofort auf den Weg, sie hatten schon vor der Veranstaltung ausgecheckt und holten nur noch ihre Koffer aus dem Aufbewahrungsraum. Nur vier blieben über Nacht hier und gingen noch kurz an die frische Luft. Naja und Sie beide kamen dann als letzte aus dem Vortragsraum. Von der Schauspieltruppe habe ich an dem Abend nichts mitbekommen. Die haben, glaube ich, noch in den Proberäumen geübt oder waren schon auf ihren Zimmern."

„Wo haben die Schauspieler eigentlich ihre Kostüme und Theaterrequisiten für ihre Proben untergebracht?"

„Der Raum ist gleich da vorne." Sie wies mit ihrer Hand in eine Richtung. „Dort stehen die Koffer der Gäste, die schon ausgecheckt haben und noch etwas unternehmen möchten."

„Ist der Raum denn verschlossen oder irgendwie gesichert?"

„Nein, er kann aber nur von unseren Hotelgästen eingesehen werden. Das andere Publikum, Besucher des Museums oder des Restaurants, könnten dort nicht ohne Weiteres hinein. Bisher haben wir auch keine schlechten Erfahrungen gemacht." Der letzte Satz klang, als hätte sich der unbedarfte Umgang damit jetzt als gefährlicher Leichtsinn erwiesen.

„Können Sie sich denn an ein Schwert erinnern, das die Schauspieler benutzt haben?"

Sie schaute nachdenklich zur Decke, als ob sie sich etwas ins Gedächtnis rufen wolle.

„Ja, natürlich. Da war dieser junge Mann mit den blonden Locken, ein netter Kerl. Der bat mich darum, das Schwert in einem der Schränke zu verstauen, damit es nicht für jeden sichtbar wäre. Er hat mir auch gezeigt, dass es völlig stumpf ist und man eigentlich keinen Schaden damit anrichten könne. Die Gruppe ist bis zum nächsten Tag geblieben und morgens abgereist."

„Wissen Sie zufällig, wer sich um die Nibelungenhalle kümmert?"

„Ja, zum einen natürlich der Hausmeister, der für das gesamte Anwesen zuständig ist. Und dann gibt es noch eine ältere Dame, die schon seit Jahren die gute Seele dort ist. Sie sieht nach dem Rechten und macht täglich Führungen für Touristen. Es gibt aber auch Mitarbeiter, die bei der Themenführung mit den Gruppen erst die Nibelungenhalle besichtigen und dann zu uns ins Schloss heraufkommen."

Es klingelte am Empfang.

„So, ich muss wieder an die Arbeit. Ich hoffe, ich konnte Ihnen weiterhelfen."

„Ja, das haben Sie, danke für die Informationen."

Als sie das Hotel verließen, fragte Karl unvermittelt: „Traust du dich, in die Nibelungenhalle zu gehen?" Paula sah ihn erschreckt an und zögerte.

„Ich könnte mir jetzt Schöneres vorstellen, aber ja, wenn wir schon einmal hier sind."

Sie gingen das kurze Stück bis zur Halle und waren überrascht, dass die Tür schon wieder offenstand. Die Polizei hatte anscheinend alle Arbeiten wie Spurensicherung und Tatortreinigung bereits erledigt. Karl fragte sich, wie man einen Beruf ergreifen konnte, bei dem man nur Grässliches zu sehen bekam, Leichen untersuchen und Blutlachen wegwischen musste. Er war froh, dass er das Privileg hatte, sich mit den schönen Dingen des Lebens, mit Kunst, Bildhauerei und Architektur zu beschäftigen. So unterschiedlich diese Berufe auch waren, so zeigten sie doch, positiv wie negativ, wozu der Mensch imstande war. Den Eingang zur Halle bildete ein großes Portal mit zwei Pfeilern, auf denen Paula die Zwerge aus der Sage erkannte, die gerade dabei waren, das Nibelungengold zu verarbeiten. Sie kauften sich Tickets und betraten das Gebäude. Im Innenraum hörten sie leise Musik von Richard Wagner im Hintergrund. Karl erkannte, dass es sich um das Zwischenspiel einer Wagner-Oper handelte, genau genommen um „Siegfrieds Tod". Er schluckte. Vor ihnen öffnete sich ein imposanter Rundbau mit einer Kuppel und sechs tragenden Säulen. An den Wänden hingen durchweg großformatige Gemälde mit den bekanntesten Motiven der Nibelungensage. Auf dem Boden sah man ein Mosaik, dessen Formen ein wenig an Sonnenrunen erinnerten.

„Meinst du, das sind Hakenkreuze?“, fragte Paula.

„Immerhin war Wagner Hitlers Lieblingskomponist. Und eine seiner Töchter hatte sogar eine sehr freundschaftliche Beziehung zum ‚Führer‘.“

„Mag sein, allerdings ist die Halle schon 1913 erbaut worden. Aber vielleicht hat der Wagner- und Nibelungenfan Hitler hier später seine Spuren hinterlassen.“

Karl wirkte nachdenklich. Er fragte sich, wo dieser Journalist wohl gelegen hatte, als man ihn fand. Die Tatortreiniger hatten ganze Arbeit geleistet. Es war kein noch so kleiner Blutklecks mehr zu sehen.

„Was meinst du, was es mit dieser archaischen Art des Tötens auf sich hatte? Warum haben sie ihm ein Schwert in den Rücken gerammt? Da gibt es doch zig modernere und praktischere Mittel, um jemanden zu beseitigen.“

„Ich finde, es wirkt wie ein Ritualmord oder eine Hinrichtung.“

„Aber warum wurde ihm das Schwert von hinten durch die Schulter ins Herz gestoßen? Das erinnert mich irgendwie an die Gladiatoren, denen man, wenn über sie das Todesurteil gesprochen wurde, mit einem Kurzschwert einen Todesstoß durch das Schlüsselbein ins Herz versetzte.“

Paula schaute gerade auf ein Bild, auf dem Siegfried mit dem Drachen zu sehen war. Unter künstlerischen Gesichtspunkten schienen die Bilder nicht gerade von Meisterhand gemalt worden zu sein. Da hatte sie plötzlich eine Eingebung.

„Was ist mit unserem Helden Siegfried? Er ist doch genau auf diese Weise von Hagen getötet worden, weil er auf dem Schulterblatt diese verwundbare Stelle hatte. Kriemhild hatte sie Hagen verraten und für ihn auf Siegfrieds Gewand markiert. Ich könnte mir vorstellen, dass es sich bei dem Mord um eine bewusst theatralische Inszenierung handelt.“

„Das würde allerdings zu den Mitgliedern unserer Schauspieltruppe passen, die ja, wie mir der junge Mann verriet, ihre Rollen leben. Wenn sie ihre Rolle leben, dann töten und sterben sie vielleicht auch für sie."

„Es gibt aber noch eine andere Möglichkeit, dass jemand genau das vermitteln will. Es hätte kein besseres Ablenkungsmanöver geben können, als sich das Schwert dieses Studenten zu besorgen und einen Ritualmord vorzutäuschen. Vielleicht will jemand die Polizei auf die falsche Fährte lotsen."

„Aus dem Bauch heraus, würde ich unseren Verdächtigen auch für unschuldig halten, zumal es eine große Dummheit wäre, das Mordwerkzeug, das man ihm eindeutig zuordnen konnte, im Opfer stecken zu lassen. Da hätte er gleich seinen Personalausweis oder seine Visitenkarte hinterlassen können. Nein, das wirkt alles zu einfach."

„Du vergisst, was man alles im Affekt tut oder unterlässt. Wenn der Mord spontan geschehen ist, dann war der Täter vielleicht nicht kaltblütig genug und beging einfach einen großen Fehler."

„Ich denke, hier kommen wir erst einmal nicht weiter. Wir sollten uns langsam auf den Rückweg machen."

„Dieses Mal, Gott sei Dank, im Hellen", stieß Paula sichtlich erleichtert aus.

Kapitel XII

Karl hatte in den letzten Tagen immer wieder an den unter Verdacht stehenden Studenten denken müssen, dem er einen Mord einfach nicht zutraute. Deshalb hatte er beschlossen mehr über ihn zu erfahren. Er hatte Ken, seinen eifrigen Doktoranden, nach den Namen und Telefonnummern der Schauspieler recherchieren lassen, was allerdings nicht so schwer war, da die Schauspielgruppe eine eigene Homepage eingerichtet hatte. Karl entschied sich aufs Geratewohl für ‚Kriemhild', die mit bürgerlichem Namen Anja Hüsch hieß und in Köln wohnte und rief sie an.

„Ja, hallo?"

„Guten Tag, ich bin Karl Jung…"

„Wenn Sie ein Journalist sind, der etwas über Julian wissen will, dann kann ich Ihnen gleich sagen, dass Sie von mir nichts erfahren." Karl war völlig perplex, er hatte nicht mit einer solch harschen Reaktion gerechnet.

„Nein, um Gottes willen, ich bin kein Journalist, ich bin Professor für Kunstgeschichte an der Bonner Universität." Er versuchte, möglichst schnell auf den Punkt zu kommen, da er fürchtete, dass sie ihm nicht glauben und sofort wieder auflegen könnte. „Am Abend, als der Mord geschehen ist, saß ich in der Schlossanlage draußen auf der Bank und habe mich mit Julian Stöber unterhalten. Sie und Ihre Kommilitonen saßen auch dabei und haben Ihre Texte studiert. Vielleicht erinnern Sie sich noch an mich." Es trat eine kurze Stille ein, bevor sie antwortete.

„Entschuldigen Sie bitte, aber meine Nerven liegen derzeit blank. Dauernd rufen hier irgendwelche schmierigen Journalisten an, um etwas für ihre Sensationsstorys zu bekommen. Aber was wollen Sie von mir?"

„Ich habe Herrn Stöber ja nur kurz kennengelernt, aber er machte auf mich nicht den Eindruck, als wolle er abends jemanden mit seinem Schwert niederstrecken. Und deswegen würde ich gerne mit Ihnen sprechen, um mehr über ihn zu erfahren." Er spürte immer noch ein gewisses Misstrauen. Deshalb setzte er hinzu: „Sie können mir vertrauen, ich will ihrem Bekannten nur helfen."

„Naja, Sie machen eigentlich einen ganz seriösen Eindruck. Wenn Sie es wirklich gut mit ihm meinen, dann können wir uns gerne unterhalten. Ich bin morgen sowieso in Bonn, um Julian in der Untersuchungshaft zu besuchen. Von mir aus können wir uns vorher treffen."

„Ja, das wäre sehr nett."

„Würde es Ihnen gegen 16 Uhr passen?"

„Da ist meine Vorlesung gerade zu Ende. Ich kann aber auch etwas früher Schluss machen. Kommen Sie mit dem Zug?"

„Ja, wieso?"

„Dann schlage ich vor, dass wir uns im Café auf dem Münsterplatz treffen. Das ist nur fünf Gehminuten vom Hauptbahnhof entfernt. Wenn Sie aus dem Bahnhofsgebäude kommen, gehen Sie einfach geradeaus, bis Sie auf das Beethovendenkmal stoßen. Schräg rechts hinter dem Denkmal befindet sich das Café, es ist ein kleiner Glaspavillon, Sie können ihn gar nicht verfehlen."

„Ja, in Ordnung."

„Gut, dann bis morgen."

„Ja, bis morgen."

Karl drückte auf den roten Hörer seines Handys und ließ das Gespräch noch einen Augenblick auf sich wirken. Ihm tat die Frau leid, die ihren Freund vorerst an die Justiz verloren hatte und die zudem von der Journaille auf übelste Weise bedrängt wurde. Das erinnerte ihn an das „Witwenschütteln", wenn Boulevardjournalisten kurz nach dem Tod eines Prominenten bei dessen gerade verwitweter Frau versuchen, an Informationen und private Fotos zu kommen. Er hoffte trotzdem, dass die Presse einigermaßen fair von dem Fall berichten würde. Dann überlegte er, ob er noch arbeiten und seine Vorlesung vorbereiten oder sich stattdessen auf den Heimweg machen sollte, um den Tag ruhig ausklingen zu lassen. Zu seinem Erstaunen setzte sich sein Über-Ich durch und er entschloss sich dazu, noch einmal sein Büro aufzusuchen. Immerhin musste er Ken, seinem Doktoranden, auch ein gutes Vorbild sein.

Kapitel XIII

Voller Spannung auf das Gespräch mit der Studentin schloss Karl seine Vorlesung etwas früher als gewöhnlich und ging schnellen Schrittes Richtung Münsterplatz. Als er sich dem Café näherte, erkannte er sie gleich wieder. Sie saß bereits draußen an einem Tisch mit dem Blick auf das Münster und das imposante Beethovendenkmal. Ihre langen blonden Haare, die sie als Kriemhild getragen hatte, waren anscheinend echt und keine Perücke, wie Karl bei der ersten Begegnung vermutet hatte. Er ging auf sie zu und ihr Lächeln zeigte, dass auch sie ihn wiedererkannte. Sie ist eine attraktive Frau, dachte Karl, als er ihr die Hand reichte:

„Frau Hüsch?"

„Ja, das bin ich, nehmen Sie Platz!" Er setzte sich zu ihr an den Tisch und bestellte sich einen Espresso.

„Schön, dass Sie gekommen sind." Er überlegte kurz, wie er ihr Vertrauen gewinnen konnte. „Also, wie gesagt, ich habe mich an jenem Tag, als sich der Mord ereignet hat, mit Julian Stöber unterhalten. Und als ich abends mit meiner Kollegin auf dem Weg zum Parkplatz war, da sahen wir, dass in der Nibelungenhalle noch Licht brannte und kurze Zeit später hörten wir einen entsetzlichen Schrei. Unglücklicherweise vermutete ich eher ein Tier." Karl musste bei der Erinnerung an jene Nacht kurz innehalten, bevor er seine Ausführungen fortsetzen konnte. „Ich habe erst zwei Tage später von dem Mord erfahren und schließlich auch von der Tatsache, dass Ihr Bekannter als Hauptverdächtiger festgenommen wurde." Sie sah ihn ernst, aber gespannt an. „Sie können sich vielleicht vorstellen, dass mich das schlechte Gewissen plagt, weil wir der Sache nicht weiter nachgegangen sind. Es wäre eine gewisse Genugtuung für mich, wenn die Polizei den Mörder überführen würde. Mein Bauchgefühl sagt mir auf jeden Fall, dass Ihr Bekannter nicht der Typ ist, der kaltblütig einen Mord begeht."

„Nein, das täte er ganz bestimmt nicht", flüsterte sie mehr zu sich selbst als an Karl gewandt.

„Es wäre nett, wenn Sie mir ein wenig über Julian Stöber erzählen könnten. Wie gut kennen Sie ihn?"

„Mehr als gut. Wir sind nicht nur Kommilitonen und zusammen in dieser Schauspielgruppe, er ist auch mein Freund, also, ich meine, mein Partner." Siegfried und Kriemhild, was für ein hübsches Paar, ging es Karl durch den Kopf. „Wir haben uns zu Beginn des Studiums kennengelernt und sind seit gut zwei Jahren zusammen."

„Wer kam denn auf die Idee, sich so intensiv mit der Nibelungensage zu beschäftigen?"

„Es war ursprünglich seine Idee, auch das mit dem Rollenspiel hatte er angeregt. Jetzt sind wir zu acht und führen unsere Spielszenen bei verschiedenen Veranstaltungen auf. Wir machen es aus Spaß an der Freud, Geld kann man damit nicht verdienen. Julian ist von uns immer der Engagierteste, er geht geradezu in seiner Rolle auf, fast fanatisch, aber eher in einem positiven Sinn." Sie merkte, dass das etwas verfänglich klang und fügte schnell hinzu: „Was aber nicht heißt, dass er als Siegfried jemanden hätte töten können." Sie nahm einen Schluck aus ihrer Tasse und fuhr fort. „Dass er sich ganz in eine andere Welt versetzt, kann man besser verstehen, wenn man seine Kindheit kennt. Er hat mir einmal erzählt, dass er ins Heim kam, weil seinen Eltern wegen starker Drogenprobleme das Erziehungsrecht entzogen wurde. Er hat ziemlich darunter gelitten und hat sich deshalb schon damals in andere Welten geflüchtet und Rollen gespielt. Er nahm als Kind alles, was ihm unter die Finger kam, um sich als Ritter oder Held zu verkleiden und mit einem Holzstock böse Drachen zu bekämpfen." Ein Lächeln huschte über ihr Gesicht.

„Die Begeisterung für die Schauspielerei konnte ich bei ihm spüren", warf Karl ein.

„Ja, er hat uns mit dem Schauspielvirus infiziert. Leider hat ihm die Flucht in die Phantasiewelten irgendwann nicht mehr gereicht.

Als Jugendlicher ist er dann zeitweise ziemlich abgerutscht. Er stahl und nahm Drogen, worauf die Kripo wohl schon gestoßen ist. Ich fürchte, das wirft kein gutes Licht auf ihn. Wer stiehlt, ist kriminell und wer kriminelle Energie hat, ist auch zu Schlimmerem fähig. Es ist wahrscheinlich schwer, ihn nicht vorzuverurteilen."

„Wie schätzen Sie Ihren Freund heute ein? Ich nehme an, dass Sie nicht mit ihm zusammen wären, wenn Sie ihn für einen schlechten Menschen hielten?"

„Nein, natürlich nicht. Nach dieser schwierigen Phase hat er sich, Gott sei Dank, schlagartig geändert. Er sagte sich von den Drogen los und machte am Abendgymnasium das Abitur nach. Er fing Feuer für Bücher und Literatur, die fremde Welten für ihn erschufen. Er begann ein Studium der Germanistik in Köln, wo er dann in den Mittelhochdeutschseminaren, wo die großen Heldenepen gelesen werden, wieder auf seine Ritter- und Heldenwelt aus der Kindheit gestoßen ist. Da konnte er wieder der kleine Junge sein, der gegen Drachen kämpfte. Als ich ihn kennenlernte, war Julian eher ruhig und zurückhaltend. Von einem ehemals problematischen Heimkind war keine Spur mehr. Im Grunde ist er ein großes Kind, das Spaß daran hat, sich in andere Rollen zu versetzen. Seine Lieblingsrolle war aber schon immer die des Siegfried. Ich glaube, für ihn war das auch immer eine Art Therapie, um seine Minderwertigkeitskomplexe und die mangelnde Anerkennung zu kompensieren." Sie schüttelte den Kopf. „Oh Gott, jetzt rede ich schon in der Vergangenheitsform, als hätte ich ihn bereits abgeschrieben."

„Dann habe ich noch eine letzte Frage: Ist Ihnen an dem Abend irgendetwas Merkwürdiges aufgefallen?"

„Nein, eigentlich nicht, wir haben unsere Kostüme so gegen neun Uhr in den Aufbewahrungsraum gebracht und uns dann auf unsere Zimmer zurückgezogen. Julian und Ulf, das ist derjenige, der bei uns den Hagen spielt, wollten draußen noch eine rauchen. Ich habe eine Zeitlang gelesen und bin dann gegen halb elf eingeschlafen."

„Ich nehme an, Sie teilten sich das Zimmer mit ihrem Freund?"

„Ja, natürlich."

„Das bedeutet, dass Julian und Ulf sich nur gegenseitig ein Alibi geben können?"

„Ja, für die Polizei waren sie damit verdächtig. Die beiden hatten sich auf eine der Bänke gesetzt, wo wir auch unsere Rollen geübt hatten. Ulf kam aber vor Julian ins Hotel zurück, was die Frau an der Rezeption bestätigen konnte. Dummerweise ist Julian noch etwas draußen geblieben und hat mich, als er aufs Zimmer kam, netterweise nicht geweckt. Natürlich hätte ich behaupten können, dass er während der Tatzeit schon wieder bei mir war. Dann hätte ich ihm leicht ein Alibi verschaffen können und er säße jetzt nicht im Gefängnis." Sie sah betrübt vor sich hin, als gebe sie sich selbst die Schuld dafür. Karl überlegte, ob er in einer solchen Situation für einen geliebten Menschen lügen würde. Wie würde er reagieren, wenn plötzlich Paula unter Mordverdacht stehen würde? Er hoffte, dass er niemals vor einem ähnlichen Dilemma stehen würde.

„Ich danke Ihnen jedenfalls für Ihre Offenheit, das ist sicherlich keine einfache Situation für Sie. Ich werde aber mein Bestes tun, um die wahren Umstände des Mordes herauszufinden. Es gibt meiner Meinung nach nicht nur Belastendes, sondern auch einige Hinweise darauf, dass er unschuldig ist."

„Das klingt hoffnungsvoll." Ihr gequälter Gesichtsausdruck strafte ihre Worte Lügen.

„Sie wollen jetzt sicherlich Ihren Freund besuchen. Gehen Sie ruhig, Sie sind eingeladen."

„Danke. Ich fühle mich im Moment wirklich wie in einem Albtraum. Wenn Sie ihm irgendwie helfen können, wäre ich Ihnen sehr dankbar." Karl lächelte aufmunternd.

„Ich tue, was ich kann. Bevor Sie gehen…", Karl zögerte kurz, weil er nicht wusste, ob seine Bitte zu aufdringlich erschien. „Wäre es möglich, dass ich Ihren Freund im Gefängnis besuche? Ich würde mir gerne ein eigenes Bild machen."

„Ja, von mir aus, tun Sie das. Ich kann Sie ja ankündigen, damit er weiß, dass Sie keiner dieser miesen Journalisten sind."

„Danke, das ist eine gute Idee. Auf Wiedersehen."

„Auf Wiedersehen und danke nochmal."

Dann stand sie auf und ging eilig Richtung Bahnhof. Karl saß da, schaute auf den Platz, über den viele Menschen hektisch mit ihren Einkaufstüten liefen, auf das alte Münster mit seiner schönen Architektur im romanischen und gotischen Stil. Dann wanderte sein Blick zum großen Beethovendenkmal, das vor einem schönen, altertümlichen Gebäude stand, das viele Touristen fälschlicher Weise für das Beethovenhaus hielten. Das echte war zwar auch sehr schön, aber deutlich kleiner. Er musste an sein letztes Abenteuer denken, bei dem der berühmte Komponist eine so wichtige Rolle gespielt hatte. Dann ließ er in Gedanken alles noch einmal Revue passieren, was er in den letzten Tagen herausgefunden hatte. Nach wie vor war er von der Unschuld des jungen Mannes überzeugt.

Kapitel XIV

Nachdem der Kurator die üblichen Begrüßungsworte zur Eröffnung der Ausstellung „Auf den Spuren der Rheinromantik“ gehalten hatte, beobachtete Karl, wie sein Freund Piet zum Rednerpult ging. Hoffentlich würde er sich wenigstens heute einmal kurzfassen. Er wollte schließlich kein ermüdetes, unaufmerksames Publikum vor sich sitzen haben, wenn er selbst an der Reihe war. Der Kurator der Ausstellung hatte sie gebeten, eine kurze Einführungsrede zur Rheinromantik zu halten. Karl war für die kunsthistorischen, sein Freund Piet für die germanistischen Aspekte zuständig. Es waren zahlreiche mehr oder weniger bekannte Persönlichkeiten des öffentlichen Lebens anwesend. Piet, der bereits hinter dem Rednerpult stand, nahm noch einen Schluck Wasser und begann mit seinem Vortrag.

„Guten Tag, meine Damen und Herren. Den Beginn der Rheinromantik kann man auf das Jahr 1802 datieren, als sich zwei junge, deutsche Schriftsteller auf eine Schiffsreise begaben, die sie durch das mittlere Rheintal führen sollte.

‚Es setzten zwei Vertraute/Zum Rhein den Wanderstab,/ Der braune trug die Laute,/Das Lied der blonde gab.‘

Der *Braune* und der *Blonde* waren keine geringeren als zwei bedeutende Vertreter der romantischen Literatur: Achim von Arnim und Clemens Brentano. Was aber faszinierte die beiden an der Rheinlandschaft? Es waren zunächst schlichtweg die wilde, erhabene Natur und die vielen Burgen und Ruinen, die auf den Anhöhen zur Rechten und zur Linken des Rheins zu bestaunen waren und heute noch sind. Für die Romantiker, die die ersten Auswirkungen der beginnenden Industrialisierung erlebten, hatte die Natur etwas Ursprüngliches, vom Menschen Unberührtes. Und das alles erfüllte der Rheinlauf zu dieser Zeit weitaus mehr, als es nach seiner Begradigung ab Mitte des 19. Jahrhunderts der Fall ist. Während die Aufklärung, wie auch schon die Renaissance, das Mittelalter als „finster“ verachtete, entwickelten die Romantiker eine Sehnsucht nach gerade dieser Epoche. Deshalb bewunderten sie auch die Überreste der mittelalterlichen Burgruinen als deren stolzen Zeugen. Sie fragten sich: *‚Wo seid ihr, ihr Ritter und Bauersleute?‘*

Unsere zwei Reisenden waren aber auch auf der Suche nach volkstümlichen Sagen und Märchen, die sich um die geheimnisvollen Stätten und Naturerscheinungen am Rhein woben. Die Schriften der Edda, einer nordgermanischen Sagensammlung, die auch die berühmte Nibelungensage enthielt, wurden als Ausdruck einer neuen nationalen Identität verstanden.

Machen wir einen kleinen Zeitsprung.“ Das ist eine gute Idee, schoss Karl durch den Kopf, gerne auch einen großen. „Ihnen folgte bald ein berühmter und eigenwilliger englischer Dichter, Lord Byron, der sich ebenfalls auf die Reise entlang des Rheins begab. Er war besonders beeindruckt von dem nicht weit von hier entfernten Drachenfels und von der mit ihm verbundenen Sage von Siegfried, dem heldenhaften Drachentöter. Für Byron waren die alten Burgruinen auch ein Zeichen der Vergänglichkeit alter Kulturen und nicht zuletzt des Menschen selbst. Und was er sah, hielt er fest und brachte es mit zurück nach England. Von nun an war die Rheinromantik ganz en vogue. Zahlreiche Abenteurer, insbesondere deutscher und englischer Provenienz, begaben sich auf die Reise. Den Dichtern folgten auch bald die Maler, die sich sowohl von der schwärmerischen Literatur als auch durch eigene Reisen inspirieren ließen. Doch das ist eher das Sujet meines geschätzten Kollegen Professor Karl Jung. Ich danke Ihnen für Ihre Aufmerksamkeit.“

Noch während applaudiert wurde, machte sich Karl auf den Weg zum Rednerpult. Piet gelang es einfach nicht, sich kurz zu fassen, wenn er in seinem Element war. Karl versuchte daher, sich auf das Wesentliche zu beschränken, um die Aufmerksamkeit der Zuhörer nicht überzustrapazieren und die offizielle Eröffnung der Ausstellung nicht unnötig zu verzögern.

Er steckte in groben Zügen die weitere Entwicklung der romantischen Kunst in der Malerei ab und legte dabei den Schwerpunkt auf William Turner, den wohl berühmtesten Maler der Rheinromantik.

„Auch William Turner hat den populären Roman Lord Byrons gelesen. Er ließ sich davon inspirieren und begab sich schließlich selbst auf die Reise. Was Byron mit Worten malte, schuf Turner auf kongeniale Weise mit dem Pinsel. Es entstand eine Vielzahl großartiger Bilder, die fast ausschließlich wilde Natur, den Rhein sowie Burgen und Burgruinen zeigen. In dieser Zeit sind auch die Burgen und Schlösser entstanden, die heute so mittelalterlich anmuten, jedoch in Wirklichkeit Beispiele der spätromantischen Architektur darstellen. Das nächstgelegene Beispiel ist Schloss Drachenburg, das erst in den 80er Jahren des 19. Jahrhunderts direkt im Schatten des von Byron so geschätzten Drachenfels‘ erbaut worden ist und heute eine beliebte Filmkulisse darstellt. Mit den Worten des Dichters möchte ich schließen:

‚Weit droht ins offen Rheingefild‘ der turmbezinnte Drachenstein,/ Die breite Brust der Wasser schwillt-/ans Ufer hin, bekränzt vom Wein.‘

Ich hoffe, auch Sie lassen sich anstecken und inspirieren von der Schönheit der Rheinromantik, die Sie hier in Wort und Werken erwartet. Ich wünsche Ihnen einen interessanten und unterhaltsamen Gang durch die Ausstellung und bedanke mich für Ihre Aufmerksamkeit.“

Der Kurator der Bundeskunsthalle begab sich ans Mikrofon, bedankte sich bei den beiden Rednern, Professor Jung und Professor van der Meer, und eröffnete feierlich die Ausstellung. Karl beabsichtigte dem Smalltalk mit den sogenannten Personen des öffentlichen Lebens zu entgehen und zog sich unauffällig zurück. Er schlug seinem Freund Piet einen Besuch des Museumscafés auf der Dachterrasse vor. Mit dem Vorschlag, das wusste er, rannte er bei Piet stets offene Türen ein.

Die Bundeskunsthalle gehörte zur Bonner Museumsmeile und war vor gut 25 Jahren entstanden, als die Stadt noch Hauptstadt war und diesem Titel architektonisch und kulturell gerecht werden musste. Die Architektur der Museen fand weit über Bonn hinaus große Beachtung. Es war ein schöner Ort, um sich von der Kunst und Geschichte inspirieren zu lassen, aber auch, um dort, jenseits der alltäglichen Betriebsamkeit, zu verweilen. Dazu gehörte auch das Café auf dem Dach des Museums. Man musste allerdings eine steile Treppe mit unzähligen Stufen hinaufsteigen, was Karls wohlbeleibtem Freund merklich schwerfiel. Oben angekommen genossen die beiden den Blick auf den schönen, auf dem Museumsdach angelegten, Garten. Sie suchten sich einen freien Tisch mit einem Schirm, der in der heißen Spätsommersonne genug Schatten spendete und bestellten kalte Getränke.

„Der Tag, an dem du dich kurzfasst, den werde ich wohl nicht mehr erleben."

Piet lachte. „Du weißt, ich kann nicht anders. Ich höre mich einfach gerne reden", sagte er mit einem ironischen Unterton, wobei er es, das war Karl klar, eigentlich völlig ernst meinte.

„Ich glaube aber, den Zuhörern hat unser kleiner Ausflug in die Rheinromantik gefallen."

Karl war froh, dass sein Freund vor einigen Wochen von seiner Gastprofessur in Oxford zurückgekehrt war. Piet war eher der gemütliche Typ Mensch. Ihn konnte so schnell nichts aus der Ruhe und schon gar nicht aus der Fassung bringen. Er war ja auch, *nomen est omen*, der Fels vom Meer, sozusagen der Fels in der Brandung. Er trug ausschließlich altmodische, zu weit geschnittene Anzüge, die seine Beleibtheit allerdings nicht verbergen konnten. Die dicke, schwarze Hornbrille, wie sie in den 50er Jahren modern war, verstärkte den Eindruck eines belesenen Intellektuellen, was aber auch durchaus seiner Persönlichkeit entsprach. Er beherrschte sechs Sprachen mehr oder weniger fließend und war ein wandelndes Lexikon, und das nicht nur auf seinem Fachgebiet der Germanistik. Sein eigentliches Markenzeichen aber war seine dunkelrote Fliege, die er passend oder auch nicht, zu jedem seiner Anzüge trug. Der gebürtige Holländer war zwar nur wenige Jahre älter als Karl, aber seine Haare waren bereits spärlich und völlig ergraut, was ihn nochmal deutlich älter erscheinen ließ. Piet besaß einen unglaublich guten sprachlichen Ausdruck und beherrschte auch die deutsche Grammatik bis in die letzten Feinheiten, aber sein niederländischer Akzent trat immer noch deutlich hervor. Er war schon viel in der Welt herumgekommen und hatte an renommierten Universitäten studiert und geforscht. Karl dagegen hatte, außer einem Auslandssemester in Florenz, keine längeren Aufenthalte im Ausland aufzuweisen.

Als der Kellner ihnen die Getränke servierte, nahm Piet mit einem wohligen Aufstöhnen einen großen Schluck. Dann setzte er sein verschwörerisches Grinsen auf, das Karl nur zu gut kannte. „Ich habe gehört, du triffst dich in letzter Zeit häufig mit dem Fräulein Lanzini, unserer wunderschönen Kollegin aus dem Musikseminar."

Karl wäre dem Thema eigentlich lieber ausgewichen: „Wir haben tatsächlich einige Wochen viel Zeit zusammen verbracht, als wir Nachforschungen zum Fall Rosenberg angestellt haben. Du hast sicher schon gehört, dass er aus dem Fenster unseres Universitätsgebäudes gestoßen wurde. Das war ein großer Schock für Paula. Sie war schließlich seine engste Mitarbeiterin. Da habe ich ihr eben geholfen."

„Ja, ich habe von dem schrecklichen Vorfall bei meiner Rückkehr erfahren. Du hast es ja offensichtlich nicht für nötig erachtet, deinem alten Freund davon zu erzählen. Aber zurück zu den erfreulichen Dingen des Lebens. Mehr läuft da nicht zwischen dir und dem Fräulein?" Piets Grinsen wurde noch breiter. Sein Gesicht erinnerte Karl an die Smileys, die seine Studenten unpassender Weise in den Mails benutzten. Wenn es nach ihm ginge, sollten diese albernen, infantilen Zeichen innerhalb des Schriftverkehrs von Erwachsenen unter Strafe gestellt werden.

„Ich wusste nicht, dass du ein solches Waschweib bist." Natürlich wusste Karl, was für ein neugieriges Tratschweib sein Freund war. Er versuchte zu dementieren, auch wenn ihm klar war, dass ein entschiedenes Dementi immer den Verdacht eines Zugeständnisses nahelegte. „Nein, mehr ist da nicht. Wie du weißt, ist sie auch kein ‚Fräulein' mehr." So ein altmodisches Wort konnte auch nur Piet benutzen. „Sie ist mit einem gutaussehenden und sehr erfolgreichen Architekten verheiratet, reicht dir das?"

Karl wusste gar nicht, ob Paulas Mann wirklich attraktiv war, aber er wollte alle Spekulationen seitens seines Freundes von vornherein im Keim ersticken. Piets Lächeln verriet, dass er ihm kein Wort glaubte. Sich über Frauengeschichten zu unterhalten und am besten noch gute Ratschläge zu bekommen, war das letzte, womit er sich gerade an Piet wenden würde. Sein Freund kam mit seinem altmodischen Charme durchaus bei einem bestimmten Typ von Frauen jenseits der 50 gut an und er flirtete auch ganz gern, oder war, wie er sich ausdrücken würde, galant zu den Damen. Wenn es aber ernst wurde, zog er sich blitzschnell wieder zurück. Er war aus voller Überzeugung Junggeselle, der auch das Wort Zölibat nach Karls Ansicht nicht nur vom Hörensagen kannte. Er hatte sich in seinem Alleinsein sehr gut eingerichtet und war sich selbst genug, zumal er eine sehr hohe Meinung von sich hatte. „Bescheidenheit ist eine Zier, doch weiter kommt man ohne ihr" war sein gern zitiertes Lebensmotto. Er brauchte niemanden, der ihm sagte, was er zu tun oder zu lassen habe. Er erinnerte Karl ein wenig an den verschrobenen Professor aus dem Musical „My fair lady", der mit der Art der Frauen einfach nicht zurechtkam und sich fragte: „Why can't a woman be more like a man?" Hätte es diese Art von Frau, eine Frau mit den Charaktereigenschaften eines Mannes, gegeben, dann wäre eine feste Beziehung durchaus im Bereich des Möglichen gewesen. Bei der emanzipierten Paula wäre er mit seiner steinzeitlichen Einstellung gegenüber Frauen allerdings an der falschen Adresse gewesen. Karl lenkte das Thema auf das Berufliche und besprach mit seinem holländischen Freund die nächsten interdisziplinären Projekte, die sie vor einiger Zeit ins Auge gefasst hatten. Piet gönnte sich derweil noch einen Zigarillo, bevor sie bald darauf die Dachterrasse verließen. Als sie unten auf dem Vorplatz angekommen waren, blieb Karl plötzlich stehen und sagte unvermittelt: „Schön, dass du wieder da bist." Er war selbst von seiner sentimentalen Anwandlung überrascht. Aber es entsprach doch der Wahrheit. Piet lächelte. „Wer sollte dich denn sonst hinsichtlich deiner Frauengeschichten beraten?" Karl hätte jeden seiner Bekannten nennen können, die sich in diesem Bereich besser auskannten als Piet, stattdessen schwieg er und setzte ein verbindliches Lächeln auf. Gemeinsam verließen sie das Museum, machten sich aber getrennt auf den Heimweg. Karl hatte überlegt, sich ein Taxi zu nehmen, entschied sich dann aber doch für einen Spaziergang durch seine geliebte Südstadt. Die Schönheit der Gründerzeithäuser nahm er allerdings kaum wahr, da sich seine Gedanken um die Ereignisse der letzten Tage drehten. Die Fragen, was tatsächlich in jener Nacht passiert war und wer den schrecklichen Mord begangen haben könnte, ließen ihm keine Ruhe. Welches Motiv könnte der Täter gehabt haben? Welchen Zusammenhang, welche Beziehung gab es zwischen Täter und Opfer? Was verband die Personen und Ereignisse? Ein Thema zog sich wie ein Leitmotiv durch das Drama: „Die Nibelungen". Die Studenten waren der Nibelungensage verbunden, der Wagner-Freundeskreis hatte es im Zeichen des großen Komponisten zum Thema des Abends gemacht und schließlich ereignete sich der Mord in der Nibelungenhalle, mit einer Mordwaffe, die ebenfalls der Sage zuzurechnen war. War der Täter ein Liebhaber der alten Geschichten? War er ein Psychopath, der sich an seiner mörderischen Inszenierung ergötzte oder war alles nur bloßer Zufall?

Zuhause angekommen nahm er sich vor, in den nächsten Tagen Piet aufzusuchen, um sich detaillierter über die Nibelungensage zu informieren. Sein Freund bot vielleicht nicht ein so umfangreiches Wissen wie die berüchtigte Suchmaschine, aber er war, im Unterschied zu der vermeintlichen künstlichen Intelligenz, tatsächlich intelligent und konnte sein Wissen in sinnvolle Zusammenhänge bringen. Genau das brauchte Karl jetzt. Mit dem Gedanken, etwas Sinnvolles zu tun, was sie in der Sache weiterbringen könnte, schloss er die Wohnungstür auf und begann endlich gedanklich abzuschalten.

Kapitel XV

Als Paula und Karl Piets Büro betraten, fielen Paula die Unmengen an alten Büchern und Folianten auf. Neben den gesammelten Werken von Goethe entdeckte sie die zwanzigbändige Werkausgabe des „Brockhaus" in Leder gebunden mit Goldschnitt. Der Besitzer dieses Büros befand sich anscheinend noch im letzten Jahrhundert, was auch sein Äußeres nahelegte. Am Schreibtisch, auf dem statt eines Computers Stapel von Büchern lagen, saß ein etwas fülliger, altmodisch gekleideter Mann, der sie freundlich angrinste. Piet konnte sich ein verschmitztes Ich-hab's-ja-gewusst-Lächeln nicht verkneifen.

„Hallo Frau Lanzini, schön Sie endlich kennen zu lernen. Wir sind uns ja schon hier und da mal auf dem Flur begegnet, aber leider sind wir nie ins Gespräch gekommen." Karl war wegen der überschwänglichen Freundlichkeit seines Freundes irritiert, seine eigenbrötlerischen Marotten zeigte Piet anscheinend nur bei ihm.

„Die Freude liegt ganz auf meiner Seite", entgegnete Paula.

Karl unterbrach ungeduldig das in seinen Augen förmliche Getue:

„Wollt ihr euch nicht einfach duzen? Das macht die Sache einfacher und ich würde jetzt gerne einiges erfahren, was uns vielleicht in der Sache weiterbringt." Piet lehnte sich gemütlich in seinem Sessel zurück, legte die Fingerspitzen gegeneinander und sah seinen Freund erwartungsvoll an.

„Womit kann ich zu Diensten sein?"

„Also es geht um die Nibelungensage im Allgemeinen und den Nibelungenschatz im Besonderen. Wir haben den Eindruck, dass dieser etwas mit dem Mord, der sich vermutlich nicht zufällig in der Nibelungenhalle ereignet hat, zu tun haben könnte. Gibt es Hinweise darauf, dass dieser Schatz tatsächlich existiert, oder ist er reine Fiktion?" Piet überlegte kurz, nahm dann eine Schachtel aus der Schublade und zündete sich einen Zigarillo an.

„Bist du lebensmüde? Seit wann darf man hier rauchen?“, fragte Karl entsetzt.

„Beruhig dich. *Man* darf natürlich nicht, *ich* schon.“ Karl schaute entsetzt, verzichtete aber wohlweißlich auf eine weitere Diskussion. Piet war ein Sophist, er konnte einem ein X für ein U vormachen. Er wäre vermutlich auch in der Lage, einem Inuk einen Kühlschrank anzudrehen. Und er hatte eine unendliche Geduld, den Disput solange fortzusetzen, bis er als vermeintlicher Sieger daraus hervorging.

„Also zunächst einmal, es gibt viele verschiedene Quellen für die Sage der Nibelungen, die eine ähnliche, aber nie die gleiche Geschichte erzählen. Es verhält sich damit wie bei den Volkssagen und Märchen, die auch in den unterschiedlichsten Varianten auftauchen. Die bekannteste Quelle für die Nibelungensage ist die nordgermanische Liedsammlung, die sogenannte ‚Edda‘. Hier findet man den Ursprung für die in der deutschen Literatur gängigste Version der Sage.“

„Die auch Wagner als wichtigste Vorlage verwendet hat“, warf Paula ein.

„So ist es. Aber selbst innerhalb dieses Werkes gibt es Unterschiede und inhaltliche Widersprüche. Die bekannteste Handlungsversion ist euch vermutlich in etwa vertraut: Kriemhild lebt mit ihren drei Brüdern am Hof zu Worms. Sie bekundet die Absicht, nie einen Mann ehelichen zu wollen, da dies so viele Frauen schon ins Unglück gestürzt habe. Das ist eine für mich sehr fragwürdige These insofern, als meine Lebenserfahrung mich gelehrt hat, dass es sich eher umgekehrt verhält. Aber das nur am Rande.“ Karl verdrehte die Augen und Paula musste an ihre Ehe denken. Sie fragte sich, wer von ihnen wen ins Unglück stürzen würde.

„Mein lieber Piet, komm bitte auf den Punkt.“

„Also, wie man es nur allzu gut von einigen Frauen kennt, wird sie wankelmütig, als sie Siegfried von Xanten kennenlernt. Sie heiraten und setzen ein Kind in die Welt. Brunhilde drängt ihren Mann Gunther, den Bruder Kriemhilds, dass seine Schwester und Siegfried sie an ihrem Hof in Worms besuchen sollen. Dort kommt es zum berühmtesten Zickenkrieg der Literaturgeschichte, als die beiden Damen sich in aller Öffentlichkeit darum streiten, wem es anstehe, als erste den Dom zu Worms zu betreten. Gunther reagiert etwas über und beauftragt seinen Vasallen Hagen von Tronje, Siegfried zu töten. Der ist zwar unverwundbar, da er in Drachenblut gebadet hat, aber die eine Stelle an der Schulter, auf die während des Bades ein Lindenblatt gefallen war, ist seine Achillesferse." Piet lachte über sein mehr oder weniger geistreiches Wortspiel. „Und die nutzt Hagen, um ihn hinterrücks zu töten."

Karl musste an die Art und Weise denken, wie der Journalist umgebracht wurde. Auch ihn hatte man, wie Paula schon festgestellt hatte, von hinten niedergestreckt. Das konnte doch kein Zufall sein? Schnell wandte er sich wieder den Ausführungen seines Freundes zu.

„Kriemhild fordert den Nibelungenschatz ihres verstorbenen Mannes zurück, aber Hagen versenkt selbigen, also den Schatz, nicht den Toten, im Rhein und verliert bis zu seinem Tod kein Sterbenswörtchen darüber, an welcher Stelle genau er ihn dort verschwinden ließ. Kriemhild schwört daraufhin, sich an ihm zu rächen und mit Hilfe des Hunnenkönigs Etzel, den sie eigens dafür heiratet, will sie ihren Racheplan verwirklichen. Inzwischen eine mächtige Herrscherin im Land der Hunnen, lädt sie ihre Brüder und Hagen ein, an ihren Hof zu kommen, wo es schließlich zu einem fürchterlich blutigen Gemetzel kommt, bei dem sowohl Hagen als auch Kriemhild den Tod finden. Soweit die Geschichte, im Sinne von Erzählung, nicht im Sinne von tatsächlich verbürgten Ereignissen."

„Gibt es denn trotzdem historische Bezüge, also so etwas wie einen wahren Kern der Sage?"

„Im Prinzip ist das bei jeder Sage mehr oder weniger der Fall. Mal gab es einen König als Vorbild, so halten manche z.B. Siegfried für

Hermann, den Cheruskerkönig. Mal ist es ein Krieg, auf den sich die Geschichten beziehen. Die Nibelungensage spielt in der Zeit der Völkerwanderung und erzählt vom Untergang der Burgunder. Ein anonymer Autor dichtete das berühmte mittelhochdeutsche Heldenepos um 1200 nach mündlichen Überlieferungen. Gegen Ende des 4. Jahrhunderts war der ostgermanische Stamm der Burgunder von der Weichsel an den Rhein gewandert. Um 410 siedelten sie in der Gegend um Worms und wurden im Jahr 436 von den Hunnen vernichtend geschlagen. Die Figur der Kriemhild hatte vermutlich die Frau des Hunnenkönigs Attila zum Vorbild. Kurz gesagt: Es gibt zahlreiche historische Bezüge oder zumindest Theorien darüber, was auf wahre Begebenheiten und Persönlichkeiten zurückzuführen sein könnte."

„Und wie verhält es sich mit dem Nibelungenschatz?" Piet führte seinen Zigarillo zum Mund und nahm einen genüsslichen Zug, um über ihnen eine große Rauchwolke entstehen zu lassen.

„Tja, hier gehen die Meinungen weit auseinander. Ob Hagen von Tronje, alias irgendein germanischer Fürst, vielleicht eine große Kriegsbeute im Rhein versenkt hat, angeblich 144 Ochsenkarren voll mit Edelsteinen und Gold, ist unwahrscheinlich, aber nicht auszuschließen. Es verhält sich da wie mit dem Glauben. Du kennst meine Haltung zur Religion. Die Existenz eines Gottes ist nicht auszuschließen, aber solange es keinen eindeutigen Beweis dafür gibt, bin ich raus aus der Sache. Ich bleibe Agnostiker. Aber auch das ist meine ganz persönliche Einstellung."

„Wenn es einen solchen Schatz tatsächlich gäbe, an welchem Ort würde man ihn suchen?", fragte Paula.

„Es gab schon so einige Spinner, unter anderem auch Hermann Göring, der an diesen Schatz geglaubt und akribisch danach geforscht hat. Wenn man an die Existenz des Schatzes glaubt, dann ist der Rheinabschnitt zwischen Worms und Gernsheim ein beliebter Ort für die Goldsucher. Lochheim am Rhein wird heiß gehandelt, denn im Nibelungenlied heißt es: ‚er sancten da zum loche allen in den rin'. Ob selbige Stadt damit gemeint ist, bleibt fraglich, wie so vieles rund um den Mythos. Bis heute hat aber niemand etwas gefunden. Er machte eine kurze Pause und nahm erneut einen Zug. Unter den Schatzsuchern ist Hermann Göring wohl der bekannteste. Er schaufelte mit einem extra dafür entwickelten Bagger am Grund des Rheins herum und förderte genau 300 g Gold zu Tage. Bei dieser homöopathischen Dosis handelte es sich vermutlich nicht um den Nibelungenhort." Piet unterstrich seine ironische Bemerkung mit einem schelmischen Lächeln. „Noch in den 70er Jahren versuchte ein Architekt mit Hilfe seines Sohnes, den Schatz zu heben, aber auch die beiden blieben erfolglos."

„Gut, zwei wichtige Punkte halte ich fest. Erstens, es gibt überhaupt reale Bezüge zur Geschichte. Und zweitens gibt es Menschen, die daran glauben und die daraus den Schluss ziehen, dass der Nibelungenschatz nicht nur eine literarische Erfindung ist."

Da fiel Karl plötzlich wieder das Blatt ein, das er im Präsidium gesehen hatte. Er war sich relativ sicher, dass auch bei Lochheim ganz unten auf dem Zettel ein Kreuz eingezeichnet war. Handelte es sich am Ende um eine Schatzkarte? Vielleicht ging aber auch seine Phantasie mal wieder mit ihm durch und er hatte in der Kindheit zu viele Piratenfilme gesehen.

„Vielen Dank, Piet, du hast uns sehr geholfen."

„Keine Ursache, es wäre nett, wenn ihr mich auf dem Laufenden halten würdet."

Er legte seinen Zigarillo auf einem improvisierten Papieraschenbecher ab, stand auf und verabschiedete die beiden mit einem breiten Lächeln. Als sie die Flure entlanggingen, blieb Karl unvermittelt stehen.

„Du hältst mich vielleicht für verrückt, aber ich hatte eben einen Geistesblitz. Du erinnerst dich doch an dieses Papier, das Carla mir auf dem Präsidium gezeigt hat. Da waren auf einer Karte mehrere

Kreuze eingezeichnet." Er stockte. „Vielleicht ist das ja so eine Art Schatzkarte." Paula sah ihn nachdenklich an. Sie fand seine Idee offenbar gar nicht so lächerlich. „Ich frage mich zwar, warum ihm die ‚Schatzkarte' nicht entwendet worden ist, aber es könnte doch sein, dass der Täter sie nicht gefunden oder erst gar nicht gesucht hat. Vielleicht ist er auch überstürzt vom Tatort geflohen. Ich glaube jedenfalls, dass wir da ansetzen können", stellte Karl mit einer vorsichtigen Zuversicht fest. „Wenn es Leute gibt, die verrückt genug sind an einen solchen sagenumwobenen Schatz zu glauben, dann sind sie auch unberechenbar genug, Menschen für ihre fixe Idee über die Klinge springen zu lassen." Von Paula war nur ein vieldeutiges „Mmh" zu vernehmen. Karl war sich nicht sicher, ob seine Ausführungen sie zum Nachdenken gebracht hatten, oder ob sie die Idee für völlig abwegig hielt, ihn aber nicht mit einer klaren Ablehnung vor den Kopf stoßen wollte.

Kapitel XVI

Sobald die Kameras Karls Autokennzeichen identifiziert hatten, öffnete sich das schwere Eisentor, das auf das Gelände der JVA Siegburg führte. Karl fuhr auf ein Gebäude zu, das er auf den ersten Blick niemals für ein Gefängnis gehalten hätte. Er parkte und folgte den Hinweisschildern zum Haupteingang. Als er eintrat, sah ihn der Pförtner durch das Sicherheitsglas erwartungsvoll an. Er kontrollierte Karls Personalien und fragte nach dem Gefangenen, den er zu besuchen beabsichtigte. Dann erhielt er eine Besucherkarte, die er umhängen sollte und wurde an einen Aufsichtsbeamten verwiesen, der ihn zum Besucherraum begleiten würde. Als sie aus der Tür, die zum Gefängnishof führte, heraustraten, befiel ihn ein beklemmendes Gefühl. Er blickte auf eine Mischung aus preußischem Exerzierplatz der Jahrhundertwende und einer DDR-Grenzanlage. Ein großes, rotes Backsteingebäude mit zahlreichen, vergitterten Fenstern ließ erahnen, wie viele Zellen das Gefängnis beherbergte. Die strenge Ausrichtung der endlosen Fensterreihen und die Gitter hatten eine Architektur geschaffen, die deutlich machte, dass hier kein Individualismus zugelassen wurde. Die Stacheldrahtspiralen auf den hohen Betonmauern, die das Gebäude umgaben, machten dem Besucher und den Insassen unmissverständlich den Ernst der Lage klar. Dies war eine bedrückende Welt, die Karl bislang nur aus Filmen kannte, die aber in der Realität eine ungleich größere Beklemmung auslöste. Das Diesseits und Jenseits der Mauer, Freiheit und Unfreiheit, waren hier nur einen Steinwurf voneinander entfernt.

Schließlich betraten sie den eigentlichen Gefängnisbau und Karl war gespannt, was ihn erwarten würde. Sie passierten mehrere Sicherheitstüren und -schleusen, bevor er einen Blick auf das hallenartige Innere werfen konnte. Zu beiden Seiten erstreckten sich endlos lange Flure, an denen sich die Zellentüren in kurzen, regelmäßigen

Abständen aneinanderreihten. Nach der Abfolge der Türen schätzte Karl die Breite der Zellen auf etwa zwei bis drei Meter. Er hatte nie wirklich darüber nachgedacht, was es bedeutete, auf wenigen Quadratmetern und in einem solchen Gebäude Monate oder gar Jahre seines Lebens verbringen zu müssen. Er hätte es hier keine Woche ausgehalten, aber der Mensch konnte sich offenbar an vieles gewöhnen. Die Insassen waren ja auch nicht freiwillig hier, ihnen blieb nichts Anderes übrig, als sich irgendwie mit der Situation zu arrangieren. Immerhin waren sie nicht ohne Grund hier gelandet, dachte Karl, wobei möglicherweise der Ein oder Andere doch unschuldig hier saß und vielleicht gehörte auch der Student dazu. Wie viel schlimmer musste es sein, wenn man wusste, dass man hier zu Unrecht weggesperrt und seiner Freiheit beraubt wurde? Karl bestärkte es nur noch mehr in dem Gedanken, dem Verdächtigen, der sich bereits seit einigen Tagen in Untersuchungshaft befand, zu helfen. Der Wärter ging wortlos weiter und bog nach rechts ab, Karl folgte ihm. Sie kamen in einen benachbarten Gebäudetrakt, der wieder etwas freundlicher aussah. Sein Begleiter führte Karl in einen Raum, in dem ein junger Mann regungslos auf einem Stuhl saß und auf den Boden starrte. Karl erkannte den Studenten sofort wieder. Der Beamte wies darauf hin, dass er eine halbe Stunde mit dem Gefangenen sprechen dürfe und stellte sich wie ein Wachposten vor die Tür des Raumes. Erst als Karl Platz genommen hatte und dem Inhaftierten direkt gegenüber saß, nahm er den Unterschied wahr zwischen dem lebendigen, freundlichen Mann, den er vor einigen Tagen kennengelernt hatte und dem von der bedrückenden Situation gezeichneten Mann, den er jetzt vor sich sah. Karl versuchte sich sein Entsetzen über dessen desolate Erscheinung nicht anmerken zu lassen. Carla hatte nicht übertrieben, als sie ihm berichtete, dass ihn die Sache anscheinend schwer mitgenommen habe.

Karl begegnete seinem verunsicherten Blick mit einem zaghaften Lächeln.

„Guten Tag Herr Stöber, ich hoffe, Sie erinnern sich an mich, wir haben uns…“ Karl wollte gerade ‚am Tag des Mordes‘ sagen, als ihm auffiel, dass das kein guter Einstieg in ein vertrauensvolles Gespräch wäre.

„Ich weiß, wir haben uns draußen vor dem Schloss unterhalten. Anja hat mir erzählt, dass Sie kommen würden. Sie hat mir auch versichert, dass man Ihnen vertrauen kann.“

Der Blick des Studenten hellte sich für einen Moment auf. Für ihn musste dieser schöne sonnige Tag, an dem sein Leben noch in Ordnung war, Lichtjahre entfernt sein.

Karl war froh, dass der junge Mann bereit war, sich ihm zu öffnen. Es machte sogar den Eindruck, als wäre es für ihn ein ausgesprochenes Bedürfnis, mit jemandem zu sprechen, der ihn nicht als Mörder abstempelte. Erst jetzt fiel ihm das Absurde an dieser Situation auf. Der Verdächtige, der sich ihm anvertraute, saß hier aufgrund der Ermittlungen seiner Exfrau ein. Karl überfiel ein schlechtes Gewissen, obschon weder er noch seine Ex etwas dafür konnten. Schließlich war es ihr Job und bei der Indizienlage konnte sie nicht anders handeln. Trotzdem war es besser, sein Verhältnis zu ihr zu verschweigen, wenn er nicht doch noch eine Abfuhr riskieren wollte. Unvermittelt fragte der Student:

„Warum glauben Sie, dass ich unschuldig bin? Ich meine, alles spricht dafür, dass ich den Mord begangen habe. Nur ich weiß, dass es nicht so ist.“

Karl überlegte. „Die Indizien sind objektiv gesehen natürlich zunächst erdrückend, aber Sie machten auf mich weder den Eindruck, dass Sie jemanden kaltblütig umbringen könnten, noch dass Sie so dumm wären, Ihr Schwert am Tatort zurückzulassen. Es ist also nicht mehr als ein reines Bauchgefühl oder nennen Sie es Menschenkenntnis. Darf ich fragen, ob Sie den Toten gekannt haben?“

„Nein, ich kannte ihn nicht, d.h. ich wusste nicht, wer er ist. Ich habe ihn nur auf den Polizeifotos wiedererkannt, weil er mir morgens beim Frühstück im Hotel begegnet ist.“

Karl glaubte ihm, aber ihm war klar, dass die Polizei da ganz bestimmt anderer Meinung war und sicherlich versucht hatte, herauszufinden, ob es nicht doch irgendeine Verbindung zwischen dem Toten und dem Verdächtigen gab. Nur so könnte sich ein plausibles Motiv für den Mord ergeben.

„Die Polizei hat auch nichts finden können, irgendwelche Telefonprotokolle oder Mails, die Ihrer Aussage widersprechen würden?"

„Nein, anscheinend nicht, sie hätten mich ja sonst sicherlich damit konfrontiert. Sie werden aber auch nichts finden, da ich den Mann wirklich zum ersten Mal in meinem Leben gesehen habe."

„Ihre Partnerin erzählte mir, dass Sie mit Ihrem Freund abends noch draußen waren. Darf ich fragen, warum Sie erst später auf Ihr Zimmer zurückgekehrt sind?"

Karl kam sich vor wie bei einem Verhör. Aber wenn er ihm helfen wollte, dann benötigte er auch alle wichtigen Informationen.

„Wir gingen an die frische Luft, um noch eine zu rauchen." Er zögerte. „Aber das war nur der vorgeschobene Grund. Ich hatte Meinungsverschiedenheiten mit Anja. Es war nichts Weltbewegendes, aber wir streiten uns selten. Deshalb wollte ich einen klaren Kopf kriegen."

„Und deshalb sind Sie auch noch länger als Ihr Freund draußen geblieben?"

„Ja, ich wollte einen Moment für mich bleiben. Ich hatte ehrlicherweise auch gehofft, dass Anja schon schläft, wenn ich aufs Zimmer zurückkehre. Ich dachte, dass der Streit vergessen wäre, wenn wir eine Nacht darüber geschlafen hätten. Und das ist mir, wie es aussieht, zum Verhängnis geworden. In dieser Zeit muss es…" Er hielt inne. Karl war klar, was er sagen, aber nicht aussprechen wollte.

„Ich habe noch eine Frage zu Ihrem Schwert. Haben Sie es an dem Tag noch benutzt?"

„Ja, ich habe es für die Proben am Nachmittag gebraucht. Danach sind wir alle in diesen Raum gegangen, wo auch das Gepäck der

Gäste aufbewahrt wird. Das Schwert habe ich dann in den Schrank gelegt, damit es nicht so offen herumliegt. Es war nicht ganz billig."

„Es hätte also jemand an sich nehmen können?"

„Ja, obwohl es ziemlich groß ist. Es wäre nicht so leicht, es zu verstecken. Aber irgendjemand muss es ja entwendet haben."

Wieder stockte er. Man hatte ihn mit Sicherheit auch mit Fotos konfrontiert, auf denen der Tatort mit dem Toten und der Waffe im Rücken zu sehen war.

Karl vernahm von hinten ein Räuspern. Der Beamte machte unmissverständlich klar, dass ihre Redezeit gleich beendet sein würde. Karl überlegte kurz, hatte aber das Gefühl, das Wesentliche erfahren zu haben. Der Student machte einen verzweifelten, aber ehrlichen Eindruck. Immerhin deckten sich seine Aussagen mit dem, was er bisher erfahren hatte. Seine Resignation war angesichts der erdrückenden Indizien nur zu verständlich.

„Ich danke Ihnen, dass Sie so offen waren. Ich hoffe, dass ich etwas zu Ihrer Entlastung beitragen kann."

„Ich danke *Ihnen*." Er zögerte und fuhr in einem Ton fort, den Karl als herzzerreißend empfand. „Wissen Sie, ich habe das Gefühl, dass ich in einen Albtraum geraten bin, aus dem ich nicht mehr aufwache. Ich kann einfach nicht fassen, wie sich das Leben von einem Tag auf den anderen so schlagartig ändern kann. Können Sie sich vorstellen, wie das ist, hier unter lauter Kriminellen einzusitzen, wenn man weiß, dass man unschuldig ist?" Karl nickte betroffen.

„Ich wünsche Ihnen, dass der Albtraum bald ein Ende findet."

Karl stand auf und verabschiedete sich. Doch kurz, bevor er das Zimmer verließ, blieb er abrupt stehen und drehte sich noch einmal um.

„Ich habe noch eine Frage: Glauben Sie an die Existenz des Nibelungenschatzes?"

Der Student war von der plötzlichen Frage sichtlich verwirrt.

„Ich bin sehr phantasiebegabt, aber der Nibelungenschatz ist für mich reine Fiktion. Wieso fragen Sie?“ Karl war froh, dass sie in diesem Moment vom Wärter unterbrochen wurden. Er hätte ehrlicherweise sagen müssen, dass es eine Art Test war, wie der junge Mann spontan auf diese Frage reagieren würde. Schließlich hatte er das Gefühl, dass der Schatz irgendetwas mit dem Mord zu tun haben könnte. Für Karl schien er aber sehr aufrichtig zu sein. Für einen Moment kam er sich wie Columbo mit seiner etwas hinterhältigen Fragetechnik vor, den Verdächtigen kurz vor dem Abgang noch einmal mit einer wichtigen Frage zu konfrontieren, die ihn als Täter entlarven würde. Während er mit dem Beamten denselben Weg zurückging, den sie gekommen waren, sah sich Karl noch einmal um und stellte sich vor, wie es wäre, hinter einer der Zellentüren leben zu müssen. Er fragte sich, wie man die langen Tage in einem solchen Hamsterkäfig herumbekam, ohne dabei verrückt zu werden, oder in tiefe Depressionen zu verfallen. Als er wieder auf dem Parkplatz angekommen war, atmete er erleichtert auf. Ihm wurde auf einmal klar, wie wertvoll die Möglichkeit war, sich frei zu bewegen und tun und lassen zu können, was man wollte. Er verspürte ein großes Bedürfnis zu Paula zu fahren und ihr von seinen Erlebnissen im Gefängnis zu berichten. Seine Beklemmung wich langsam einer euphorischen Stimmung, dem Gefühl, sein Leben selbstbestimmt genießen zu können.

Kapitel XVII

Als Karl am nächsten Tag sein Büro betrat, saß Ken, sein fleißiger Doktorand, der eigentlich Kenneth O'Brien hieß, aber die Kurzform vorzog, bereits an seinem Schreibtisch.

„Hallo Chef."

„Hallo Ken. Es wäre schön, wenn du etwas für mich recherchieren könntest, wenn du mit deiner Arbeit fertig bist."

„Kein Problem, worum geht es? Ist es wieder etwas Gefährliches?" Der irische Student hatte schon seine Erfahrungen gemacht und war selbst in lebensbedrohliche Situationen geraten, weil er seinem Doktorvater bei seinen Nachforschungen geholfen hatte.

„Ehrlich gesagt, liegt das wohl im Bereich des Möglichen, da es wiedermal um einen Mord geht, aber ich dachte, ein Ire fürchtet nur Gott und seine Frau." Das war eigentlich Kens Standardspruch gewesen, wenn er um einen Gefallen gebeten wurde, der mit einem gewissen Risiko verbunden war. Karl wollte ihn einmal mit seinen eigenen Waffen schlagen, musste er sich doch ständig diese irischen Volksweisheiten anhören.

Ken war sichtlich amüsiert und grinste: „Ich sehe, du lernst dazu." Auch das Duzen seines Doktorvaters war eine Angewohnheit von Ken, die Karl aber keineswegs als despektierlich empfand. Es war eher ein Zeichen ihrer Vertrautheit.

„Es geht um den Mord in der Nibelungenhalle. Es wäre nett, wenn du in dem…, wie heißt das nochmal?" Karl gab den Trottel, für den Ken ihn hielt. „… ach ja, im *Internet* bezüglich dreier Personen nachforschen könntest? Zum einen handelt es sich um Julian Stöber, wohnhaft in Köln und Student der Kölner Universität. Dann bräuchte ich noch Informationen über einen gewissen Dr. Braunheim, den Vorsitzenden des ‚Freundeskreises Richard Wagner', und über Bernhard Mohn, einen freien Journalisten. Mehr weiß ich leider auch nicht."

„Darf ich vielleicht noch erfahren, wer wer ist?“

„Nr. 1 ist der Hauptverdächtige, Nr. 2 ein möglicher Zeuge und Nr. 3 der Tote.“

„Na, das nenne ich detaillierte Informationen.“ Ken konnte sich einen ironischen Unterton nicht verkneifen. Er notierte sich die Angaben auf einem Zettel. „Ich sehe, was ich herausfinden kann und werde dir, wenn‘s gut läuft, heute Abend Bericht erstatten.“

„Danke, das wäre sehr freundlich.“

„Man ist stets gern zu Diensten.“

Karl hatte die Anspielung auf den Film „Der 200-Jahre Mann“ durchaus verstanden, in dem dieser Satz immer von dem so menschlichen Roboter geäußert wird, wenn er einen Befehl seines Herrn auszuführen hat.

Karl verabschiedete sich mit einem Grinsen und suchte, bevor er nach Hause ging, noch eine Buchhandlung auf, um sich neuen Lesestoff zu besorgen. Sie lag in unmittelbarer Nähe der Universität und wurde vor allem von Professoren und Studenten aufgesucht, da in der Regel die gesamte Studienliteratur vorrätig war. Aus gegebenem Anlass stöberte er in der Abteilung mittelhochdeutscher Literatur und fragte den Buchhändler nach empfehlenswerten Veröffentlichungen zur „Nibelungensage“. Er nahm gleich vier Standardwerke mit, verließ die Buchhandlung und machte sich auf den Heimweg.

Da er den ganzen Nachmittag auf seinem Wohlfühlsofa verbracht und in den neuerworbenen Büchern gestöbert hatte, entschied er sich für ein schnelles Abendgericht. Er hatte gerade eine Pizza in den Ofen geschoben, als das Telefon klingelte. Er stellte noch schnell die Zeitschaltuhr auf 20 Minuten und eilte zum Telefon.

„Ja, bitte?“

„Hallo Karl, ich bin’s. Ich habe einiges über die Personen, für die du dich interessierst, herausfinden können.“ Karl hatte nicht mit einer so schnellen Rückmeldung gerechnet.

„Dann schieß mal los!“

„Fangen wir vielleicht mit dem Studenten an." Karl wartete gespannt. „Julian Stöber stammt aus Duisburg und studiert seit vier Jahren an der Kölner Uni. Er wohnt mit zwei anderen Studenten in einer WG. Er studiert Germanistik und beschäftigt sich vor allem mit der Literatur- und Sprachwissenschaft des Mittelalters, also mit alt- und mittelhochdeutschen Texten. Bei einigen Seminaren über mittelalterliche Epen ist er im Vorlesungsverzeichnis auch als Tutor angegeben. Auf seiner Facebookseite gibt er als Hobby unter anderem alte Sagen und Schauspiel an. Er hat dazu viele Fotos gepostet." Er machte eine Pause.

„Ja, ich weiß, was posten bedeutet." Karls leicht gereizter Ton machte klar, dass er nicht immer der hinterwäldlerische Volldepp war, für den Ken und Paula ihn hielten. Ken fuhr fort.

„Also Fotos, auf denen er als Siegfried zu sehen ist, umgeben von anderen, ebenfalls verkleideten Personen. Es gibt keine auffälligen oder anrüchigen Aufnahmen von wilden Partys, halbnackten Frauen oder Alkoholexzessen. Er scheint ein durch und durch solider und etwas altmodischer Mensch zu sein." Karl dachte, wenn Alkohol, nackte Frauen und wilde Partys die Definition eines modernen Menschen waren, dann zählte er sich definitiv lieber zu den altmodischen.

„Der Nächste wäre Bernhard Mohn. Er war früher Redakteur beim ‚Koblenzer Anzeiger', ist aber seit zwei Jahren freier Journalist. Warum er, freiwillig oder auch nicht, in die Selbständigkeit ging, ist nicht ganz klar. Google spuckt viele investigative Artikel von diesem Mohn aus, in denen es meistens um das Aufdecken von Skandalen, Korruptionsfällen und Ähnliches geht. Er wurde bereits zweimal mit dem Preis der deutschen Presse ausgezeichnet. Er war ledig, seine Facebookseite ist nahezu unbenutzt und wenig aussagekräftig. Er wusste wahrscheinlich nur zu gut, dass man in den sozialen Medien nicht allzu viel aus seinem Privatleben preisgeben sollte. Das Internet vergisst, im Unterschied zu manchen Professoren, nämlich nichts."

Karl ignorierte die kleine Unverschämtheit. Facebook war ein rotes Tuch für ihn. Er fragte sich, wie man seine Privatsphäre derart vor der Öffentlichkeit ausbreiten konnte. Entweder ist es einem nicht klar, was man da tut. Dann ist man ein Idiot. Oder man hält sein Leben für außergewöhnlich interessant. Dann hat man eine Profilneurose. Außerdem fand er es unheimlich, dass im Internet noch irgendwelche Seiten über eine Person existierten, obwohl diese Person selbst nicht mehr existierte.

„Kommen wir jetzt zu dem interessantesten Fall. Dr. Gernot Braunheim ist Vorsitzender des Wagner-Freundeskreises in Andernach, unweit von Koblenz, wo er auch ein ansehnliches Haus besitzt. Auf der Homepage der Stiftung." Ken machte seine obligatorische Pause. „Ok, du weißt, was das ist. Auf der ist eigentlich nichts Auffälliges zu entdecken. Man hat sich zur Aufgabe gemacht, junge Musiker zu unterstützen, das Vermächtnis Wagners zu fördern usw. usw. Die Stiftung hat zurzeit 25 aktive Mitglieder, das letzte ist erst vor einigen Wochen eingetreten."

„Entschuldige, aber kannst du auch den Namen des neuen Mitglieds herausfinden?"

„Klar, kann ich versuchen. Das einzig Merkwürdige ist, dass überhaupt nur drei Stipendiaten auf der Homepage vorgestellt werden, die die Stiftung unterstützt. Ich habe auf vielen Seiten anderer Wagner-Stiftungen nachgesehen, die im Übrigen alle gleich aufgebaut sind. Dort wurden in der Regel mindestens zehn geförderte Stipendiaten aufgeführt. Was auch immer das bedeutet. Jetzt kommt aber das eigentlich Interessante. Im digitalen Archiv des ‚Koblenzer Anzeiger' habe ich einen Zeitungsartikel gefunden, der sich mit der Stiftung des Herrn Dr. Braunheim beschäftigt. Dort geht es um ein Strafverfahren. Das Koblenzer Amtsgericht ermittelt seit gut einem halben Jahr wegen Veruntreuung von Stiftungsgeldern. Es gibt anscheinend Unregelmäßigkeiten bei der Kontoführung der Stiftung, die bei der letzten Steuererklärung aufgefallen sind. Es scheinen

Gelder verschwunden beziehungsweise zweckentfremdet worden zu sein. Das Verfahren läuft, wird sich aber wohl noch einige Zeit hinziehen. Die Mühlen der Justiz mahlen langsam.“

„Vielen Dank, Mister Google, das ist mehr als aufschlussreich. Du hast was gut bei mir. Vielleicht lade ich dich mal zum Essen in die Mensa ein.“ Karl konnte sich ein Grinsen nicht verkneifen.

„Zu großzügig! Ein Gericht von fünf Euro kann ich mir, trotz meines dürftigen Gehalts, das mir mein kniepiger Arbeitgeber zahlt, gerade noch selbst leisten.“ Karl gluckste: „Du darfst dir das Restaurant natürlich aussuchen.“

„Ich werde dich daran erinnern.“ Dann hörte Karl das Klacken der Tastatur. Ken schien etwas in seinen Computer zu tippen. „Dann verrate ich dir jetzt auch noch, wer das Mitglied ist, das vor einigen Wochen in die Stiftung eingetreten ist. Es ist kein Geringerer als tatatata … Bernhard Mohn, unser Sensationsreporter.“

„Das gibt's doch nicht. Da haben wir ja schon einmal einen handfesten Zusammenhang zwischen dem Toten und der Stiftung. Ich glaube, ich muss die ganzen Informationen jetzt erst einmal sacken lassen. Also nochmals, vielen Dank und mach Feierabend, bevor der Betriebsrat wieder wegen Ausbeutung meiner Mitarbeiter eingreift.“

Er hatte das Telefon gerade ausgeschaltet, als er einen leicht aufdringlichen Piepton aus der Küche vernahm, der ihn irgendwie immer unter Druck setzte. Er hätte sich eine wohlklingende Stimme gewünscht, die freundlich mitteilt, dass man in aller Ruhe kommen soll, um das schmackhafte Gericht aus dem Ofen zu nehmen. Karl freute sich auf seine Pizza und würde, während er sie verspeiste, ganz in Ruhe über die neuen vielversprechenden Erkenntnisse nachdenken.

Kapitel XVIII

„Ken hat gestern viel über unser Opfer und unsere potentiellen Täter herausfinden können.“ Karl erzählte Paula in groben Zügen, was er über die Personen wusste, die im Hinblick auf den Mord vielleicht von Interesse waren. „Den Rest erzähle ich dir gleich bei unserer Schiffsfahrt.“ Paula stutzte.

„Was bitte schön für eine Schiffsfahrt? Habe ich irgendwas verpasst?“

„Ich würde heute Nachmittag gerne einen kleinen Ausflug nach Koblenz machen. Dort wohnt ja unser scheinbar so sympathischer Herr Dr. Braunheim. Seine Stiftung hat jedenfalls ziemlich Dreck am Stecken. Ich habe mir überlegt, dass wir das Nützliche mit dem Angenehmen verbinden und eine kleine Fahrt unter dem Motto ‚Rheinromantik pur‘ machen könnten. Hättest du Lust?“

Paula fühlte sich etwas überrumpelt, doch nach kurzem Zögern sagte sie: „Warum eigentlich nicht?“

„Ich habe mich schon über die Fahrzeiten informiert. Wir könnten um 14 Uhr von Bonn aus ablegen und wären in gut zweieinhalb Stunden in Koblenz.“

„Wenn wir schon eine romantische Fiaker-Fahrt in Wien gemacht haben, warum dann nicht auch eine romantische Schiffstour auf dem Rhein.“ Trotz der aufregenden Ereignisse erinnerte sich Karl gerne an die Zeit in Wien, wo er so viel Zeit mit Paula verbringen durfte.

„Dann treffen wir uns doch um 13.45 Uhr bei der Anlegestelle ‚Alter Zoll‘, die Karten habe ich bereits besorgt.“

„Das heißt, ich konnte gar nicht ablehnen?“

„Theoretisch schon, aber eine Absage hätte ich natürlich niemals akzeptiert. Du solltest nur dieses Mal ausnahmsweise pünktlich sein, die warten nicht auf uns.“

„Sehr witzig. Also dann, bis später. Ich habe bis dahin noch einiges zu erledigen.“

Karl sah auf die Uhr. Auch er sollte noch einmal in seinem Büro nach dem Rechten sehen und einige Mails abarbeiten. Außerdem könnte es nicht schaden, sich vor dem kleinen Ausflug frisch zu machen. Wenn er dem Gespräch mit Braunheim auch mit einem gewissen Unbehagen entgegensah, so freute er sich doch umso mehr darauf, Paula an seiner Seite zu haben.

Bei Paula hatte sich ausnahmsweise ihre deutsche Disziplin durchgesetzt. Sie war pünktlich. Das Boot hatte gerade angelegt. Paula stieg direkt die Treppe zum Oberdeck hinauf, wo man die beste Aussicht hatte und dazu die Sonne genießen konnte, während Karl noch ein paar Snacks und kalte Getränke besorgte. Bald schon legte das Boot ab und nahm Kurs flussaufwärts Richtung Koblenz. Karl folgte Paula mitsamt seinem Imbiss und suchte sie auf dem Oberdeck. Diese saß dort leicht zurückgelehnt und mit geschlossenen Augen.

„Wenn du die ganze Zeit die Augen zumachst, dann siehst du nichts von der schönen Landschaft", sagte Karl neckend. „Wie wäre es mit einem kleinen Picknick?"

„Danke, das ist eine gute Idee. Du weißt ja, dass ich unleidlich werde, wenn ich hungrig bin."

Paula zog eine Sonnenbrille aus ihrer Tasche. „Wenn ich die Augen auflassen soll, dann brauche ich die hier."

Mit ihren hochgesteckten Haaren und der 60er-Jahre-Brille hatte Paula große Ähnlichkeit mit Audrey Hepburn. Und wenn ihr kleiner Snack auch kein "Frühstück bei Tiffany" war, so war es doch ein Picknick am Rhein. Während sie aßen und tranken, schauten sie sich die Landschaft an, die auf beiden Seiten wie ein Film an ihnen vorüberzog. Zu ihrer Linken erstreckte sich das Siebengebirge mit seinen grünen Hügeln.

„Da vorne sieht man schon den Drachenfels mit seiner Ruine", stellte Karl fest. Ihm fiel auf, dass dieser Ort nach dem schrecklichen Mord derzeit nicht gerade dem Motto einer „romantischen

Schiffstour“ entsprach. Sie passierten den Petersberg, dessen Hotel nach dem Krieg als Residenz der Alliierten gedient hatte und später ein beliebter Ort für internationale Konferenzen geworden war. Karl dachte mit einer gewissen Wehmut an die Zeit zurück, als das kleine beschauliche Bonn sich noch Hauptstadt nennen durfte und von Politikern und Diplomaten nur so wimmelte. Paula schien seine Gedanken lesen zu können.

„Ich habe kaum noch etwas von den Hauptstadtjahren Bonns mitbekommen. Als ich hierherkam, war schon abzusehen, dass Berlin das Zentrum der neuen Republik werden würde. Ist eigentlich schade.“

„Immerhin dürfen wir uns noch Bundesstadt nennen, auch wenn das ein bisschen nach Trostpreis klingt.“ Er deutete nach rechts. „Sieh mal, gleich müssten wir schon den Bogen vom Rolandseck sehen können. Kennst du die Sage vom Ritter Roland?“

„Nein, aber du wirst sie mir sicherlich erzählen.“

„Ja, das muss ich, ist ja schließlich eine Romantiktour. Roland war der Neffe Karls des Großen und war mit Hildegunde, der Tochter des Ritters vom Drachenfels, verlobt. Er musste mit seinem Onkel Karl nach Spanien, um die Mauren zu bekämpfen. Er geriet in eine Falle und sein Heer wurde verlustreich geschlagen. Seitdem galt Roland als vermisst, man ging davon aus, dass er gefallen war. Als Hildegunde die Botschaft vom Tod ihres Verlobten überbracht wurde, beschloss sie, sich aus Trauer um ihn bis zu ihrem Tode in ein Kloster zurückzuziehen. Eines Tages kehrte der Totgeglaubte aber zurück und erfuhr von dem Gelübde, das seine Verlobte abgelegt hatte. Um seiner Geliebten trotzdem nahe zu sein, baute er vis-à-vis vom Kloster Nonnenwerth eine Burg. Dort blieb er ihr in Treue und Liebe ergeben bis zum Tod.“

„Was für eine traurigschöne Geschichte, die ist wirklich sehr romantisch.“ Paula musste für einen kurzen Moment an ihre Beziehung denken, die derzeit alles andere als romantisch war.

„Da, gleich sind wir genau zwischen Hildegunde und Roland. Das Kloster auf der Insel Nonnenwerth ist heute allerdings ein Mädchengymnasium.“

Im Verlauf ihrer Fahrt kamen sie an unzähligen Burgen, Burgruinen und Schlössern vorbei und genossen die wunderschöne Landschaft. Es überraschte Karl nicht, dass der Mittelrhein zum Weltkulturerbe ernannt worden war.

„Auch, wenn heute Straßen und Gleise am Rhein entlangführen, kann man sich doch gut vorstellen, wie es für die deutschen oder auch englischen Dichter gewesen sein muss hier zum ersten Mal entlang zu reisen. Du musst dir auch unbedingt mal die Ausstellung in der Bundeskunsthalle ansehen. Wenn du willst, bekommst du auch eine private Führung eines außerordentlich kompetenten Professors.“

Paula zog die Sonnenbrille nach vorn und sah mit scheinbar skeptischem Blick darüber hinweg. „Ich nehme mal an, dass es sich bei diesem außerordentlich *kompetenten Professor* um einen gewissen Karl Jung handelt. Ich hoffe deine Führungen stellst du mir nicht in Rechnung, das kann ich mir nämlich nicht leisten.“ Sie lachten.

Zwischendurch sogen sie mit geschlossenen Augen die Sonnenstrahlen auf und bald waren sie bereits kurz vor Koblenz.

„Ich glaube, wir müssen uns langsam aufmachen“, sagte Karl.

Sie gingen nach unten und warteten vor dem Ausgang. Das Schiff legte mit einem geschickten Manöver an und sie stiegen den Steg herauf bis zur Promenade.

„So, genug der Romantik, jetzt kommt der Pflichtteil. Ken hat mir die Adresse Braunheims herausgesucht, es ist nicht gerade um die Ecke. Ich schlage vor, wir nehmen uns ein Taxi, bevor wir unnötig lange in der Stadt herumirren.“

Kapitel XIX

Sie standen nun vor einem imposanten Bau, einer Villa aus der Jahrhundertwende, wie Karl vermutete, deren Fassade aber schon bessere Tage gesehen hatte. Das Haus lag etwas erhöht, was sicherlich auch den sozialen Status des ursprünglichen Bauherrn, vielleicht eines wohlhabenden Unternehmers, widerspiegeln sollte. Karl hatte ihren Besuch telefonisch angekündigt, um nicht vor verschlossenen Türen zu stehen. Ein Surren war zu vernehmen und das Tor öffnete sich. Braunheim stand oben vor der Haustür und bedeutete ihnen heraufzukommen.

„Guten Tag, kommen Sie doch herein." Braunheim, der einen schicken, wenn auch etwas altmodisch anmutenden Anzug trug, führte sie durch den Flur ins Wohnzimmer, von dem man nach draußen in den Garten gelangte. Die Einrichtung war sicherlich sehr edel, aber mit Ausnahme einiger schöner Antiquitäten traf sie Karls Geschmack nicht. Auf der weitläufigen Terrasse nahmen sie an einem Gartentisch Platz.

„Kann ich Ihnen etwas anbieten? Vielleicht einen Espresso?"

„Ja, sehr gern", antwortete Paula.

„Für mich bitte auch", schloss sich Karl an.

Während ihr Gastgeber verschwand, nutzten sie die Zeit, um sich etwas umzuschauen. Es bot sich ihnen ein spektakulärer Rundumblick auf Koblenz und in der Ferne auf die Weinberge. Selbst den Rhein konnte man von hier aus erkennen. Das war keine üble Wohnlage, dachte Karl.

„Eine formidable Aussicht, nicht wahr?"

Braunheim war bereits wieder zurückgekehrt und stellte die Gläser und Tassen auf den Tisch, setzte sich und trank seinen Espresso mit einem Schluck aus. Karl überlegte, wie er beginnen sollte. Ihm fiel erst jetzt auf, dass es Braunheim seltsam vorkommen musste, dass Paula und er sich mit dem Tod des Journalisten beschäftigten.

„Darf ich fragen, warum…?“ Braunheim setzte noch einmal an. „Ich meine, kannten Sie den Toten?“ Na, das war ja ein gelungener Auftakt, dachte Karl etwas verunsichert. Sollten sie bei dem Gespräch nicht das Heft in die Hand nehmen?

„Uns plagt, wenn Sie so wollen, das schlechte Gewissen. Wir hätten in jener Nacht vielleicht einen Mord verhindern können“, schaltete sich Paula ein. Karl war erleichtert, dass sie sich nicht aus dem Konzept bringen ließ. „Hat der Tod des Mannes Sie nicht schockiert? Immerhin war er ja Mitglied Ihrer Stiftung.“

Karl sah zunächst Paula erstaunt an, deren psychologische Feingespür ihn nicht das erste Mal überraschte und beobachtete dann Braunheims Reaktion. Verriet sein Blick Misstrauen, Unsicherheit oder echte Betroffenheit? Karl war sich nicht sicher.

„Ja, das Opfer dieses scheußlichen Verbrechens war in der Tat, wenn auch noch nicht lange, ein eingeschriebenes Mitglied unserer Stiftung.“

„Wie gut kannten Sie Herrn Mohn denn?“, versuchte Karl jetzt die Initiative zu ergreifen.

„Eigentlich so gut wie gar nicht. Ich habe ihn vielleicht zwei- oder dreimal gesehen, er war ja, wie gesagt, noch nicht lange bei uns.“

„Ist Ihnen denn an dem Abend etwas an ihm aufgefallen?“

„Ehrlich gesagt, habe ich mich auf die Leitung der Veranstaltung und den wunderbaren Vortrag konzentriert, da habe ich von den Teilnehmern nicht viel mitbekommen.“

Paula wusste nicht, wie ernst er es meinte, lächelte ihn aber dankbar an. Allerdings war jemand, der seine Aussagen mit „ehrlich gesagt“ unterstrich, von der Wahrheit meistens mehr oder weniger weit entfernt.

„Sind Sie an jenem Abend denn direkt abgereist?“, wollte Karl wissen.

„Nein, ich und der Vorstand, also meine Vertreter, wir bleiben immer noch einen Tag länger. Alle anderen sind unmittelbar nach

Ihrem Vortrag aufgebrochen. Wir haben von dem schrecklichen Ereignis auch erst am nächsten Tag erfahren. Im Hotel ging es dann aber ziemlich schnell herum."

„Und an dem Abend ist Ihnen nichts Besonderes aufgefallen?"

„Das hat mich die Kommissarin auch schon gefragt. Als ich auf mein Zimmer gehen wollte, kam mir so ein junger Mann mit blonden Locken und einem Siegfriedkostüm entgegen. Ich wollte ihn ansprechen, weil mich das interessierte. Er ging aber geistesabwesend an mir vorbei, ohne irgendwie zu reagieren."

Karl überlegte, ob das der Wahrheit entsprach oder ob er damit eine falsche Fährte legen wollte. Er würde das später mit Paula besprechen, sie kannte sich mit der Körpersprache eines Menschen gut aus und konnte auch kleinste Hinweise erkennen, wenn es jemand mit der Wahrheit nicht so genau nahm. Für ihn klang es erst einmal recht plausibel.

„Um auf Ihre Stiftung zu kommen, wir sind beide große Wagner-Fans, was macht die eigentlich genau?"

„Wir sind Liebhaber der Musik Richard Wagners und organisieren verschiedene Veranstaltungen, Konzerte, usw.", er sah Paula an, „und natürlich auch Vorträge. Wir wollen das Kulturleben in Koblenz, aber auch darüber hinaus mit unserer Arbeit befruchten. Unsere eigentliche Aufgabe als Stiftung ist allerdings die Förderung junger Menschen, die sich mit Wagner und seiner Musik beschäftigen. Wir vergeben jedes Jahr Stipendien an begabte Studenten und solche, die sich ansonsten ein Studium nicht ohne Weiteres leisten könnten." Karl musste an Kens Recherchen denken, dass von dieser Stiftung offensichtlich nur sehr wenige gefördert wurden.

„Welchen Raum nimmt dabei der Nibelungenzyklus ein?"

„Er ist *das* Meisterwerk Wagners schlechthin, es gibt nichts Vergleichbares in der Musik. Deshalb steht er selbstverständlich im Zentrum unseres Engagements."

„Haben Sie denn guten Zulauf, was Mitglieder und Spender angeht?"

„Wir sind eigentlich ganz zufrieden. Das Problem sind eher die derzeitig niedrigen Zinsen, die das Stiftungskapital nicht sonderlich vergrößern."

„Sie haben es hier sehr schön", warf Paula ein, „man kann ja sogar von hier aus auf den Rhein sehen." Karl sah etwas entgeistert zu Paula. Was sollte die Frage denn jetzt? Wollte sie die Atmosphäre durch etwas Smalltalk auflockern oder wollte sie mehr Persönliches über Braunheim herausfinden, um ihn besser einschätzen zu können?

„Ja, es ist eine durchaus privilegierte Lage. Als ich vor Jahren in Koblenz ein Haus gesucht habe, war die zwingende Voraussetzung, dass es in Rheinnähe liegen sollte. Wissen Sie, dieser Fluss ist etwas ganz Besonderes für mich. Denken Sie an die schöne Rheinlandschaft, an die Rheinromantik und an die zauberhaften Sagen, die sich um diese Landschaft ranken." Für Karl klang das ein wenig wie ein Werbeprospekt des Tourismusbüros. „Ich glaube, dass der Rhein einige Geheimnisse birgt." Karl musste schlucken. War vielleicht der Nibelungenschatz für ihn so ein Geheimnis?

„Vielen Dank, wir wollen Ihre Zeit auch nicht zu lange in Anspruch nehmen." Karl erhob sich, um seine Aussage zu unterstreichen.

„Ich bin ja inzwischen Privatier, wenn ich etwas habe, dann Zeit", entgegnete Braunheim. Doch ihm war anzusehen, dass er über den Aufbruch der beiden nicht ganz unglücklich war.

Er begleitete sie zur Tür und verabschiedete sich mit einem breiten Lächeln, als würde er gerade langjährige Freunde verabschieden.

Als Paula und Karl vor dem Tor auf ihr Taxi warteten, redeten sie kaum miteinander, als befürchteten sie, dass Braunheim sie hören könnte.

„Mit so einem wollte ich früher als Student mal durch Europa reisen", sagte Karl unvermittelt und zeigte auf einen alten VW-Bulli, einen Klassiker aus den 70er Jahren.

„Ja, die sind toll, die halten ja angeblich ewig. Mit denen kannst du mehrmals die Welt umrunden. Warum ist denn nichts aus der Reise geworden?"

Karl lächelte. „Ich war ein Student mit vielen Träumen, aber wenig Geld."

„Dann wird es aber bald mal Zeit, dass du es nachholst." Paula lachte. *„Du bist zu alt, um nur zu träumen, zu jung, um ohne Wunsch zu sein."*

„Du willst mich ja wohl nicht mit Faust, dem alten Griesgram, vergleichen. Ich bin weder alt, noch chronisch verzweifelt."

Karl wusste nicht, ob Paulas Vorschlag ernst gemeint war, oder ob sie ihn auf den Arm nehmen wollte. Eigentlich sollte man sich seine Träume doch erfüllen, solange man nicht zu alt dafür war. Aber mit wem sollte er eine solche Tour unternehmen? Mit seinem etwas verschrobenen Freund Piet würde er es, bei aller Liebe, nicht einen Tag auf kleinstem Raum aushalten. Mit Paula wäre das schon was Anderes. Er seufzte innerlich. Als das Taxi erschien, ließen sie sich direkt zum Bahnhof bringen. Von dort fuhr eine Viertelstunde später der nächste Zug zurück nach Bonn. Als sie sich in ihrem Abteil eingerichtet hatten, fragte Karl Paula, was sie von Braunheim halte.

„Er ist freundlich und wirkt erstmal recht sympathisch. Er macht auch nicht den Eindruck, als wäre es sein Hobby, Menschen mit einem Requisitenschwert zu durchbohren. Aber ob man ihm trauen kann…" Paula hielt inne.

„Ich denke, wir müssten herausfinden, was mit dem Geld passiert ist, das veruntreut wurde. Hat er in die eigene Tasche gewirtschaftet? Hat er noch Komplizen? Oder wo ist das Geld sonst gelandet?"

„Hat deine Ex nicht einen guten Draht zum Dezernat Wirtschaftskriminalität?"

„Ja, natürlich. Ansonsten ist Ken natürlich auch immer für eine Überraschung gut."

Obschon sich auch vom Zug aus eine schöne Sicht auf das Rheintal bot, beachteten sie den Ausblick kaum. Sie hatten heute schon genug gesehen und nutzten die Zeit, um die Erlebnisse des Tages sacken zu lassen.

Der Zug fuhr pünktlich in den Bonner Hauptbahnhof ein. Vor dem Gebäude verabschiedeten sie sich. Beim Aufbruch sagte Paula unvermittelt: „Das war ein schöner Tag.“ Karl spürte, wie er rot anlief. War das nicht der Satz, den die Frauen in den Filmen immer nach dem ersten Date sagten, das dann den Auftakt zu einer romantischen Beziehung darstellte. Er hätte gerne gesagt: „Ich liebe dich auch. Und wenn du mit mir zusammen wärst, könnte jeder Tag so sein.“ Stattdessen antwortete er wie die Männer in den Filmen: „Ja, das finde ich auch.“ Er kam sich vor wie ein verliebter Trottel, trat aber mit unzähligen Schmetterlingen im Bauch den Rückweg zu seiner Wohnung an.

Kapitel XX

Karl saß im Café und rief wieder einmal seine Exfrau an. Er erhoffte sich, dass sie ihm etwas über die veruntreuten Gelder durch die Stiftung sagen könnte. Carla schien kurz angebunden zu sein.

„Hallo Karl, ich habe nicht viel Zeit, also bitte kein Drumherumgerede."

„Wo sind die veruntreuten Gelder gelandet?"

„Na, so schnell schießen die Preußen auch wieder nicht. Welche Gelder meinst du?"

„Es geht um den ‚Freundeskreis Richard Wagner', der an dem Tag des Mordes eine Tagung in Schloss Drachenburg veranstaltet hat. Ich habe einen Artikel im Internet gefunden, bei dem es um ein Verfahren gegen die Stiftung geht. Es heißt, sie hätte Gelder veruntreut."

„Okay, jetzt weiß ich, wo der Hase langläuft. Du hoffst auf meine guten Connections zum Dezernat Wirtschaftskriminalität. Ich werde sehen, was sich machen lässt. Vermutest du, dass das etwas mit unserem Mordfall zu tun hat? Wir haben doch bereits einen Hauptverdächtigen."

„Wenn du mich fragst, dann sind mir die Hinweise auf euren vermeintlichen Täter viel zu offensichtlich. Warum sollte der Student so blöd sein, sein Mordwerkzeug mitsamt seinen Fingerabdrücken im Rücken seines Opfers stecken zu lassen?"

„Vielleicht hat er im Affekt gehandelt. Da überlegt man nicht lange, oder er hat es einfach nicht wieder herausziehen können", gab Carla zu bedenken. „Die Soldaten im Ersten Weltkrieg haben deswegen gelernt, ihr Bajonett immer in den Bauch zu rammen, damit es nicht in irgendeinem Brustknochen hängen bleibt.

„Das mag sein. Wir haben aber auch mit der Dame an der Hotelrezeption gesprochen. Prinzipiell war der Raum, in dem das

Schwert aufbewahrt wurde, jedem zugänglich. Und was ist mit dem Vorsitzenden des Freundeskreises? In diesem Zusammenhang wäre es nicht unwichtig, welche kriminelle Energie Herr Dr. Braunheim sonst noch so an den Tag legt, oder besser gesagt, was er uns verheimlicht."

Es trat Stille ein. Carla schien seine Ausführungen sacken zu lassen.

„Zugegeben, das hört sich nicht abwegig an."

„Ich habe noch eine Frage. Habt ihr die Person, die am Nachmittag nach dem Journalisten gefragt hat, schon ausfindig machen können?"

Carla stutzte und wunderte sich, was Karl schon wieder alles in Erfahrung gebracht hatte. „Nein haben wir nicht. Da die Person bisher nicht bei uns vorstellig wurde, haben wir nach den Angaben der Rezeptionistin ein, wenn auch recht grobes, Phantombild angefertigt, das wir mit den Akten abgeglichen haben. Der Computer hat zumindest keine Person ausfindig machen können, die sich schon bei uns einen Namen, wenn auch einen schlechten, gemacht hat. Entweder ist das Bild zu weit weg von dem tatsächlichen Aussehen oder der große Unbekannte ist bisher nicht straffällig geworden."

„Es könnte also auch sein, dass es sich wirklich um einen Freund handelt, der Mohn vielleicht noch vor seinem Tod getroffen, aber von seinem Tod noch nichts mitbekommen hat?"

„So ist es!" Karl merkte, dass Carla ungeduldig wurde.

„Das war's auch schon. Danke nochmal für deine Hinweise, ich werde mich bei Gelegenheit revanchieren."

„Jetzt sollten wir aber Schluss machen, ich muss zwischen unseren Telefonaten auch mal arbeiten, oder willst du jetzt meinen Job übernehmen?"

Karl kannte diese kleinen Spitzen, aber sie waren nach der langjährigen Trennung nicht sehr ernst gemeint. Im Grunde verstanden sie sich besser als zu der Zeit, als sie noch verheiratet waren. Er war froh, dass er über sie an Informationen gelangte, an die er sonst nur schwer herangekommen wäre. Allerdings überraschte es ihn, dass offenbar in andere Richtungen gar nicht mehr intensiv ermittelt wurde, wenigstens für die Zeit, in der der Student noch kein Geständnis abgelegt hatte. Er nahm noch einen großen Schluck Wasser, bezahlte und machte sich auf den Weg nach Hause. Unterwegs gönnte er sich noch ein Eis in der Eisdiele am Kaiserplatz und schlenderte gemütlich durch seine heißgeliebte Südstadt.

Karl war gerade in seiner Wohnung angekommen, als auch schon das Telefon klingelte.

„Hallo, ich mach‘ es kurz. Also ich habe von den Kollegen erfahren, dass ein Großteil des Stiftungskapitals auf Konten in Luxemburg gelandet ist. Es wurden nicht nur die liquiden Mittel abgezweigt, sondern auch das Stammkapital der Stiftung angegriffen, das eigentlich gar nicht angerührt werden darf. Weitere Nachforschungen haben dann ergeben, dass nach Auskunft der Bank Beträge in Millionenhöhe an eine Firma in Rotterdam überwiesen wurden, der Schiffsbau-AG Rotterdam. Und einige Hunderttausend gingen auf ein Konto einer Maschinenbaufirma in Duisburg mit dem Namen Bohrtechnik KG.“

Karl hatte bei der Geschwindigkeit, Probleme gedanklich mitzuhalten. Er versuchte sich auf jeden Fall die beiden Firmen, an die das Geld geflossen war, zu merken.

„Ich sehe da allerdings auf Anhieb keinen Zusammenhang. Die Untersuchungen sind noch in vollem Gange. Vielleicht hat sich unser Herr Vorsitzender ja eine schicke Yacht auf Kosten der Stiftung bauen lassen, um damit in die Karibik zu schippern und sich dort ein schönes Leben zu machen. Ich spiele, ehrlich gesagt, gerade mit demselben Gedanken.“

„Und mit dem Bohrer will er da dann nach Öl bohren, oder was?“

„Gut, die Theorie ist noch nicht ganz ausgefeilt, aber das finden die Kollegen schon noch raus.“

„Ich bin sehr gespannt. Danke für die schnelle Rückmeldung.“

Was zum Teufel hat dieser Mann vor?, fragte sich Karl. Morgen würde er Ken, die lebende Suchmaschine, bitten, etwas über die beiden Firmen herauszufinden.

Kapitel XXI

Es war an der Zeit, sich fertig zu machen. Karl hatte sich mit Paula zum Abendessen verabredet. Sie war im Moment Strohwitwe, da ihr Mann sich auf unabsehbare Zeit irgendwo im Nahen Osten aufhielt. Sollte der nur irgendwo auf der Welt gigantische Häuser entwerfen, Karl genoss jeden Augenblick mit Paula, die ihn um sieben Uhr abholen wollte. Sie hatten sich auf ein chinesisches Restaurant geeinigt, ein Restaurant auf einem Hausboot auf der rechten Rheinseite, das eine schöne Aussicht auf den Rhein und die Skyline des nächtlichen Bonns bot. Jetzt suchte er in seinem Kleiderschrank nach einem angemessenen Outfit für den Abend. Auch wenn sie sich schon lange kannten, empfand er es wie ein erstes Date, bei dem man einen guten Eindruck hinterlassen möchte. Er wählte eine beigefarbene Chino und ein weißes Hemd und machte sich auf den Weg ins Bad. Er war gerade dabei, seine Hemdleiste zuzuknöpfen, als es bereits schellte. Die ist aber früh dran, dachte Karl und geriet etwas in Hektik. Paula kam für gewöhnlich eine Viertelstunde zu spät und nicht eine Viertelstunde zu früh. Vielleicht hatte sie ja gute Vorsätze gefasst, wusste sie doch, dass er Zuspätkommen eigentlich gar nicht mochte. Auch wenn sie die einzige war, der er diese Schwäche verzeihen konnte. Er kontrollierte vor dem Spiegel noch schnell den Sitz seines Hemdes und strich sich durch die Haare, die noch nicht vollends getrocknet waren. Es schellte ein zweites Mal. „Ich komme ja schon." Er drückte auf den Türöffner und stellte sich geschniegelt und gestriegelt erwartungsvoll in den Türrahmen. Die Schritte, die näherkamen, wirkten etwas schwerfällig. Paula schien etwas zu tragen. Hatte sie endlich ihren Mann verlassen und spontan die Koffer gepackt, um bei ihm einzuziehen? Das wäre zu schön, um wahr zu sein. Er setzte sein Sonntagsausgehlächeln auf, um sie herzlich zu empfangen, ein Lächeln, das nur wenige Sekunden später schlagartig blankem Entsetzen wich. Er sah eine aufgetakelte Person, dickleibig, merkwürdig gekleidet und mit einer Frisur, die an ein Vogelnest, allerdings eines sehr ungeschickten Vogels, erinnerte.

„Mutter!?"

Er entwickelte sofort einen Fluchtreflex und hätte sich am liebsten verleugnet, wenn sie nicht schon seiner ansichtig geworden wäre.

„Habe ich mir doch gedacht, dass mein Sohn zuhause ist", sagte sie etwas schnaubend und völlig aus der Puste. „Du scheinst ja nicht viele Verabredungen zu haben." Da war sie wieder, ihre einfühlsame Art, sie war seit jeher so aufbauend wie eine Abrissbirne, wobei die immerhin noch das Fundament stehen ließ. Sie hatte eine gewisse Perfektion darin entwickelt, Karl alles, was ihm etwas bedeutete, madig zu machen. Als sie oben angekommen war, gab sie ihm kurz die Hand und betrat wie selbstverständlich seine Wohnung. Karl konnte gerade noch ihrem horizontal ausgedehnten Körper ausweichen.

„Hallo Mutter, konntest du deinen Besuch nicht anmelden? Ich bin heute Abend nämlich zufällig doch verabredet."

„Ist das hier ein Hotel, das man reservieren muss? Willst du mich sofort wieder rausschmeißen?" Jetzt kam wieder diese Mitleidstour.

„Na gut, du kannst kurz bleiben, ich werde aber gleich abgeholt."

Sie nahm ungefragt am Küchentisch Platz.

„Und mit wem bitteschön bist du verabredet?"

„Es ist…" Karl überlegte, wie er sich möglichst unverfänglich ausdrücken konnte, „jemand, mit dem ich zusammenarbeite." Er wählte bewusst das Wort „jemand", da es nichts über das Geschlecht der Person verriet. Dann zuckte er innerlich zusammen, als er daran dachte, dass Paula jeden Moment auftauchen könnte, und… auf seine Mutter treffen würde. Er hoffte fest darauf, dass sie sich auch dieses Mal verspäten würde.

„Wer ist denn dieser…?"

„Möchtest du was trinken?", unterbrach er sie unwirsch, um weiteren neugierigen Fragen zu seiner Verabredung auszuweichen.

„Wenn du noch ein Glas Wasser für deine Mutter übrighättest, aber nur, wenn es nicht zu viel verlangt ist.“ Womit hatte er das nur verdient? Normalerweise befand sie sich in einer sicheren Entfernung von gut 400 Kilometern und er wünschte ihr in Hamburg ein schönes Leben. Er verfluchte die modernen Transportmittel, die es einem ermöglichten, die Strecke in kürzester Zeit zu überbrücken. Hätte er sich eine Trutzburg leisten können, wäre das eine lohnende Investition gewesen. Notgedrungen fragte er, warum sie in Bonn sei.

„Und was treibt dich nach Bonn?“ Karl musste um einen halbwegs freundlichen Ton ringen. Aus Liebe zu ihrem Sohn war sie sicherlich nicht hergekommen.

„Ich besuche einen Workshop.“ Sie hatte jetzt sicherlich von ihm erwartet, dass er interessiert nachfragen würde, da hatte sie aber falsch gedacht.

„Und... wie lange hältst du dich hier auf?“

„Mal sehen.“ Danke für die exakte Auskunft, liebes sibyllinisches Orakel. Während sie versuchte, ihren Mitmenschen alles aus der Nase zu ziehen, gab sie Informationen über sich nur in kleinen, wohl dosierten Portionen preis. Er schaute demonstrativ auf seine Uhr. Seine Mutter saß da wie eine Matrone und machte keine Anstalten zu gehen.

„Hier war es auch schon einmal aufgeräumter. Wolltest du dich nicht irgendwann mal moderner einrichten?“

„Nein, ich mag es ganz genauso, wie es ist. Ich brauche ja zum Glück auch auf niemanden Rücksicht nehmen.“ Sie schwieg pikiert.

„Nachfragen wird man ja wohl noch dürfen.“ Man schon, du nicht, dachte Karl, als er die Schelle hörte und in eine Schockstarre geriet. Es war kurz nach Sieben, jetzt war jede Flucht zwecklos. Musste Paula gerade heute so pünktlich kommen? Er hoffte, dass ihn sein schriller Wecker gleich aus dem Albtraum erlösen würde, oder er augenblicklich tot umfalle.

„Mutter, ich muss jetzt los, ich werde abgeholt.“

„Ja ja, kein Problem.“ Sie saß da und rührte sich nicht. Er konnte Paula nicht länger warten lassen und eilte zur Tür. Er drückte den Türöffner und erneut war ein Klacken zu hören, das aber deutlich leichtfüßiger klang als das zuvor. Er hatte sich so auf den Abend gefreut und jetzt war er in eine Situation geraten, in der er Scotty herbeisehnte, der ihn augenblicklich hätte wegbeamen sollen. Paula kam lächelnd die Treppe herauf. Sie konnte ja auch nicht ahnen, was da auf sie zukam beziehungsweise wem sie sich auf fatale Weise näherte.

„Hallo Paula, ich bin gleich so weit“, er schaute unsicher zur Person am Esstisch, die dort wie eine Statue verharrte. Vielleicht hatte er Glück und sie war zur Salzsäule erstarrt. Wenn er nicht unhöflich erscheinen wollte, musste er Paula jetzt hereinbitten. Als sie sich zur Begrüßung umarmten, flüsterte er ihr ins Ohr, dass seine Mutter zu Besuch sei und verdrehte dann unmissverständlich seine Augen. Er hoffte, dass sie seine Zeichen richtig deuten würde. Paula hatte den Ernst der Lage allerdings nicht erkannt und lachte über seine Grimassen.

„Komm rein“, sagte er verzweifelt.

„Guten Tag, ich bin Paula Lanzini. Sie sind Karls Mutter?“

„Man glaubt es kaum, aber ja, es lässt sich nicht verleugnen.“

„Und Sie sind also der ‚*Kollege*‘, mit dem mein Sohn zusammenarbeitet?“ Sie schaute Karl mit einem bösen Blick an, vermutlich, weil er ihr die entscheidende Information, dass es sich um eine Frau handelte, verschwiegen hatte. Selbst den tödlichen Blick der Sphinx stellte er sich vergleichsweise freundlich vor.

„Sie sind nicht zufällig auch Karls Freundin?“

Sie schaute ihren Sohn vorwurfsvoll an, als würde ein „Ja“ dem Fass den Boden ausschlagen.

„Ja, ich meine nein, also ich bin *eine* Freundin, nicht *die* Freundin.“ Karl war es zum einen schrecklich peinlich, zum anderen tat ihm furchtbar leid, dass Paula so aufdringliche Fragen gestellt wurden. Sie wirkte schon leicht verunsichert, obschon Paula eigentlich sehr selbstbewusst war.

„Was noch nicht ist, kann ja noch werden." Sie lachte das Lächeln einer Hyäne.

„So, Mutter, wir müssen jetzt wirklich aufbrechen."

„Wissen Sie Frau Lanzani, mein Karl war in dieser Beziehung schon immer etwas langsam. Er braucht da manchmal ein wenig Nachhilfe, wenn Sie wissen, was ich meine." Sie zwinkerte verschwörerisch mit ihrem linken Auge. Karls Gesicht wurde zunächst knallrot und wechselte dann zu einer fahlen Blässe. Paula bemühte sich die Situation mit einem Lächeln zu überspielen. Karl reichte es, und wenn sie hier auf ewig sitzen bleiben wollte, er würde jetzt in jedem Fall aufbrechen. Er nahm demonstrativ sein Handy und die Schlüssel und ging zur Wohnungstür.

„Ich denke, wir sollten jetzt los."

„Willst du mich hier einschließen?"

„Das kommt ganz darauf an." Karl musste sich zwingen, nicht aus der Haut zu fahren. Dann endlich erhob sie sich und trank demonstrativ noch in aller Ruhe das Wasserglas aus.

„Danke für deine Gastfreundschaft", sagte sie derart übertrieben, dass zumindest Karl die beißende Ironie ihrer Aussage nicht entging.

„Das nächste Mal meldest du dich besser an." Dann könnte er sich wenigstens rechtzeitig eine Ausrede einfallen lassen, dachte er.

„Wer weiß, vielleicht gibt es ja kein nächstes Mal, ich bin ja auch keine 50 mehr." Sie war eine Meisterin darin, anderen Leuten ein schlechtes Gewissen zu machen. Zum Glück nahm Karl ihre Anspielungen inzwischen nicht mehr ernst.

„Auf Wiedersehen Frau Lanzoni. Es war nett, Sie kennenzulernen. Wissen Sie, mein Sohn ist gar nicht so übel, wie er zu sein scheint."

Noch ein Tiefschlag in die Weichteile seiner Seele zum Abschied, das war er gewohnt. Ihm hätte es auch nicht viel ausgemacht, wenn nicht gerade Paula danebengestanden hätte. Was musste sie jetzt von ihm denken?

„Bis bald dann", sprach's und verschwand.

Als sie die Treppe endlich hinunter tippelte, machte Karl Paula ein Zeichen, noch kurz zu warten, bis sie in sicherer Entfernung war und keine Gefahr mehr darstellte.

„Eine reizende Mutter hast du da." Paula fand das komisch. Karl konnte gar nicht darüber lachen. „Lass uns gehen. Am besten breiten wir den Mantel des Schweigens über die letzte halbe Stunde."

Paula legte als Antwort ihren Zeigefinger auf den Mund, konnte aber auch dieses Mal ein Lächeln nicht unterdrücken.

Kapitel XXII

Als sie in seinem Auto saßen, fragte er, ob sie etwas gegen Musik einzuwenden hätte. Er hoffte, dadurch etwas runterzukommen. Warum sollte er sich den ganzen Abend verderben, auf den er sich so sehr gefreut hatte. Paula schaute die CDs durch, die unsortiert im Handschuhfach lagen und schob eine davon in das CD-Fach. Karl war gespannt, was sie ausgewählt hatte. Die ersten Takte verrieten, dass es sich um Pink Floyd handelte. Das war jetzt nicht gerade heitere Musik, zum Abschalten aber nicht das Schlechteste.

„Es leben die 80er Jahre. War eine tolle Band“, sagte Paula, die zum Glück ihre gute Laune nicht eingebüßt hatte.

„Soweit ich weiß, gibt's die noch. Die Rock-and-Roll-Stars haben sich in den letzten Jahren dazu entschieden, nicht mehr mit 30 an Drogen zu sterben und damit zu einem Mythos zu werden. Stattdessen schleppen sie sich mit 70 noch auf die Bühne und zwängen sich in ihre alten, zu engen Lederhosen. Das ist nicht bei jedem ein schöner Anblick.“

„Aber Mick Jagger hat sich doch zum Beispiel noch ganz gut gehalten“, widersprach ihm Paula.

„Der sah ja auch vor 30 Jahren so faltig und ausgezerrt aus wie ein 70-Jähriger und hat sich seitdem einfach nicht mehr verändert. Ich frage mich, was die Frauen an dem finden.“

„Och!“ Paula setzte vermutlich gerade dazu an, die Vorzüge dieses völlig überbewerteten Mannes aufzuzählen, sodass Karl sich genötigt sah, dieses besser zu unterbinden.

„Ich glaube, wir sind gleich da.“ Als sie ausstiegen und den kurzen Weg zum Steg gingen, der auf das Schiff führte, sog er die frische Abendluft tief ein und hoffte, dass die Brise ihm auch die Erinnerung an die jüngste Vergangenheit aus dem Kopf blasen würde. Als sie das Schiff betraten, fühlte er sich schon besser. Der Besitzer des

Chinarestaurants begrüßte sie wie alte Freunde und sein Gesichtsausdruck bewies, dass die Bezeichnung „Land des ewigen Lächelns" seine Berechtigung hatte. Er nahm ihnen die Mäntel ab und führte sie zu einem der begehrten Fensterplätze, den Karl reserviert hatte. Von dort hatte man die schönste Sicht auf den Rhein. Sie setzten sich und studierten die Speisekarten. Karl war froh, dass sie direkt einen Reisschnaps bekamen. Er hielt Alkohol im Moment für eine gute Lösung. Zwei oder drei durfte er sich wohl genehmigen, ohne Gefahr zu laufen, seine Fahrerlaubnis zu verlieren. Während Paula in der Karte noch nach einem passenden Gericht suchte, sah er sich um. Er mochte die leicht überladene, kitschige Einrichtung des Lokals. Die Dekoration bestand aus einem Aquarium mit exotischen, bunten Fischen, verschiedenen Buddha-Statuen, Bildern mit alten chinesischen Motiven und goldenen Drachen. Dazu hörte man im Hintergrund die typisch asiatische Musik, die von einem Saiteninstrument dominiert wurde, dessen Namen Karl immer wieder vergaß. Als sein Blick auf eine der dicklichen Statuen fiel, musste er erneut an seine Mutter denken. Was war das wieder für ein Auftritt gewesen? Ungelegener konnte sie wirklich nicht auftauchen.

„Erde an Karl, Erde an Karl. Ist da jemand?" Paula wedelte mit der Hand vor seinem Gesicht herum.

„Entschuldige, ich war gerade mit den Gedanken woanders."

„Bei deiner Mutter? Ich hatte eben irgendwie das Gefühl, dass ihr kein sonderlich gutes Verhältnis zueinander habt."

„Das wäre noch eine starke Untertreibung. Wie du vielleicht nach dem Gespräch von eben erahnen kannst, ist sie nur schwer zu ertragen."

„Ich möchte nicht zu neugierig erscheinen, aber hat das einen bestimmten Grund?"

Karl überlegte, ob er ausführlicher auf die Frage eingehen sollte. Er hatte sich den Abend anders vorgestellt und hätte lieber über die schönen Dinge des Lebens geredet. Aber er merkte, dass es ihm schwerfiel, nicht an seine ungeliebte Mutter zu denken. Sie füllte seinen Kopf derzeit zu 90 Prozent aus, auch oder gerade, weil er versuchte, nicht an sie zu denken.

„Erzähl doch, ich habe dich schließlich in letzter Zeit auch wegen meiner derzeitigen Beziehungskrise zugeschwallt. Wir kennen uns doch schon eine Zeit lang, wissen aber fast gar nichts über unsere Familien.“ Karl zögerte und atmete tief durch. Er war auf gewisse Weise gerührt von der Tatsache, dass Paula sich auch für seine Vergangenheit interessierte.

„Also gut. Ich versuche es kurz zu machen. Meine Mutter ist in den 60er-Jahren groß geworden. Sie fing gerade an zu studieren, als sich die wilden 68er auch an der Uni austobten, indem sie alle Hemmungen und gesellschaftlichen Tabus über Bord warfen. Sie hat alles mitgenommen, was damals zur Lebensmaxime erklärt wurde. Sie hat in einer dieser Hippie-WGs gelebt und sich hinsichtlich Drogen und naja, in anderer Hinsicht, du weißt schon, vollends ausgelebt.“

„Du meinst Sex and Drugs and Rock and Roll? Aber das war doch damals normal, das klingt doch gar nicht so schlimm. Ein bisschen wilder könnte die junge Generation heute manchmal schon sein.“

„Das wäre auch alles gut und schön gewesen, wenn ihre wechselnden Liebschaften nicht Folgen gehabt hätten.“

Paula sah ihn fragend an. „Damit meinst du dich?“ Ihr Blick wurde ernst.

„Ja, genau. Sie hat mich bekommen, als sie gerade Anfang 20 war. Sie wollte aber nicht wahrhaben, dass ihr ausschweifendes Leben damit plötzlich zu Ende sein sollte. Sie hat mich alleine erzogen, hat aber auf nichts verzichtet, was sie nicht auch schon vorher getan hat.“

Paula schaute betroffen.

„Und du, was war mit dir?“

„Ich war viel allein, auch nachts, wenn sie noch mit Freunden um die Häuser zog. Ich blieb, wie man sich denken kann, ein Einzelkind. Sie hatte vermutlich für weitere ‚Unfälle' vorgesorgt. Ich denke immer, mit Geschwistern wäre es vielleicht nicht ganz so schlimm gewesen."

„Und was ist mit deinem Vater?"

Karl antwortete mit einem verächtlichen Unterton: „Ich kenne ihn nicht. Durch ihre vielen Liebschaften, du weißt schon ‚Wer zweimal mit demselben pennt, gehört schon zum Establishment', da weiß auch *sie* nicht, wer mein Vater ist. Das hat sie zumindest immer behauptet. Ein Vater existierte also für mich nie.

„Das klingt wirklich bitter. Und das Verhältnis zu deiner Mutter hat sich nie geändert?"

„Nein, eigentlich nicht. Als sie älter wurde, war sie nicht mehr so zügellos, aber sie war immer noch egoistisch genug, um ihr Leben allein nach ihren Bedürfnissen auszurichten. Ich war meistens nur ein lästiges Beiwerk."

„Ich dachte, solche Rabenmütter gäbe es nur in schlechten Filmen. Da kann ich verstehen, dass du heute nicht gut auf sie zu sprechen bist. Warum ist sie überhaupt vorbeigekommen?"

„Frag mich nicht, vielleicht kriegt sie mit zunehmendem Alter Anwandlungen von schlechtem Gewissen und denkt, sie müsse sich um mich kümmern. Dann taucht sie auf, zerdeppert das gesamte Porzellan und verschwindet wieder. Sie kommt nicht, um zu sehen, wie es einem geht, sondern aus reiner Neugierde und um kein gutes Haar an allem zu lassen, was mir wichtig ist."

Er machte eine Pause und starrte auf seinen Teller.

„Jetzt sollten wir aber mal das Thema wechseln, ich wollte eigentlich keine deprimierende Lebensbeichte ablegen." Er bemühte sich, eine heiterere Miene aufzusetzen, er wollte Paula schließlich nicht den ganzen Abend verderben.

„Was ist denn mit *deiner* Familie? Ich weiß, dass sie noch in Neapel lebt, dass dein Vater ein stolzer Italiener ist und dass er deine

Mutter in seinem Restaurant kennengelernt hat. Und du hast einige Geschwister, aber ich weiß noch nicht mal, wie viele. Wahrscheinlich seid ihr eine dieser süditalienischen Großfamilien mit acht Geschwistern und hunderten von Cousinen und Cousins." Paula lachte.

„Nicht ganz, ich kann leider nur mit drei Schwestern dienen."

„Ich beneide dich, das stelle ich mir toll vor. Aber dein Vater hätte doch vermutlich gerne auch einen Sohn gehabt, oder?"

„Er ist tatsächlich etwas altmodisch und hat immer wieder auf einen Stammhalter gehofft, aber es hat einfach nicht geklappt. Wäre ich ein Junge geworden, hätten sie mich Paul genannt." Sie lachte.

„Heute ist er aber mächtig stolz auf seine vier Frauen. Ich glaube, er vermisst den Sohn schon lange nicht mehr. Ich bin die Älteste und bin auch die Einzige, die ihre Heimat verlassen hat."

„Wie kann man ein so schönes Zuhause freiwillig hinter sich lassen?"

„Ich wollte nach dem Abitur in die große, weite Welt, was mein Vater natürlich nicht verstehen konnte. Für ihn ist Süditalien das Maß aller Dinge und die Großfamilie sollte, bis man das Zeitliche segnet, immer der Lebensmittelpunkt bleiben. Allzu weit hat es mich aber dann doch nicht in die Welt verschlagen. Wie du siehst, bin ich nur bis Deutschland gekommen." Sie schmunzelte.

„Ich bin froh, dass es dich nicht woandershin verschlagen hat", wollte Karl eigentlich aus ganzem Herzen erwidern, hielt sich aber zurück, sei es aus Verlegenheit oder weil er nicht zu sentimental erscheinen wollte.

„Und warum gerade Deutschland?"

„Meine deutsche Mutter hat darauf geachtet, dass wir zweisprachig aufwuchsen. Dann kam noch dazu, dass mir ein Volontariat in einer Musikagentur in Köln in Aussicht gestellt wurde. Musik ist schon immer meine Leidenschaft gewesen. Nach einigen Jahren hatte ich allerdings genug vom Stress und auch von der Härte der Branche und habe ihr den Rücken gekehrt. Dann habe ich erst in Köln und dann in Bonn studiert und jetzt sitze ich hier."

Sie zeigte mit beiden Händen auf sich, als wollte sie sich, um ihre Aussage zu unterstreichen, präsentieren. Karl musste daran denken, von wie vielen Zufällen es abhing, dass einem im Leben ein Mensch begegnete, den man ins Herz schließen würde. Paula hätte auch ein Paul werden können, sie hätte für immer in ihrer Heimat bleiben oder sich eine andere Stadt zum Studieren aussuchen können. Er erinnerte sich daran, wie sie sich das erste Mal begegnet waren. Sie hatte sich in der Mensa mit ihrer offenen und freundlichen Art zu ihm an den Tisch gesetzt und hatte ihn vom ersten Augenblick an verzaubert. Mit ihrer jugendlichen Ausstrahlung hätte man sie auch für eine Studentin halten könne. Er war sich damals vorgekommen, wie ein verklemmter Schuljunge. Einerseits war er froh, dass sie bereits Doktorandin war, auf der anderen Seite aber enttäuscht, als er später erfuhr, dass sie bereits vergeben war. In dieser Hinsicht hatte sich das Schicksal seines Erachtens einen unverzeihlichen Fehler erlaubt.

„Alles in Ordnung bei dir?" Nein, ganz und gar nicht, dachte er. Er hätte das Schicksal gerne am Schlafittchen gepackt und durchgeschüttelt. Dann würde er jetzt vielleicht zum Hochzeitstag einen romantischen Restaurantbesuch mit seiner Frau verbringen, während das Aupairmädchen sich gerade um ihre drei süßen Kinder kümmerte.

„Ja, klar, entschuldige, der Auftritt meiner Mutter hat mich so ganz aus der Fassung gebracht", log er und hatte sogleich ein schlechtes Gewissen, als Paula ihn mitleidig ansah.

„Und von wem hast du die Liebe zur klassischen Musik geerbt?", lenkte Karl ab.

„Von beiden. Genauer gesagt von meinem Vater habe ich die Liebe zu italienischen Opern und von meiner Mutter die Liebe zur klassischen Musik, vor allem deutscher und russischer Komponisten geerbt. Während mein Vater seine Toscanini-Einspielungen der Verdi-Opern auf seinen alten, verkratzten Schallplatten hörte, präsentierte meine Mutter in der Küche die Konkurrenzveranstaltung. Sie stellte dann als stillen, oder besser gesagt, als lauten Protest den Klassik-Sender ihres Radios besonders laut, um meinem Vater klar zu machen, dass nicht nur Verdi, Puccini und Rossini großartige Musik hervorgebracht haben." Sie lachte. „So bin ich in meiner Kindheit oft mit klassischer Musik bombardiert worden. Auch wenn ich in der Pubertät dagegen rebelliert habe, hat es mich doch stark geprägt und irgendwann habe ich entdeckt, dass auch mich diese Musik bewegt und fasziniert. Und woher kommt *deine* Leidenschaft für die Klassik?"

„Bei mir war es etwas anders. Meine Hippie-Mutter hat natürlich nur die angesagte, unangepasste Musik von ‚Ton Steine und Scherben', Rio Reiser und Co. gehört. Du weißt schon: ‚Keine Macht für niemand', ‚Macht kaputt, was euch kaputt macht'. Mein Protest in der Pubertät bestand darin, mich der spießigen, klassischen Musik zuzuwenden. Beethoven und Mozart waren für meine Mutter Ausgeburten einer rückwärtsgewandten, bourgeoisen Lebensweise. Die einen haben Rockmusik gehört, um ihre Eltern zu schockieren, ich eben Klassik. Eigentlich war ich der wahre Rebell. Aber zurück zu deiner Verwandtschaft. Ich beneide dich um deine italienische Großfamilie."

„Naja, ganz so groß ist sie auch wieder nicht. Zweimal im Jahr fahre ich in meine Heimat und besuche sie. Vielleicht ergibt sich ja mal eine Gelegenheit. Stephan war schon lange nicht mehr dabei, hat einfach nicht die Zeit, du weißt schon warum. Wenn dir Süditalien nicht zu weit ist und du die Cosa Nostra nicht fürchtest, kannst du mich gerne mal begleiten." Karl war sich sicher, dass er es spielend mit dem gesamten Mafia-Syndikat aufnehmen würde, wenn er nur nicht fliegen müsste. Er malte sich schon aus, wie er mit Paula in seinem Cinquecento gemütlich durch den langgezogenen Stiefel Italiens fahren und die Aussicht auf die schöne Landschaft genießen würde. Irgendwann würden auch sie ankommen.

„Sehr gerne", sagte Karl mit einer Begeisterung, als könne es gleich losgehen.

Er fühlte sich inzwischen deutlich besser. Es tat gut, dass er auch die nicht so schönen Dinge in seinem Leben mit Paula teilen konnte. Sonst hielt er sich mit solch persönlichen Offenbarungen in seinem Umfeld eher zurück. Aber er hatte das Gefühl, dass es ihm ein wenig die Last von den Schultern nahm. An der Binsenweisheit „geteiltes Leid ist halbes Leid" war offensichtlich etwas dran. Als sie gegessen hatten, reichte ihnen die kleine, lächelnde Kellnerin zwei in heißes Wasser getränkte Tücher. Karl hasste diese chinesische Sitte. Er fand, dass man damit mittelschwere Hautverbrennungen verursachen konnte, wollte sich aber vor der Kellnerin, die noch am Tisch stand und sie erwartungsvoll ansah, keine Blöße geben. Dann reichte sie ihnen einen kleinen Teller mit zwei Glückskeksen.

„So einen habe ich schon seit Jahren nicht mehr aufgemacht", sagte Paula mit kindlicher Freude.

„Such dir einen aus!", forderte Karl sie auf.

„Okay."

Paula kreiste kurz mit ihrer rechten Hand über den beiden Keksen, als ginge es darum, auf jeden Fall den für sie bestimmten herauszufinden.

„Ich habe zuerst ausgewählt, du darfst als erster vorlesen", stellte Paula fest.

„Na gut." Karl war gespannt, auch wenn er nicht sonderlich abergläubisch war. Aber aus irgendeinem Grund wollte doch jeder zumindest ein wenig an solche Dinge glauben, auch wenn sie bar jeder Vernunft waren. Vielleicht ja auch gerade deswegen. Die ganze Philosophiegeschichte bestand aus Annahmen, die man mit der Vernunft nicht hinreichend erklären und erst recht nicht beweisen konnte. Man sollte solche Sprüche schließlich nicht zu ernst nehmen. Der Trick bestand darin, etwas Schlechtes als Hokuspokus abzutun und fest daran zu glauben, wenn etwas Positives vorausgesagt wurde. Er öffnete den Keks und entnahm den kleinen, eingerollten Zettel, der wie ein Los mit einem dünnen Gummiband zusammengehalten wurde. Dann rollte er ihn aus und las: „*Aus Freundschaft kann Liebe, aber aus Liebe nie Freundschaft erwachsen (Laotse).*“ Ups, dachte er, das war ja wohl voll ins Schwarze getroffen. Er wusste nicht, wie er reagieren sollte, fand aber, dass der Glückskeks seinem Namen in diesem Fall alle Ehre gemacht hatte. Er sah Paula etwas verlegen an und versuchte die Bedeutung, die die Weisheit für ihn hatte, herunterzuspielen.

„Ist ja ein schöner Spruch, aber ich glaube, er hat nicht unbedingt etwas mit mir zu tun.“

„Wer weiß?“, sagte Paula und schaute ihn vielsagend an. Dann machte sie sich an ihrem Keks zu schaffen. Auch sie zerbrach den spröden Teig und entfernte geschickt das Gummi von dem Papier.

„Na los, lies vor!“, forderte Karl sie mit einer gewissen Spannung auf. Sie zog das eingerollte Papier auseinander und drehte es richtig herum. Sie machte einen etwas angespannten Eindruck, als sie endlich vorzulesen begann. „*Die Macht der Gewohnheit ist oft stärker als der Mut, zu neuen Ufern aufzubrechen (Konfuzius).*“ Karl sah, wie Paulas Gesicht plötzlich sehr ernst wurde. Er konnte sich denken, dass sie den Spruch auf ihre jetzige Lebenssituation beziehen würde. Vielleicht war gerade das ihr innerer Kampf, zwischen dem Festhalten an ihrer langjährigen Ehe und dem Gefühl, diese hinter sich lassen zu wollen und etwas Neues zu beginnen. Karl konnte es nicht länger mit ansehen und versuchte sie abzulenken.

„Apropos Aufbruch. Wir könnten so langsam...“

Oh nein, das war mit Abstand die dämlichste und unpassendste Überleitung, die ihm einfallen konnte. Als hätte er nicht im Geringsten bemerkt, was in Paula vorging.

Etwas abwesend sagte sie: „Ja, können wir machen.“

Karl winkte die Kellnerin herbei, die ihm automatisch die Rechnung vorlegte.

„Weißt du was, ich lade dich ein. Verstehe es einfach als Schmerzensgeld für die heutige Begegnung der dritten Art.“

„Du meinst deine Mutter?“

„Wen sonst.“ Paula lachte wieder und nahm dankend an.

Als sie das Restaurant verlassen hatten und den Steg zum Ufer hochgestiegen waren, stellten sie sich an das Geländer und schauten noch eine Zeit lang auf den Rhein, der jetzt friedlich dalag und in dessen Wellen sich ein Halbmond und die Lichter der Stadt spiegelten. Der Anblick der Kennedybrücke und der erleuchteten Stadt hatte etwas Stimmungsvolles und zugleich Erhabenes. Karl musste an seinen Traum denken und erwartete jeden Moment das Schrillen des Weckers. Aber dies war die Wirklichkeit. Er hätte Paula in diesem magischen Moment am liebsten in den Arm genommen und mit ihr bis tief in die Nacht einfach nur den Mond betrachtet, einfach der Stille lauschend, ohne ein einziges Wort zu sagen. Und er hätte auch nichts dagegen gehabt, wenn dies zu einem leidenschaftlichen Kuss geführt hätte.

Kapitel XXIII

Als Karl am nächsten Morgen in sein Büro kam, saß sein emsiger Mitarbeiter bereits wieder an seinem Computer.

„Guten Morgen Ken. Gut geschlafen?"

„Guten Morgen, warum fragst du?"

„Weil ich einen ausgeschlafenen Helfer brauche, der mir Informationen beschafft, was ja wohl dein Spezialgebiet ist. Könntest du gleich etwas für mich recherchieren, während ich meine Vorlesung halte?"

„Meinst du die, die ich gerade vorbereite?", stöhnte Ken.

„Du wirst schließlich fürstlich entlohnt", grinste Karl, „völlig verweichlicht diese Jugend. Also es geht um zwei Firmen. Ich habe ihre Namen notiert. Bei ihnen hat der Vorsitzende des Freundeskreises etwas in Auftrag gegeben. Was genau, das weiß auch die Kripo noch nicht. Könntest du bitte herausfinden, was die produzieren und ob es irgendetwas Bemerkenswertes gibt."

„Okay, ich tue mein Bestes."

Karl war durch die Nachforschungen ziemlich abgelenkt und konnte sich nicht so recht in die Romantikvorlesung, die er gleich halten würde, hineindenken. Er würde als Einstieg in diese Epoche, die er sehr liebte, mit dem Bild „Der Wanderer über dem Nebelmeer" von Caspar David Friedrich beginnen. Er hatte dieses Gemälde schon oft als Aufhänger eingesetzt. Es garantierte, dass die Studenten schon die wesentlichen Elemente der Epoche erkannten, bevor sie auch nur eine Zeile über die Romantik gelesen hatten. Das Bild enthielt vieles, was die Kunst dieser Epoche auszeichnete, die Erhabenheit der Natur, das Mystische, Geheimnisvolle, das vom Nebel verschleiert wird, die Unendlichkeit des Horizontes und die Sehnsucht des Menschen, der oben über den Gipfeln der Welt thront. Caspar David Friedrich war in dieser Hinsicht ein Magier, man verstand seine Bilder, indem man sie fühlte.

Der Hörsaal war heute fast bis auf den letzten Platz besetzt. Karl freute sich, dass seine Vorlesungen offenbar gut bei den Studenten ankamen. Der Einsatz des Bildes zu Beginn der Vorlesung hatte, wie erwartet, gut funktioniert. Jetzt konfrontierte er die Hörerschaft mit einem Zitat von Novalis. Die Äußerung des Dichters verdeutlichte den Clou der Romantik auf anschauliche Weise. Karl trug das Zitat mit dem angemessenen Pathos vor.

„Ich romantisiere die Welt, indem ich dem Gemeinen einen hohen Sinn, dem Gewöhnlichen ein geheimnisvolles Aussehen, dem Endlichen einen unendlichen Schein gebe."

Er schaute von seinem Buch auf und ließ seinen schweigenden Blick über die Zuhörer wandern, um die Worte wirken zu lassen.

„Das, meine Damen und Herren, war der Taschenspielertrick der Romantiker. Sie verstanden es, aus der schnöden, oberflächlichen Welt etwas Mysteriöses, Transzendentes zu machen. Ein Mond war für sie nicht mehr nur ein Mond, sondern ein magischer Himmelsgefährte, die Natur war nicht nur Natur, sondern etwas Beseeltes, in das man seine eigene Seele einfließen lassen konnte oder wie Eichendorff es in seiner berühmten ‚Mondnacht' formuliert:

‚Und meine Seele spannte weit ihre Flügel aus, flog durch die stillen Lande, als flöge sie nach Haus.'

Diese faszinierte, staunende Sichtweise der Romantiker auf die Welt, der man etwas Wunderliches zuschreibt, ist leider durch die moderne Gesellschaft, die von der Aufklärung und Wissenschaft geprägt worden ist, wieder verloren gegangen. Die heutige Literatur und auch zeitgenössische Filme zeigen aber, dass viele Menschen dennoch, oder gerade deswegen, wieder ein großes Bedürfnis nach magischen, mystischen, eben romantischen Momenten haben. Die Romantiker waren nicht, wie viele glauben, naive Tagträumer, die kitschige Liebesgedichte verfassten, sie hatten vielmehr einen eigenen philosophischen Lebensentwurf, der ganz auf dem Gefühl beruhte, aber deswegen nicht kopflos war. Philosophen wie Schelling oder Schleiermacher konstatierten eine Transzendenz, sie glaubten an eine geheimnisvolle Welt hinter der sinnlich wahrnehmbaren Welt und sie spürten, dass man sie nicht nur mit Logik und Rationalität, sondern vor allem mit dem Gefühl entschlüsseln könne:

,Wenn nicht mehr Zahlen und Figuren/ sind Schlüssel aller Kreaturen,/ wenn die da singen oder küssen/ mehr als die Tiefgelehrten wissen'/

dann befinden wir uns, so Novalis inmitten der Welt der Romantik.

Das zentrale Motiv dieser Epoche ist die Sehnsucht: die Sehnsucht nach einer unerfüllbaren Liebe, die Sehnsucht nach der Vereinigung mit der Natur oder sogar die Sehnsucht nach dem Tode. Das Besondere dieser Sehnsüchte besteht darin, dass sie nie erfüllt werden, sodass der Romantiker ständig von einer süßen Melancholie und einem allgemeinen Weltschmerz erfüllt ist. Manchmal gibt es eben nichts Schlimmeres als Träume, die sich erfüllen. Die Mystikerin Teresa von Avila brachte es auf den Punkt: ,Es werden mehr Tränen über erhörte Gebete vergossen als über nicht erhörte.'

Sie können sich bis zur nächsten Woche Gedanken machen, was wohl Ihre Träume und Sehnsüchte sind."

Karl lächelte seine Studenten mit einem Hauch von Ironie an, um deutlich zu machen, dass dies als Anregung und nicht als Hausaufgabe zu verstehen war.

Als er, zufrieden mit seiner heutigen Vorlesung, das Auditorium verließ, fragte er sich, ob Ken bei seiner Recherche wohl erfolgreich gewesen war. Als er ins Büro kam, sah er den glückseligen, triumphierenden Blick seines Doktoranden. Er *war* erfolgreich gewesen, soviel stand fest. Ken kippte den Bürostuhl nach hinten und verschränkte seine Hände hinter dem Kopf.

Karl kannte diese Geste nur zu gut. Sie signalisierte: Ich habe nicht nur Wichtiges herausgefunden, es hat mich noch nicht einmal große Mühen gekostet. Karls Ungeduld war nicht zu überhören:

„Also, schieß los und spann mich nicht wieder auf die Folter."

Ken verharrte noch kurz in seiner entspannten Haltung und kippte sich dann nach vorn an seinen Schreibtisch.

„Na gut, dann komme ich gleich zur Sache. Also, die Maschinenbaufirma ist eigentlich ein ganz gewöhnliches Unternehmen. Sie produziert, wie schon der Name verrät, Bohrmaschinen. Es sind allerdings sehr spezielle, individuell angefertigte Maschinen, von zum Teil riesigen Ausmaßen. Sie produzieren z.B. Bohrer, die nach Öl suchen, die beim Fracking benutzt werden, aber auch solche, mit denen in der Arktis Probebohrungen durchgeführt werden. Falls es dich interessiert.“ Ken machte keine Anstalten die Antwort abzuwarten. „Das funktioniert wie beim Apfelausstecher, nur in etwas größeren Dimensionen. Ein bis zu 50 Meter langer Hohlbohrer wird in den Boden eingeführt und dann wieder ans Tageslicht befördert. Anhand der verschiedenen Schichten, die sich in dem Hohlraum befinden, ziehen die Forscher Rückschlüsse auf die Entwicklung des Klimas in den letzten tausend Jahren und noch weiter zurück. Es geht also nicht um handelsübliche Bohrer für den Heimhandwerker, sondern um sehr aufwändige und damit extrem teure Maschinen, die für höchst anspruchsvolle Arbeiten verwendet werden können.

Die Schiffsbaufirma befindet sich im Hafen von Rotterdam im sogenannten Rheindelta. Zunächst ist mir nichts Besonderes aufgefallen. Sie bauen Schiffe aller Art, insbesondere aber Fracht- und Funktionsschiffe, also Rettungsschiffe, Feuerwehrschiffe usw. Dann bin ich aber auf einen Link gestoßen, bei dem es um ein sogenanntes Taucherschiff geht. Es ist deswegen so bemerkenswert, weil es weltweit das einzige dieser Art ist. Es handelt sich um ein Schiff, das unter seinem Rumpf einen Raum beherbergt, der bis zum Boden eines Flusses herabgelassen werden kann, sodass sich Menschen darin aufhalten können. So wurden etwa letztes Jahr Abschnitte des Rheins von störenden Steinen und Sandablagerungen, die die Schifffahrt behinderten, gereinigt. Das ist echt faszinierend. Die Männer, die auf dem Schiff arbeiten, können durch eine Schleuse in diesen Raum gelangen. Es wird ein Überdruck erzeugt, der das Wasser verdrängt und dann spazieren sie, umgeben von Millionen Kubikmetern Wasser, lustig über den Grund des Rheins.“

Karl fand es in der Tat recht interessant, bezweifelte aber, dass ihn die technischen Ausführungen in diesem Fall weiterbringen würden. Er wollte Kens Enthusiasmus aber auch nicht bremsen und hörte geduldig zu.

„Falls du die physikalischen Gesetze dahinter wieder mal nicht verstehst: Es funktioniert wie bei einem Glas, in das du ein trockenes Tuch steckst und das du mit der Öffnung nach unten in Wasser tauchst. Das Tuch wird nicht nass, weil der Luftdruck in dem Gefäß verhindert, dass Wasser eindringen kann. Capito?“ „Du kannst dich gerne bei einer dieser Quizsendungen bewerben, um dein technisches Mitteilungsbedürfnis zu befriedigen, komm aber bitte auf den Punkt.“

„Das mit dem Taucherschiff finde ich mehr als interessant. Was könnte dieser Braunheim, der Wagnerfan und Kenner der Nibelungensage, schon auf dem Grund des Rheins suchen!?“

Karl horchte auf. Jetzt war auch ihm klar, warum Ken so sehr ins Detail gegangen war. Er war einfach genial. Karl war noch in Gedanken, als Ken sich selbst die Antwort gab. „Genau, warum sollte er nicht nach einem sagenumwobenen *Schatz* suchen, wie etwa dem Nibelungenhort?“

„Mmh, du könntest recht haben.“

„Und um auch unter der Bodenoberfläche zu forschen, bedarf es eines Spezialbohrers.“

„Bingo.“

„So langsam wird mir einiges klar. Die Frage ist allerdings: Was hat das teure Hobby Braunheims mit dem Mord zu tun?“ Karl wühlte die Tatsache, dass sie wieder einen großen Schritt weiter waren, doch ein wenig auf. Er rief sofort Paula auf dem Handy an, in der Hoffnung, dass sie sich irgendwo im Unigebäude aufhielt. Sie meldete sich mit einem leisen, kaum vernehmlichen „Ja“.

„Hallo Paula, wo bist du gerade?"

„Ich bin in der Musikbibliothek, genau genommen gehe ich gerade auf den Flur, da die Aufsicht vom Handyklingeln nicht sonderlich begeistert war. Was gibt es denn so Dringendes?"

„Ich glaube, wir haben da was ziemlich Interessantes herausgefunden." Karl sah zu Ken hinüber, der einen etwas vorwurfsvollen Blick aufsetzte, hätte er doch das Personalpronomen „wir" gerne durch seinen Namen ersetzt gesehen. „Hast du Zeit, in mein Büro zu kommen?"

„Das klingt ja vielversprechend. Bin in zehn Minuten da."

Karl schilderte ihr alles, was sie, genau genommen Ken, herausgefunden hatten.

„Ich habe inzwischen auch eine Theorie, was diese Sache mit dem Mord zu tun haben könnte. Es könnte doch sein, dass unser ermordeter Journalist, der ja auf investigativen Journalismus spezialisiert war, sich in die Stiftung eingeschleust hat, um etwas über deren Machenschaften herauszufinden. Braunheim oder eines seiner Vorstandsmitglieder kommen dahinter und beschließen, ihn loszuwerden, damit ihre Veruntreuungen nicht ans Licht kommen."

Nach einer kurzen Pause sagte Ken: „Ich möchte deinen Enthusiasmus nur ungern schmälern, aber du weißt schon, dass die Justiz bereits ein halbes Jahr vor dem Mord das Strafverfahren gegen Braunheim eingeleitet hat. Warum sollte Mohn dann noch in diese Richtung recherchieren?"

Karl überlegte. „Vielleicht ging es ihm darum, die Details der Veruntreuung herauszufinden."

„Ich muss Ken Recht geben", gab Paula zu bedenken, „das klingt wirklich nicht ganz überzeugend. Dieser Journalist muss nach irgendetwas anderem geforscht haben, ein Skandal, mit dem er es zu noch mehr journalistischer Anerkennung oder Geld gebracht hätte."

Karl schaute betreten. „Ja, da muss es noch etwas Anderes geben.

Wir müssen herausfinden, was das war. Vielleicht hat er ja irgendwelche Aufzeichnungen hinterlassen.“

„Und wie sollen wir das erfahren?“

„Da hilft wohl nur ein Anruf bei meiner Ex. Die wird sich bestimmt darüber freuen, dass ich sie jetzt täglich kontaktiere.“

„Das ist eine gute Idee. Du solltest sie fragen, ob man in seiner Wohnung, sei es auf seinem Computer oder bei seinen Notizen, etwas in der Richtung gefunden hat.“

„Ich würde aber auch seinem ehemaligen Arbeitgeber gerne mal einen Besuch abstatten, es muss ja einen Grund gegeben haben, warum er entlassen wurde. Kein Journalist gibt in der heutigen Situation freiwillig eine sichere Festanstellung auf.“ Er sah Paula fragend an, die natürlich sofort durschaute, dass die Feststellung eine Aufforderung war, ihn dorthin zu begleiten. Sie schüttelte energisch mit dem Kopf.

„Tut mir leid, dieses Mal muss ich passen, ich habe noch einiges auf meinem Schreibtisch liegen, das abgearbeitet werden will. Außerdem muss ich zwischendurch auch mal etwas für meine Habilitation tun, damit ich rechtzeitig vor meiner Pensionierung fertig bin.“ Als er Ken anschaute und ein stummes Kopfschütteln erntete, warf er sich in eine theatralische Pose: „Auch du, mein Sohn Brutus.“ Er verabschiedete sich von zwei schmunzelnden Gesichtern und verließ sein Büro.

Kapitel XXIV

Karl hatte sich die Adresse des „Koblenzer Anzeigers“ herausgesucht und machte sich auf den Weg. Damit sich die Anfahrt auch lohnte, hatte er sich vorgenommen, auf dem Rückweg Schloss Stolzenfels zu besuchen, das sich nur wenige Kilometer rheinaufwärts hinter Koblenz befand. Er wollte dieses Paradebeispiel der Rheinromantik schon lange einmal besuchen, bisher hatte es aber nie geklappt. Er nahm statt des schönsten den schnellsten Weg über die Autobahn. Erstaunlicherweise war verkehrstechnisch wenig los auf den Straßen, sodass ihm schon nach einer guten Stunde das Navigationsgerät mitteilte: „Sie haben Ihr Ziel erreicht“. Karl hatte sich schon oft gefragt, ob die durchaus sympathische Frauenstimme tatsächlich die eines echten Menschen war, oder die eines Computerprogramms. Auch wenn er für derartige technische Errungenschaften normalerweise nicht zu haben war, so schätzte er doch, dass die Stimme nie die Geduld verlor, egal, wie oft man auch die angekündigte Abzweigung verpasste. Seine Exfrau war da immer deutlich ungehaltener. Er stieg aus und stand vor einem modernen, gläsernen Hochhaus, das für ein Lokalblatt etwas überdimensioniert erschien. In der Empfangshalle ging er auf eine halbkreisförmige Theke zu, hinter der eine Mitarbeiterin saß und ihn erwartungsvoll anlächelte.

„Entschuldigen Sie, aber kennen Sie Herrn Mohn? Er war vor zwei Jahren noch Mitarbeiter Ihrer Zeitung.“

„Tut mir leid, ich bin erst seit Kurzem hier.“

„Was wollen Sie denn wissen?“, mischte sich eine Kollegin ein. „Ich kenne ihn ganz gut. Ist irgendwas mit ihm?“ Für eine Zeitung waren die hier ganz schön schlecht informiert, dachte Karl.

„Ich bin eigentlich davon ausgegangen, es hätte sich vielleicht schon herumgesprochen. Herr Mohn wurde vor einigen Tagen“,

Karl zögerte und suchte nach einer halbwegs schonenden Formulierung, „er wurde tot aufgefunden."

„Oh, mein Gott, das ist ja schrecklich." Die Frau war sichtlich entsetzt von seiner Hiobsbotschaft.

„Er wurde ermordet."

„Kommen Sie, wir können uns da vorne an meinen Schreibtisch setzen. Ich glaube, es ist besser, wenn Sie mit mir reden. Die da oben in der Chefetage", ihr Blick wandte sich zur Decke, „sind nicht sonderlich gut auf ihn zu sprechen. Setzen Sie sich doch bitte."

„Danke. Ich komme nicht von der Polizei, wie Sie vielleicht denken. Mein Name ist Karl Jung, ich bin Professor an der Universität Bonn."

„Sind Sie ein Bekannter von Bernhard?"

Karl stellte fest, dass es ihm nicht leichtfiel, sein Interesse für den Toten auf einfache Weise zu erklären. „Nein, ich kannte Herrn Mohn nicht, aber ich kenne denjenigen, der verdächtigt wird, ihn umgebracht zu haben. Ich bin mir ziemlich sicher, dass er unschuldig ist."

Sie schaute zwar etwas irritiert, aber nicht abweisend. Ihr Blick verriet, dass sie immer noch unter Schock stand.

„Ich habe recherchiert, dass Herr Mohn bei Ihnen gearbeitet hat und vor zwei Jahren sehr plötzlich entlassen wurde."

„Entschuldigen Sie, aber das kommt jetzt alles sehr überraschend. Ja, das war keine schöne Sache damals. Ich bin ab und zu mit ihm essen gegangen, ansonsten hatte er mit anderen Kollegen kaum privaten Kontakt. Er war eher der verschlossene Typ."

„Können Sie mir denn etwas über den Grund der Kündigung sagen?"

„Bernhard war eigentlich ein guter und erfolgreicher Journalist. Er hatte keine Scheu, Dinge aufzudecken, von denen andere lieber die Finger ließen, weil sie ihnen zu gefährlich erschienen, oder weil angesehene Persönlichkeiten in den Skandal verwickelt waren. Er hatte eine beneidenswerte Zivilcourage. Dafür hat er auch immer wieder Preise eingeheimst, die seine Kollegen gerne gehabt hätten."

„Und warum hat man so einen engagierten Journalisten an die Luft gesetzt?“

„Es hatte, glaube ich, verschiedene Gründe. Zum einen gab es viele Neider. Die Redaktion ist das reinste Haifischbecken, in dem mit harten Bandagen gekämpft wird. Ein zweiter Grund war sicherlich, dass er eben auch gegen Wirtschaftsunternehmen recherchierte, die wichtige Werbekunden unserer Zeitung waren. Allein mit ihren Abonnenten kann sich eine Zeitung heute nicht mehr über Wasser halten.“

„Aber das sind doch keine hinreichenden Gründe, jemanden zu entlassen. Bei einer Klage hätte ihm jedes Arbeitsgericht recht gegeben.“

„Das ist wohl wahr. Aber es gibt noch eine weitere Vermutung, die natürlich nie offen ausgesprochen wurde. Es heißt, er habe bei seinen Recherchen auch zu unlauteren oder, sagen wir, nicht ganz legalen Mitteln gegriffen. Das wäre sehr wohl ein Grund, ihn zu entlassen. Ich bin gut mit ihm zurechtgekommen, aber den Hang zu illegalen Methoden hätte ich ihm durchaus zugetraut. Seine Arbeit war sein Ein und Alles, er hatte ja weder Frau noch Kinder. Insofern ist es nachvollziehbar, dass er kompromisslos vorging. Vermutlich wurde er entlassen, bevor der Skandaljournalist selbst zum Skandal für die Zeitung geworden wäre. Ich nehme an, dass die Chefetage ihm das klargemacht hat und er deshalb auch keinen Widerspruch gegen die Kündigung einlegen konnte, ohne selbst ins Fadenkreuz zu geraten. Als freier Journalist steht man natürlich deutlich schlechter da. Immerhin war er dann sein eigener Herr. Aber warum hat ihn denn jemand umgebracht? Hat es etwas mit seinen Recherchen zu tun?“

„Das weiß man noch nicht. Der Fall ist ziemlich mysteriös. Ich glaube aber auch daran, dass er etwas herausgefunden hat, was irgendjemandem nicht passte. Seine Kompromisslosigkeit hat ihn anscheinend dieses Mal das Leben gekostet.“

Karl sah an ihrem Blick, dass sie noch etwas loswerden wollte, aber offenbar noch mit sich rang.

„Gibt es noch etwas, das Sie mir sagen wollen?"

„Ja, ich weiß nicht, ob das wichtig ist, aber ich war irgendwann mal, als er noch bei uns gearbeitet hat, an seinem Schreibtisch. Nicht dass sie denken, ich wollte bei ihm herumschnüffeln, aber als ich eine Akte gesucht habe, fand ich in der Schublade einen kleinen Zettel, auf dem etwas Eindeutiges abgebildet war."

„Was meinen Sie mit *‚Eindeutiges'*?"

„Naja, es waren zwei Männer darauf abgebildet, die sich küssten und der eine hatte so Lederzeug und eine Ledermütze an. Sie wissen schon, was ich meine."

„Wollen Sie damit sagen, dass er sich für Männer und nicht für Frauen interessierte?"

„Ja, das denke ich. Als er plötzlich hereinkam, erntete ich vorwurfsvolle Blicke. Ich legte den Zettel schnell wieder zurück und wir haben nie mehr ein Wort darüber verloren."

„Wissen Sie denn noch, worum es sich da gehandelt hat? Ging es um einen Homosexuellentreff oder etwas in der Art?" Karl überlegte, ob er das politisch korrekt ausgedrückt hatte, vermutlich nicht.

„Ja, es ging, glaube ich, um eine Party in einem Lokal, Club oder sowas. Da stand kein richtiger Name, sondern nur zwei Buchstaben: ‚GG'."

„Konnten Sie sehen, in welcher Stadt sich dieses Lokal befindet?"

„Ich glaube, es war im Hintergrund der Kölner Dom abgebildet, da bin ich mir aber nicht ganz sicher. Eigentlich ging mich das ja gar nichts an. Er kann in seiner Freizeit ja tun und lassen, was er will." Was er wollte, korrigierte Karl, ohne es auszusprechen.

Er war derselben Meinung, aber in Anbetracht des Mordes war es wichtig, keinen noch so kleinen Hinweis auf eine weitere Spur zu übersehen. Karl wollte damit das Gespräch beenden und sich verabschieden, als ihm doch noch etwas einfiel.

„Eine Frage hätte ich noch, dann halte ich Sie auch nicht länger auf. Gab es jemanden, dem er mit seinen Nachforschungen besonders Schaden zugefügt hat?"

Die Frau überlegte: „Da gab es so einige, denen er durch seine Enthüllungen gesellschaftlich geschadet hat. Ich erinnere mich aber an einen Fall, wo es denjenigen die gesamte Existenz gekostet hat. Die Sache war vor einigen Jahren in aller Munde. Es ging um einen Baulöwen, der in irgendeinen Immobilienskandal verwickelt war. Der Mann war eine sehr angesehene Persönlichkeit und hat alles verloren. Nicht nur die seriösen Zeitungen, ausgehend vom Koblenzer Anzeiger, haben davon berichtet, auch die Klatschpresse ist über ihn hergefallen."

„Wissen Sie noch, um wen es sich handelte?"

„Ich komme nicht auf den Namen. Ich glaube, es war irgendetwas mit Berg, Bergmeier oder so ähnlich. Wenn Sie wollen, dann kann ich aber einmal in unserem Archiv nachforschen und Ihnen dann die entsprechenden Zeitungsartikel als Kopie zukommen lassen. Ich bräuchte nur Ihre Adresse."

„Das wäre sehr nett. Wenn Sie etwas zu schreiben hätten, kann ich Ihnen meine Anschrift notieren."

„Wir schreiben zwar alles mit dem Computer, aber einen Stift haben wir trotzdem noch." Karl lächelte.

„Vielen Dank, dass Sie so freimütig mit mir gesprochen haben. Sie brauchen nicht zu befürchten, dass irgendjemand etwas von dem, was Sie mir anvertraut haben, erfährt."

„Davon gehe ich aus. Auf Wiedersehen. Und viel Erfolg bei den weiteren Nachforschungen."

Von der Innenstadt war es nur ein Katzensprung zu Schloss Stolzenfels. Karl hatte schon viele Fotos und Gemälde gesehen und musste feststellen, dass es in der Realität noch überwältigender war. Vom Rheinufer aus hob sich das weiße Schloss vor den grün bewachsenen Hügeln ab. Das Gebäude war, wie viele andere Schlösser am

Mittelrhein, erst Mitte des 19. Jahrhunderts erbaut worden, aber immerhin auf dem Grund einer mittelalterlichen Burgruine aus dem 13. Jahrhundert. Hier gingen Mittelalter und Romantik tatsächlich eine enge Verbindung ein. Wie üblich, wurde auch hier nicht mit Türmen und Zinnen gespart, um die mittelalterliche Architektur nachzuahmen.

Einer Informationstafel entnahm Karl, dass das Gebäude 1830 erbaut worden war. Auch bei der Einweihung durch den preußischen König Wilhelm IV. habe man seine Begeisterung für diese Epoche bewiesen, indem man vom Rheinufer aus in mittelalterlichen Gewändern zum Schloss heraufspazierte. Der König hatte sich dort seine Sommerresidenz eingerichtet. Karl wollte die Burg selbst nicht besichtigen, aber er ging durch die Schlossgärten, die von berühmten Gartenarchitekten, wie dem Bonner Peter Josef Lenné, gestaltet worden waren und ließ die „perfekte Liaison von göttlicher Natur und menschlicher Gestaltungskraft“, wie es auf einem Infoblatt zu lesen war, auf sich wirken. Karl nahm auf einer Bank Platz, die von zwei weiblichen Skulpturen eingerahmt war und ließ den aufwendig gestalteten Garten auf sich wirken. Hier konnte man, wenn man auch nur einen Funken Romantik in sich spürte, nachempfinden, was die Menschen im 19. Jahrhundert derart beeindruckt hatte. Da sich der sonnige Himmel langsam zuzog, entschied er, den Rückweg anzutreten. Er genoss auf dem Weg zum Rheinufer noch einmal die schönen Ausblicke und dachte, dass sich allein hierfür die Fahrt nach Koblenz gelohnt hatte. Auf dem Weg zurück nach Bonn ließ er das Gespräch, das er mit der Dame vom „Koblenzer Anzeiger“ geführt hatte, von der er peinlicherweise noch nicht einmal den Namen wusste, Revue passieren. Er konnte sich jetzt immerhin ein besseres Bild von der Persönlichkeit des Toten machen. Aus der Courage, die er an den Tag gelegt hatte, war offenbar gefährlicher Leichtsinn geworden. Karl konnte sich gut vorstellen, dass dieser Mann sich, bewusst oder unbewusst, in eine bedrohliche Situation gebracht hatte, die ihn letztlich das Leben gekostet hatte.

Kapitel XXV

Es war einer dieser schönen Sommertage, an denen man am liebsten frei gehabt hätte. Deshalb nutzten Paula und Karl wenigstens die Mittagspause, um in den Genuss des herrlichen Wetters zu kommen. An der Rückseite des Universitätsgebäudes befand sich die Hofgartenwiese, die sich gut 50 Meter bis zu einem klassizistischen Bau erstreckte und von mächtigen Buchen umgeben war. Aufgrund des sonnigen Wetters war sie voller Studenten, die dort picknickten, Fußball spielten oder einfach nur dasaßen und die Sonne genossen. Karl beobachtete amüsiert einige junge Menschen, die eine Art Besenstiel zwischen den Beinen hatten und damit durch die Gegend liefen. Er hatte gehört, dass es an der Uni einige Harry Potter Fans gab, die sich dem Quidditch verschrieben hatten. Für Karl sah es irgendwie nach Kindergeburtstag aus, aber angeblich gab es sogar Weltmeisterschaften. Paula suchte anscheinend bewusst nach einem ruhigen Platz, der ein bisschen abseits gelegen war, was sich als gar nicht so leicht herausstellte. Aufgrund der vielen Menschen mussten sie sich fast bis ans Ende der Wiese begeben. Dann setzten sie sich auf das schon stark verblichene, trockene Gras und tranken aus ihren Wasserflaschen, die sie zur Erfrischung mitgenommen hatten.

Dort schauten sie auf das Kunsthistorische Museum, in dem es zahlreiche antike Skulpturen, wenn auch teilweise nur in Form von Repliken, zu sehen gab. Karl besuchte es im Rahmen seiner Seminare regelmäßig mit seinen Studenten.

„Wie geht's dir eigentlich jetzt?“ Karl sah Paula erwartungsvoll an.

„Meinst du wegen dieser Sache mit dem Mord, oder …?“

„Nein, ich meine, wie geht es mit dir und Stephan weiter?“ Karl hatte sich schon gedacht, dass Paula Redebedarf hatte. Sie hatte vermutlich nicht umsonst dieses einsame Plätzchen ausgesucht.

„Naja, wie soll‘s mir gehen? Ich bin zuhause ja sehr viel allein und da grüble ich dann so vor mich hin. Ich kann mit der Situation einfach nicht umgehen. Ich möchte keine Beziehung, bei der man miteinander telefoniert, oder sich per Skype oder WhatsApp austauscht. So hatte ich mir das nicht vorgestellt, als wir geheiratet haben. Ich möchte einen Mann, den ich in den Arm nehmen kann, neben dem ich morgens aufwache und mit dem ich beim Frühstück reden oder auch schweigen kann, der eben einfach da ist. Außerdem nehme ich ihm übel, dass er mich vor vollendete Tatsachen gestellt hat, bei einer Entscheidung mit einer solchen Tragweite, für uns beide. Das kann ich einfach nicht verstehen.“ Sie machte eine Pause. Offenbar überlegte sie, ob sie Karl an ihrem Gedanken teilhaben lassen sollte.

„Und etwas kommt noch dazu.“ Wieder schwieg sie kurz. „Du erinnerst dich doch daran, als wir vor einigen Monaten Rosenbergs Witwe einen Kondolenzbesuch abgestattet haben.“

„Ja, natürlich, sie war deprimiert, aber gefasst über den Tod ihres Mannes.“

„Und genau das fand ich so erschreckend. Ich habe nicht vergessen, was sie uns über ihre Ehe gesagt hat. Erinnerst du dich, dass sie die Beziehung zu ihrem Mann an das Gedicht „Sachliche Romanze“ von Erich Kästner erinnerte: ‚Da kam ihre Liebe plötzlich abhanden, wie anderen Leuten ein Stock oder Hut.‘ Schon damals bin ich irgendwie darauf angesprungen und habe darüber nachgedacht, wie es um unsere Beziehung steht. Da habe ich den Gedanken noch verdrängt, dass es bei Stephan und mir auch nicht mehr so läuft, wie am Anfang unserer Beziehung.“ Sie nahm einen Schluck aus ihrer Flasche. „Inzwischen habe ich mich getraut den Gedanken zuzulassen. Ich glaube, dass wir uns auseinandergelebt haben. Wir haben nicht mehr die gleichen Interessen und auch nicht die gleichen Ansichten über das Leben.“ Karl war die Idee, dass Gegensätze sich angeblich anziehen sollen, schon immer suspekt gewesen. In einer Beziehung sollte zwar jeder seine eigene Persönlichkeit haben, aber ohne gemeinsame Interessen lief seiner Meinung nach eine Ehe irgendwann ins Leere.

„Ich weiß, wovon du sprichst, ich habe, wie du weißt, auch schon so meine Erfahrungen gemacht." Paula nickte zustimmend.

„Ich habe mich in den letzten Jahren sicherlich auch verändert, aber bei Stephan habe ich das Gefühl, dass er einige seiner Ideale über Bord geworfen hat. Wir haben mal davon geträumt, ein altes Bauernhaus auf dem Land zu kaufen und es nach unseren Vorstellungen zu gestalten. Er hat sich im Studium auf ökologische und innovative Architektur spezialisiert, jetzt baut er für irgendwelche stinkreichen Scheichs gigantische Wolkenkratzer." Sie überlegte kurz. „Aber dann sagte Frau Rosenberg noch etwas Anderes über ihre Ehe. Sie sagte, dass aus Liebe Gewohnheit geworden sei, an die man sich klammere. Wenn ich ehrlich bin, dann herrscht dieser Zustand schon seit einiger Zeit bei uns. Man ist wie selbstverständlich zusammen, aber man weiß eigentlich nicht mehr warum. Ich habe das Gedicht von Kästner noch einmal gelesen. Paula schaute nach oben, als würde sie versuchen, sich die Verse in Erinnerung zu rufen. Dann trug sie sie leise vor und mit einem resignierten Ton vor, den Karl so von ihr noch nicht gehört hatte:

Sie waren traurig, betrugen sich heiter,
versuchten Küsse, als ob nichts sei,
und sahen sich an und wussten nicht weiter.
Da weinte sie schließlich. Und er stand dabei.

Sie gingen ins kleinste Café am Ort
und rührten in ihren Tassen.
Am Abend saßen sie immer noch dort.
Sie saßen allein, und sie sprachen kein Wort
und konnten es einfach nicht fassen.

„Ist das nicht traurig?"

„Todtraurig. Kein Ehekrach, keine Vorwürfe, einfach Sprachlosigkeit, das ist das Schlimmste."

„Soweit möchte ich es nicht kommen lassen." Sie starrte gedankenverloren vor sich hin und schaute dann auf, als sei sie wieder im Hier und Jetzt angekommen. „Ich glaube, wir müssen langsam zurück an die Arbeit."

Als sie über die Wiese zum Universitätsgebäude zurückspazierten, kam Karl ins Grübeln. Ihre Bemerkung „Soweit möchte ich es nicht kommen lassen" ging ihm durch den Kopf. Was meinte sie damit? Wollte sie jetzt rechtzeitig gegensteuern, zu ihm fliegen und ihre Ehe retten? Oder war es so zu verstehen, dass sie ihre Konsequenzen daraus ziehen und alles infrage stellen wollte. Vielleicht ja sogar daran dachte, die Beziehung zu beenden? Karl seufzte innerlich auf und wenn er ehrlich war, erhoffte er sich natürlich das Letztere.

Kapitel XXVI

Karl war es schon ein bisschen peinlich, doch er rang sich durch, seine Ex noch einmal anzurufen. Schließlich steckten sie gerade in einer Sackgasse.

„Ich werde eine Standleitung für dich einrichten", stellte Carla am anderen Ende der Leitung fest. Sie sagte noch nicht mal mehr *Hallo*. Karl ließ sich davon nicht beirren.

„Ich muss dich noch ein letztes Mal in Anspruch nehmen, versprochen. Hat die Spurensicherung irgendetwas in der Wohnung des Journalisten gefunden, was er möglicherweise herausgefunden und was ihn den Kopf gekostet haben könnte?"

„Das kann ich dir schnell beantworten. Nein, da war nichts. Die Wohnung war bereits von jemandem durchsucht worden. Wenn sich etwas Wichtiges in, unter, auf dem Schreibtisch oder sonst wo befand, dann ist es jetzt verschwunden. Auch das Notebook war vom Netzteil getrennt worden. Es gab keinen nützlichen Hinweis, nichts, nada, niente." Für Karl bedeutete das keinesfalls „nada". Immerhin hatte sich jemand die Mühe gemacht, alles gründlich zu durchsuchen und dieser jemand konnte nicht der Student sein. Also fühlte er sich in seinem Plan bestätigt, andere Spuren zu verfolgen.

„Ich danke dir", sagte er und überlegte noch kurz, ob er Carla das mit dem Lokal in Köln erzählen sollte, ließ es dann aber. Es war ja zunächst einmal nur eine Vermutung, die wahrscheinlich nichts mit seinem Tod zu tun hatte.

„Ich sage mal lieber nicht *bis bald*, sonst nimmst du das hinterher noch wörtlich."

Karl war zwar einerseits froh, dass der Student mit Blick auf den Einbruch ein Alibi hatte, war aber gleichzeitig etwas frustriert, dass die Polizei keine weiteren Spuren gefunden hatte. Er ging in sein

Büro und stierte nachdenklich auf seinen Schreibtisch, als sein Doktorand gutgelaunt hereinschneite.

„Hallo Chef."

„Hallo Ken."

Ken setzte sich geradewegs an seinen Schreibtisch, bis ihm auffiel, wie Karl vor sich hinstarrte.

„So nachdenklich? Kann ich irgendwie helfen?"

„Ich glaube nicht. Ich habe gerade mit meiner Exfrau telefoniert, weil ich wissen wollte, ob man in der Wohnung des Toten irgendetwas gefunden hat, was uns weiterbringen könnte."

„Und sie hat dich eiskalt abblitzen lassen?"

„Nein, das nicht, aber sie sagt, dass da nichts beziehungsweise nichts Interessantes mehr war."

„Hatte der Journalist denn einen Computer?"

„Warum fragst du?"

„Hatte er oder hatte er nicht?"

„Ja, er hatte wohl ein Notebook, das allerdings irgendjemand hat verschwinden lassen. Du hast ja bei unserem letzten Fall Daten auf einem Computer rekonstruiert, die bereits gelöscht waren, aber du bist wohl nicht in der Lage, die Daten eines Computers wieder hervorzuholen, der nicht mehr da ist. In diesem Fall hätte ich wirklich Angst vor dir."

Ken überlegte kurz. Dann sagte er:

„Vielleicht werde ich dich dann das Fürchten lehren." Er wendete sich seinem Computer zu und ließ Karl verdutzt zurück. Der ist verrückt, dachte er.

„Darf ich fragen, was du da machst?" Ken tippte, während er mit seinem Chef redete, unbeirrt auf die Tasten.

„Hast du schon mal was von der *Cloud* gehört?"

„Logisch, das ist das englische Wort für Wolke. Es gibt ja vielleicht ein paar Spinner, die etwas aus den Sternen lesen können, aber von Wolken habe ich noch nie etwas gehört."

„Das war mir klar, du hast mal wieder keinen blassen Schimmer von der digitalen Welt. Clouds sind von den Anbietern zur Verfügung gestellte Speicherplätze, die sich nicht auf deinem Computer befinden, sondern irgendwo auf einem Großrechner in Kalifornien oder wo auch immer. Viele benutzen sie, um große Datenmengen zu speichern oder um die Dateien zu sichern, falls ihr Computer mal abstürzt oder von einem Virus befallen wird. Wenn dieser Mohn eine Cloud verwendet hat, was für einen Journalisten, der mit sensiblen Daten umgeht, mehr als wahrscheinlich ist, dann könnte man sehen, ob man da drankommt."

„Und wie willst du…", Karl hielt inne. „Ich glaube, ich will das gar nicht wissen, wie du das genau machst. Ich muss los. Versuch dein Glück!" Karl verließ überstürzt das Büro und entschloss sich, spontan in der Innenstadt noch einige Besorgungen zu machen.

Erst nach gut einer Stunde kehrte er zurück. In seinem Büro unterhielt sich Ken mit Paula, die offensichtlich auf Karl gewartet hatte.

„Hallo Paula, ich nehme an, Ken hat dich auf den neuesten Stand der Dinge gebracht?"

„Ja, es ist unglaublich, was er herausgefunden hat."

„Du wirst es nicht glauben, aber ich war erfolgreich", sagte Ken mit großer Euphorie.

„Du hast dich nicht etwa irgendwo eingehackt?"

„Nicht direkt, sagen wir, ich habe der Cloud einen Besuch abgestattet. Ich habe auch keine Spuren hinterlassen, versprochen." Oh Gott, dachte Karl, das konnte ihn in Teufels Küche bringen.

„Also dann, schieß los!"

„Die letzten Notizen, die dieser Journalist gemacht hat, bezogen sich alle auf diese Stiftung. Es geht um die Veruntreuung und er hatte auch schon, wie wir, herausgefunden, was sie mit dem Geld angeschafft hatten, und dass sie tatsächlich auf der Suche nach dem Nibelungenschatz waren. Seine letzte Eintragung ist aber besonders interessant. Sie legt nahe, dass er noch etwas ziemlich Erschreckendes, er schreibt ‚Ungeheuerliches', herausgefunden hatte. Weiter heißt es:

‚Heute ein Gespräch des Vorstands belauscht;
es ging um die Arbeit am Taucherschiff;
sprachen von großer Abnutzung bei den Arbeitern;
muss eine Verklausulierung für etwas sein; Skandal???; heute noch Braunheim damit konfrontieren; hat er eine plausible Erklärung dafür?'

„Das klingt ja mysteriös", stellte Karl nachdenklich fest, „aber wir sind schon auf der richtigen Spur. Es gibt bei der Stiftung noch irgendeine Leiche im Keller."

„Vielleicht sogar mehrere", warf Paula ein.

„Ja, vielleicht. Wir sollten uns auf jeden Fall dieses Schiff näher ansehen. Vielleicht finden wir dort, was wir suchen. Um das Ding zu finden, brauchen wir aber etwas mehr Zeit. Ich glaube, wir verlegen das besser aufs Wochenende." Ken und Paula schauten ihn entgeistert an.

„Wen genau meinst du mit *wir*?", fragte Paula.

„Ach so, ich dachte vielleicht einer von euch? Wer würde mich denn übermorgen auf der Suche begleiten?" Nach einer kurzen Stille zeigte Ken auf und schnipste, wie in der Schule, mit den Fingern.

„Ich würde gerne mitkommen, als alter Technikfreak interessiert mich das mit dem Taucherboot brennend. Ich habe so etwas noch nie gesehen." Paula legte keinen Protest ein.

„Morgen würde ich mir gerne erst einmal die Homosexuellenkneipe in Köln ansehen, in der sich der Tote möglicherweise aufgehalten hat."

„Der Mohn war homosexuell?", fragte Ken mit einer gewissen Neugier.

„Es gibt zumindest Hinweise darauf."

„Aber hat der nicht in Koblenz gewohnt?", fragte Ken ungläubig.

„Das schon, aber vielleicht war es ihm ja gerade recht, dass das Lokal nicht direkt um die Ecke lag. Vielleicht sollte keiner davon erfahren. Es will sich ja nicht jeder outen."

„Dann komme ich am besten mit. Ich denke, wenn man dort etwas erfahren will, ist es leichter, wenn man schwul ist." Karl schaute irritiert.

„Willst du mir etwas sagen?" Karl überlegte, ob er Ken irgendwann einmal mit einer Freundin gesehen hatte.

„Nein, nicht was du denkst, ich bin sowas von hetero." Er musste über Karl lachen, den ein Coming-Out anscheinend ganz schön aus dem Konzept gebracht hätte.

„Aber ich glaube, dass ich mich ganz gut mit Make-up und tütü zurechtmachen könnte." Sein schauspielerisches Talent hatte Ken schon des Öfteren unter Beweis gestellt. Paula mischte sich ein: „Ken hat recht, es ist unauffälliger, wenn *er* dort reingeht."

„Na gut", gab Karl nach, „dann machen wir uns, wenn du nichts Anderes vorhast, heute Abend auf den Weg nach Köln. Zieh aber bloß nicht solche Lederklamotten an. Wir wollen es nicht übertreiben."

„Ja, ich habe Zeit, und nein, ich werde es nicht übertreiben. Wie heißt denn der Schuppen überhaupt?"

„Ich habe mal selbst in diesem, wie heißt es noch gleich, Internet geguckt und habe tatsächlich ein Lokal mit dem Namen ‚GG' finden können. Es stand dort dezent: ‚Für Männer.'" Ken bekam sich nicht mehr ein.

„Kann es sein, dass es sich dabei um die englischen Buchstaben ‚Dschi dschi' handelt? Ich würde sagen, das klingt cooler als GG."

„Und was bitte schön soll das bedeuten?"

„Ich tippe mal auf gay guys, schwule Kerle. Ist eine schöne Alliteration."

„Die Adresse habe ich auf jeden Fall, die ist nämlich ganz auf Deutsch. Ist es okay, wenn ich dich um Sieben im Heim abhole?"

Karl betonte es so, dass es nach einem Heim für Schwererziehbare klang. Ken sah großzügig darüber hinweg.

„Ja, das kannst du. Ich sage den Erziehern Bescheid, dass ich morgen einen Ausflug mache.“

Karl grinste.

Kapitel XXVII

Ken saß auf dem Beifahrersitz. Er hatte sich an die Abmachung gehalten und trug keine auffällige Kleidung.

„Ich habe übrigens nochmal in einem Chat nachgeschaut. Das „GG“ ist anscheinend nicht einer dieser stylischen Gay-Clubs, die es in Köln an jeder Ecke gibt. Die Kommentare ließen eher auf eine Hardcore-Kneipe schließen, wenn du weißt, was ich meine.“

„Ich bin ja nicht von gestern.“ Doch, dachte Ken, aber er hielt sich ausnahmsweise zurück. „Du kannst dich von dem Etablissement ja gleich selbst überzeugen.“

Je näher sie dem Lokal kamen, desto heruntergekommener waren die Häuserfassaden. Die Ästhetik des Städtebaus in diesem Viertel wies einige Defizite auf. Es fehlten nur noch die rauchenden Feuertonnen, vor denen sich Obdachlose ihre Hände wärmten. Karl suchte einen Parkplatz in gewisser Entfernung vom Lokal, damit sie nicht zusammen gesehen wurden. Wie durch ein Wunder fand er direkt eine Parklücke, vermutlich war das Vorgängerauto gerade aufgebrochen und gestohlen worden. Er schaltete den Motor aus. Die wenig anheimelnde Umgebung machte ihn ziemlich nervös. Er wollte Ken ja nicht schon wieder in Gefahr bringen. „Und, bist du bereit? Noch können wir umkehren.“

„Ein Mann muss tun, was ein Mann eben tun muss“, sagte der in John-Wayne-Manier. „Sie werden wohl nicht gleich mit Messern auf mich losgehen. Das passt schon.“

„Dann viel Glück. Wenn irgendetwas ist, dann ruf mich sofort an. Und geh bitte kein Risiko ein.“ Dann machte sich Ken die letzten Meter auf den Weg. Die Straße war wie leergefegt. Er sah das Schild mit den beiden Gs, holte tief Luft und öffnete die schwere Lokaltür. Es kam ihm ein Gemisch von Alkoholausdünstungen und Rauch entgegen. Durch die dichten Nebelschwaden konnte er zunächst nur wenig erkennen. Das Rauchverbot war jedenfalls noch nicht bis zum Betreiber dieser Spelunke vorgedrungen. Ken musste sich erst einmal orientieren und lief dann auf die Bar zu. In der rechten Hälfte des Lokals befanden sich gepolsterte Sitzgruppen, in denen sich ausschließlich Männer niedergelassen hatten, von denen die meisten eine Flasche Bier in der Hand hielten. Als er sich an den Qualm gewöhnt hatte, sah er sich die Gestalten näher an. Ihm fiel auf, dass die meisten von ihnen in Leder gekleidet waren, wobei die Brust oder andere Körperteile im hinteren Bereich freigelegt waren. Das waren, soweit er wusste, die harten Jungs in der Szene. Jetzt kam er sich doch etwas auffällig vor, wie jemand, der auf eine Karnevalsparty eingeladen ist und als einziger kein Kostüm trägt. Er setzte sich auf den einzigen Hocker an der Bar, der noch frei war, und bemerkte schnell, dass der Barkeeper ihn missmutig beobachtete. Vermutlich kannte er seine Stammgäste und ihm fiel der seltsame Neuling sofort auf. Auch seine Thekennachbarn machten nicht den Eindruck, als wollten sie ihn gleich auf ein Bier einladen.

„Ich hätte gerne ein Kölsch."

Ohne ein Wort zu sagen, holte der Barkeeper, vielleicht sogar der Besitzer des Etablissements, eine Flasche hervor, öffnete sie und stellte sie ihm mürrisch vor die Nase. Von dem, das war Ken klar, würde er nicht viel in Erfahrung bringen. Vermutlich galten hier die Regeln des „Fight Club" aus dem gleichnamigen Film: Erste Regel: Ihr verliert kein Wort über den Fight Club. Zweite Regel: Ihr verliert *kein Wort* über den Fight Club. Mal sehen, ob er jemanden fand, der kein Schweigegelübde abgelegt hatte. Für den Fall, dass er schnell das Weite suchen musste, bezahlte er schon einmal. Hier wurden Zechpreller wahrscheinlich direkt mit dem Kopf in die Kloschüssel getaucht oder an der nächsten Straßenlaterne aufgeknüpft.

Ken hatte in Irland schon das ein oder andere heruntergekommene Pub kennengelernt, das regelmäßig vom Gesundheitsamt geschlossen werden musste. Solch einen versifften Schuppen hatte er jedoch noch nie gesehen. Er war froh, dass er sein Bier in einer Flasche bekam und nicht in einem Glas, das vermutlich von Bakterienkulturen nur so wimmelte.

Ken hielt es für geschickt, sich als „Unschuld vom Lande“ auszugeben, als jemand, der sich zum ersten Mal traut, seinen sexuellen Neigungen nachzugehen. Das würde auf der einen Seite seine Neugierde, auf der anderen Seite seine Ungeschicklichkeit bezüglich des Umgangs mit dem gleichen Geschlecht erklären. Von der Theke aus sah er sich in der Bar um. In einer Ecke entdeckte er jemanden, der allein auf einem Sofa saß. Der Platz neben ihm war frei. Wer allein ist, der sucht vielleicht Anschluss und ist mitteilsam, dachte sich Ken. Er schlängelte sich mit seiner Flasche Bier an einigen Männern vorbei, die ihm nur unwillig Platz machten. Dann setzte er sich auf das Sofa und lächelte kurz zu seinem Sitznachbarn herüber, um zu sehen, ob er willkommen war. Ken erntete ein flüchtiges Lächeln, das zumindest Wohlwollen signalisierte. Er sah sich die Polstermöbel genauer an. Die Stoffe waren abgewetzt und fadenscheinig und von den Flecken wollte er lieber nicht so genau wissen, woher sie kamen. Es hatte etwas von einer, allerdings heruntergekommenen, Studenten-WG.

„Du bist neu hier?“ Die Frage seines Sitznachbarn klang eher wie eine Aussage. Ken hatte den Fisch am Haken, jetzt musste er geschickt vorgehen und durfte seine wahren Absichten auf keinen Fall durchblicken lassen.

„Ja, sieht man das?“

Sein Nachbar lachte, als würde die Frage von größter Naivität zeugen. Das war gar nicht schlecht, genau das wollte Ken erreichen.

„Hallo, ich bin Helmut.“

„Hallo, ich bin…“ Ja, wer war er denn eigentlich? „Kevin.“

Etwas Besseres fiel ihm gerade nicht ein. Immerhin war es ein Name, der zu seinem leicht irischen Akzent passte. Helmut hielt ihm die Flasche als Einladung zum Zuprosten hin. Anstoßen war ja noch in Ordnung, hoffentlich kam es nicht noch zum Bruderschaftskuss. Helmut war gut zehn Jahre älter als Ken, er schätzte ihn auf Mitte 30 und sah im Vergleich zu den anderen Gästen eigentlich noch recht normal aus. Er trug keine typischen Accessoires wie die übrigen Kneipenbesucher. „Weißt du, was ein Dilemma ist?" Helmut sah ihn ernst an und Ken überlegte, ob da gerade etwas Böses folgen sollte. Vielleicht wollte er so etwas sagen wie: Eigentlich find ich dich ja ganz nett, aber ich werde dich gleich auf der Toilette erschießen. Helmut sah ihn immer noch mit ernstem Blick an und sagte: „Ein Dilemma ist, wenn ein Hetero zwischen einer schönen Frau und einem Schwulen liegt und er nicht weiß, wem er den Rücken zudrehen soll."

Schon bevor er die letzten Worte herausbrachte, prustete er los, verfiel in ein irres Lachen und bekam sich kaum ein über seinen Witz. Ken war erleichtert, wenn das jetzt auch nicht ganz sein Humor war und lachte mit.

„Biste dir denn sicher, Junge, dass das hier das richtige für dich ist? Wenn du das noch nicht so richtig weißt, oder du so einen Einsteiger-Blümchensex suchst, dann bist du hier garantiert falsch. Wie bist du überhaupt hier gelandet?"

Ken hatte es sich leichter vorgestellt in eine Rolle zu schlüpfen, die ihm so fernlag, aber er musste es jetzt konsequent durchziehen. Er war froh, dass er endlich den Namen des Journalisten ins Spiel bringen konnte.

„Ein Bekannter von mir hat es empfohlen", antwortete er und dachte: Ein Freund, der ihm eine solche Absteige empfohlen hätte, wäre die längste Zeit sein Freund gewesen.

„Hat der auch einen Namen, vielleicht kenne ich ihn ja."

„Bernhard."

„Nicht etwa Bernhard Mohn?"

Ken nickte und war gespannt, was seine Bestätigung bei seinem Sitznachbarn auslösen würde. Der überlegte kurz.

„Ja klar, habe ich mal kurz kennengelernt, ist aber eher der verschlossene Typ. Und wenn du mich fragst…. Also, wenn der schwul ist, dann bin ich das Käthchen von Heilbronn.“ Er lachte lauthals los und brauchte wieder geraume Zeit, um sich einzukriegen. Ken schossen währenddessen einige Fragen durch den Kopf. Was zum Teufel sollte das denn bedeuten? Warum sollte dieser Journalist eine Schwulenbar aufsuchen, obwohl er angeblich kein Interesse an Männern hatte? Hatten Karl und er sich getäuscht, oder hatten sie zu voreilige Schlüsse gezogen? Bevor er dem Gedanken weiter nachgehen konnte, wurde er von seinem offensichtlich zum Plaudern aufgelegten Gesprächspartner unterbrochen: „Ich rieche einen Hetero 20 Meilen gegen den Wind.“

Er sagte es mit dem Tonfall eines Mannes, der weiß, wie der Hase läuft, und zog zur Untermalung seine Nasenflügel zusammen. Ken hoffte, dass er nicht nach Hetero roch, immerhin hatte er reichlich von seinem aufdringlichen Aftershave aufgetragen, obwohl er im Moment Bartträger war. Er musste innerlich schmunzeln, dass Helmuts Urteilsvermögen nicht ganz so zuverlässig war, wie er dachte. Dann nahm Ken am Rande des Gesichtsfelds wahr, dass etwas bei den Besuchern des Lokals vor sich ging. Er sah, wie ein Mann zur Tür hereinkam, der die Aufmerksamkeit einiger Gäste auf sich zog. Er hob sich äußerlich deutlich von allen anderen ab, war kräftig gebaut und trug einen gepflegten beigen Anzug und eine Sonnenbrille, die in Kombination mit dem Rauch eigentlich zur totalen Erblindung führen musste. Im Ohr steckte einer dieser kleinen, albernen Knöpfe, mit denen man telefonieren konnte. Entschlossen schritt er durch das Lokal und die Männer schienen sich wie das rote Meer zu teilen, um den Weg frei zu machen.

„Sein Spitzname ist Bodyguard“, sagte Helmut, weil er sah, wie Ken den Mann anstarrte. „Die Jungs an der Theke, die so hart aussehen, sind im Grunde genommen ganz harmlos.“ Er beugte sich leicht zu Ken herüber und sagte in verschwörerischem Ton: „Aber vor dem würde ich mich in Acht nehmen." Ken sah ihn fragend an, wartete einfach ab, welche Informationen noch fließen würden. „Er kommt einmal die Woche mit irgend so einem hohen Tier aus der Politik. Man sollte aber besser nicht nachfragen, um wen es sich da handelt. Ich kann mir vorstellen, dass der Typ nicht scharf darauf ist, dass alle wissen, wo er sich am Wochenende so rumtreibt." Ken horchte auf.

„Aber der ist schon schwul?", vergewisserte sich Ken bei seinem Nachbarn, der anscheinend über alles bestens informiert war.

„Na klar, und ich würde sagen, der steht eher auf die harte Tour." Ken hatte zwar nur eine ungefähre Ahnung davon, was er meinte, wollte aber diesbezüglich keine Details hören. Er versuchte, die Bilder, die in seinem Kopf auftauchten, zu verdrängen.

„Kennst du den mit dem Schwulen und der Krankenschwester?" Ken war gerade ein wenig abwesend, weil er überlegte, wie er sich langsam aus der Affäre ziehen konnte. Jetzt käme sicherlich wieder so ein Flachwitz. Bekanntlich konnte man bei Frauen mit Humor sehr weit kommen. Ken hoffte, dass Helmut nicht die gleiche Masche bei ihm anwenden wollte. Er sollte langsam sehen, dass er aus der Nummer herauskam.

„Äh, nein, kenne ich nicht, aber ich glaube..." Er schaute demonstrativ auf die Uhr seines Handydisplays, „ich muss jetzt auch ganz dringend los, mein Freund will mich um neun abholen."

Ken ließ einfach mal offen, um was für eine Art Freund es sich da handelte.

„Du kannst mir den Witz ja das nächste Mal erzählen. Ich komme bestimmt wieder, gefällt mir hier echt gut", log er und erhob sich, um Küsschen, Küsschen zu verhindern. Helmut wirkte enttäuscht. Entweder weil er hoffte, bei Ken landen zu können, oder weil er nun niemanden mehr hatte, dem er seine Witzparade präsentieren konnte, rang sich aber zum Abschied ein Lächeln ab. Ken stellte seine Flasche mangels eines ordentlichen Tisches auf den Boden und bahnte sich den Weg durch die Männer mit ihren Ketten und Ledermützen. Er dachte, dass er, selbst wenn er auf Männer stehen würde, diese hier nicht im Traum attraktiv finden würde. Als er noch einmal Richtung Gang schaute, der wohl zu irgendwelchen Nebenräumen oder zur Toilette führen musste, sah er den „Bodyguard“ an der Wand lehnen, der ihn anscheinend schon seit einiger Zeit fixiert hatte. Ken ging der Blick durch Mark und Bein. Hastig bewegte er sich auf die Tür zu. Erst als er draußen war, bemerkte er, wie stickig und zum Schneiden die Luft im Lokal gewesen war. Er bückte sich, legte seine Hände kurz auf die Oberschenkel und atmete tief durch, um seinen Sauerstoffvorrat wieder aufzufüllen und als Mittel, seine Anspannung zu lösen, die er erst jetzt richtig wahrnahm. Dann hörte er, wie hinter ihm die Tür des Lokals geöffnet wurde. Er trat automatisch zur Seite. Als er sich umdrehte, sah er dem Mann, den sie Bodyguard nannten, direkt in die Augen. Er musste sich zusammenreißen, seinen Schock zu verbergen oder gar den Blick schuldbewusst abzuwenden. Er zwang seine Gesichtsmuskeln zu einem Lächeln, das erwartungsgemäß keine Erwiderung erfuhr und holte mit dem Anschein größter Gelassenheit sein Handy aus der Hose, um so zu tun, als würde er etwas Wichtiges darauf nachsehen. Im Augenwinkel konnte er erkennen, dass sich der Mann eine Zigarette ansteckte. Ken spürte aber auch seine neugierigen und misstrauischen Blicke. Er schrieb Karl, dass er jetzt kommen würde, und ging dann in Richtung Auto, das Gott sei Dank nicht allzu weit entfernt war. Die Straße war immer noch wie ausgestorben. Aufgrund der Stille, die eigentlich für eine Großstadt wie Köln mehr als ungewöhnlich war, konnte er die Schritte hinter sich deutlich hören. Ken bekam es mit der Angst zu tun. Er fragte sich, warum dieser Gorilla auf ihn aufmerksam geworden war. Da gab es doch nicht etwa Wanzen in den Sofas, zumindest keine elektronischen. Vielleicht wirkte er nur auf einen Trottel wie Helmut harmlos, und der Profi hatte gleich erkannt, dass der „Neue“ hier nicht hingehörte, sondern herumschnüffeln wollte. Ken ging etwas zügiger, ohne damit den Eindruck vermitteln zu wollen, dass er vor etwas flüchtete. Gleich würde er bei Karl sein. Er überquerte die Straße. Als er beim Parkplatz angekommen war, war dieser zu seinem Entsetzen leer. Das konnte doch nicht sein. Er war sich ganz sicher, dass der Wagen hier gestanden hatte. Dann sah er das Parkverbotsschild. Sie würden den Wagen ja wohl nicht mitsamt Karl abgeschleppt haben. Er schaute sich unauffällig um und sah, wie der Mann auf seine Straßenseite wechselte. Notgedrungen musste Ken erst einmal der Straße weiter folgen. Wo zum Teufel war Karl? Nervös nahm er sein Handy aus der Tasche und hätte es vor Aufregung beinahe fallen lassen. „Wo steckst du, Karl?", wiederholte er wie ein Mantra vor sich hin. Der Mann hatte ganz sicher nicht zufällig den gleichen Weg eingeschlagen, er war ihm garantiert auf den Fersen. „Mit dem ist nicht zu spaßen", ging Ken die Bemerkung seiner Kneipenbekanntschaft durch den Kopf. Er hatte keinen Grund daran zu zweifeln. Er schaute nervös auf das Display seines Handys. Endlich. Eine Nachricht. Er drückte, wischte über das Display und las die SMS: „Musste das Parkverbot verlassen, stehe jetzt in der Straße links um die Ecke." Er überlegte, ob er Karl anrufen sollte, damit er ihm entgegenführe. Das hätte den Typen vielleicht vertrieben. Da es aber nicht mehr weit bis zur Querstraße war, legte er noch einen Zahn zu und versuchte das Klacken der Schuhe hinter sich zu ignorieren. Er nahm erneut sein Handy und schrieb mit einer Hand, die noch dazu zitterte, eine SMS an Karl, dass er den Wagen schon einmal anlassen sollte, es wäre sehr eilig. In der Zeit, in der er den schier endlos langen Text mit unzähligen Fehlern eingegeben hatte, hatte er auch die Straße erreicht, in die er einbiegen musste. In gut 100 Metern Entfernung konnte er ein rotes Fahrzeug erkennen, dass gerade aus einer Parklücke rangierte. Das musste Karls Wagen sein. Er verspürte Erleichterung. Als er wieder auf die Schritte hinter sich achtete, klangen sie jetzt deutlich lauter. Der Kerl musste nur wenige Meter hinter ihm sein. Ken nahm allen Mut zusammen und setzte zu einem Sprint an. Der Muskelmann war sicherlich gut trainiert, aber ein solch aufgeplusterter Körper bedeutete auch einen großen Ballast, der ihn beim Laufen behindern würde. Ken rechnete sich gute Chancen aus, da er eher der schlanke Typ und durch seinen Klettersport und regelmäßiges Joggen gut trainiert war. Beinahe hätte er eine alte Frau, die aus einer Haustür kam, umgerannt, konnte ihr aber gerade noch durch einen geschickten Schlenker ausweichen. Als er sah, dass Karl die Straße herunterfuhr und auf ihn zukam, bremste er abrupt ab und lief durch zwei parkende Autos auf die Fahrbahn. Karl durfte auf gar keinen Fall an ihm vorbeifahren. Als er auf den Wagen zulief, bremste Karl ab und blieb schließlich verdutzt stehen. Ken hörte ein extrem schnelles Klacken und ihm wurde klar, dass der Kerl nicht beabsichtigte, ihn ungeschoren davon kommen zu lassen. Spätestens, als Ken vor ihm die Flucht ergriffen hatte, musste der Mann begriffen haben, dass wirklich etwas mit ihm nicht stimmte. Als er endlich Karls Wagen erreicht hatte, riss er die Beifahrertür auf. Er warf sich auf den Sitz, drückte hastig den Knopf zum Schließen der Tür und forderte Karl energisch auf, augenblicklich loszufahren. Der sah ihn verblüfft an, sah dann aber auch den kräftigen Mann, der genau auf sein Auto zurannte. Der verzerrte Gesichtsausdruck war angsteinflößend. Das war nicht gerade eine Situation, für die Karl geschaffen war. Als er aber noch einmal ein sehr lautes „Fahr endlich!“ ins Ohr gebrüllt bekam, hatte er den Ernst der Lage erfasst, drückte das Gaspedal durch und ließ die Kupplung abrupt kommen. Beinahe hätte er den Motor abgewürgt, als dieser aufheulte und sich der Wagen endlich blitzartig in Bewegung setzte. Neben der Beifahrertür tauchte gerade noch ein zorniges, bedrohliches Gesicht auf. Der Mann versuchte die Beifahrertür zu öffnen, wurde aber durch das scharfe Anfahren umgeworfen. Bevor Karl mit stark überhöhter Geschwindigkeit um die Ecke fuhr, konnte Ken im Rückspiegel gerade noch sehen, wie sein Verfolger aufstand, wild gestikulierte und ihnen zeternd hinterherschaute. Er starrte in ihre Richtung, bis sie abgebogen und verschwunden waren. Noch einmal fuhren sie am „Gay Guys“ vorbei und waren froh, es schnell hinter sich zu lassen. Karl achtete darauf, eine Richtung einzuschlagen, wo sie diesem Gorilla nicht mehr begegnen konnten.

Ken hatte nicht mehr sehen können, wie sich ihr Verfolger wutschnaubend den Staub aus seinem teuren Anzug rieb. Und er hatte auch nicht mitbekommen, dass sich der Mann ihr Autokennzeichen eingeprägt hatte.

Kapitel XXVIII

Die Rückfahrt nach Bonn hatte Ken dazu genutzt, Karl alles haarklein zu berichten, was er erlebt und herausgefunden hatte. Der Schreck steckte ihm zwar immer noch in den Gliedern, aber es tat ihm gut, seine Erlebnisse mit Karl teilen zu können. Er musste sich stark konzentrieren, um die wesentlichen Erkenntnisse, die er aus dem Gespräch mit Helmut gewonnen hatte, zu rekapitulieren. Karl stand ebenfalls unter Schock, gab sich aber alle Mühe, den Ausführungen Kens aufmerksam zu folgen.

„Und der hat wirklich behauptet, Mohn sei gar nicht schwul?"

„Ja, ganz sicher, wobei wir natürlich vorsichtig sein müssen, da er mich ja offensichtlich nicht als Hetero erkannt hat."

„Aber nehmen wir an, dass er Recht hat. Warum sollte sich Mohn dann in der Bar herumgetrieben haben?" Es entstand eine Stille, da beide ihren Gedanken nachhingen, bis Ken endlich das Wort ergriff.

„Was sind wir doch für Idioten, Karl. Wir sind automatisch davon ausgegangen, dass Mohn sich für Männer interessiert, weil seine ehemalige Kollegin dir gegenüber diesen Verdacht geäußert hat. Aber er ist schließlich Journalist. Was wäre, wenn er dort war, um..."

„...zu recherchieren", ergänzte Karl.

„Der Zettel, den sie in seiner Schublade gefunden hat, besagte lediglich, dass er sich für das Lokal interessierte beziehungsweise für die Leute, die da verkehren, aber eben aus beruflichen Gründen und nicht wegen seiner privaten Vorlieben. Mir fällt da noch was ein. Dieser Helmut erzählte mir von einem ‚hohen Tier', der irgendein Politiker sein soll. Könnte es eine bessere Geschichte geben, als die von einem rechtschaffenen, braven Politiker und vielleicht sogar Ehemann, der sich am Wochenende in so einer dubiosen Bar herumtreibt?"

„Vielleicht war er da an einer ganz heißen Story dran, bei der er sich die Finger, und nicht nur die, verbrannt hat."

„Meinst du, er könnte als zu neugieriger Journalist aufgeflogen sein?"

„Entweder das, oder er hat diesen Wen-auch-immer irgendwann damit erpresst und ihm angedroht, die Geschichte publik zu machen. Das käme einer öffentlichen Hinrichtung gleich und er könnte seine Karriere und seinen guten Ruf vergessen."

„Und du glaubst, dass er ihn deswegen gleich umgebracht hat?"

„Wer weiß? Wenn dieser Kerl von eben sein Beschützer sein sollte, dann kann ich mir auch das gut vorstellen. Der macht jedenfalls keine Gefangenen."

Endlich sahen sie das Bonner Stadtschild. Als sie in die beschauliche Innenstadt fuhren, schien Köln unendlich weit weg. Sie waren diesem Kerl noch gerade rechtzeitig entkommen und ihre Namen kannte er zum Glück nicht. Sie waren in Sicherheit. Das dachten sie zumindest.

Kapitel XXIX

Karl hatte versucht, sich nach den Aufregungen des Tages zu entspannen. Immerhin stand ihm am folgenden Tag der nächste Ausflug bevor. Er hatte zwar nur mittelprächtig geschlafen, fühlte sich aber dennoch relativ ausgeruht. Bevor er einige Dinge an der Uni regeln musste, wollte er seine Exfrau über das informieren, was sie in Köln herausgefunden hatten. Der gestrige Abend hatte ihm klargemacht, dass sich auf jeden Fall die Polizei darum kümmern sollte.

„Hallo Carla."

„Ich höre."

„Also, wo soll ich anfangen. Ken und ich haben in Köln ein Lokal besucht, in dem unser Toter des Öfteren verkehrt hat."

„Und das hat was mit unserem Fall zu tun?"

„Das weiß ich noch nicht so genau. Es ist bloß so, dass es sich um eine Homosexuellenbar handelt."

„Der Mohn stand auf Männer?"

„Nein, das nicht." Karl fiel es schwer auf den Punkt zu kommen. Er merkte, dass Carla zu Recht ungeduldig wurde.

„Ich sage dir, welche Theorie Ken und ich aufgestellt haben. Was du dann damit machst, ist deine Sache."

„Ich bin ganz Ohr."

„Wir glauben, dass Mohn dort zwar verkehrt hat, aber nicht, weil er dort einen Mann kennenlernen wollte. Jemand der Gäste hält es für sehr unwahrscheinlich, dass er schwul ist. Frag mich nicht, woran man das erkennen soll. Aber es könnte doch sein, dass er sich dort herumgetrieben hat, um für eine Story zu recherchieren."

„Und was für eine Geschichte sollte das sein? Hat es irgendetwas mit unserem Herrn Dr. Braunheim zu tun?"

„Nein, das wohl eher nicht. Es heißt, dass in besagter Bar, sie heißt übrigens Dschi Dschi, einfach zwei große Gs, dass dort eine bekannte Persönlichkeit ein- und ausging. Hinzu kommt, dass der Laden ziemlich zwielichtig und runtergekommen auf Ken wirkte. Die Gäste erschienen ihm auch nicht gerade vertrauenswürdig und wenn Ken mulmig zumute wird, dann heißt das schon was."

„Und du glaubst, dass Mohn hinter dieser ‚Persönlichkeit' her war, um eine einträgliche Story aus der Sache zu machen? ‚Bekannter Politiker aus Köln hat ein ausschweifendes Sexleben' oder so ähnlich?"

„Ja, so ungefähr. Wer weiß, ob in dem Lokal Illegales vor sich geht: Drogen, Glücksspiel, Zwangsprostitution oder Ähnliches. Dazu kommt, dass dieser Mann einen Bodyguard hat, der anscheinend dafür sorgt, dass das kleine Geheimnis nicht an die Öffentlichkeit gerät. Ken hat auf jeden Fall mit diesem Kerl schon Bekanntschaft gemacht. Der kennt keine Skrupel. Vielleicht ist er ja der treue Lakai, der dafür zuständig ist, die unangenehmen Dinge zu erledigen."

„Zum Beispiel jemanden mit einem Schwert hinzurichten?"

„Die Kraft dazu hätte er. Er hat jedenfalls einen Körper wie ein Schrank. Vielleicht ist er ja sogar mit dem Mann identisch, der nachmittags im Hotel nach Mohn gefragt und sich als sein Freund ausgegeben hatte. Er könnte ihm doch abends aufgelauert haben."

„Dann sollten wir mal dringend einen Abgleich mit dem, zugegebenermaßen, nicht sehr detaillierten Phantombild machen. Einer von euch sollte morgen einmal vorbeikommen."

„Ich glaube, dass Ken ihn besser wiedererkennen würde, ich habe ihn nur kurz sehen können. Ich hatte in der Situation auch keinen Sinn für die Augenfarbe oder die Art seiner Kleidung. Ich sage Ken Bescheid, dass er morgen bei dir vorbeikommen soll."

„Wenn es geht, morgen früh. Ich bin nur bis Mittag im Haus und habe dann eine Tatortbegehung."

„Ken ist keiner dieser typischen Studenten, die um sieben Uhr abends aufstehen, weil um acht die Geschäfte zu machen."

„Um nochmal auf die ‚Person des öffentlichen Lebens' zurück zu kommen. Ihr habt nicht erfahren, um wen es sich da handeln könnte?"

„Nein, Ken hat dazu leider nicht mehr rauskriegen können, seine Informationsquelle hat nur deutlich gemacht, dass man besser nicht danach fragen sollte."

„Gut, das werden wir schon herausfinden. Ich weiß nicht, woher du dein ganzes Wissen beziehst, aber vielleicht ist das auch besser so. Trotzdem: Danke. Ich werde mich persönlich darum kümmern, dass meine Kollegen der Sache nachgehen."

„Ich habe das Gefühl, dass rund um das Lokal einiges an kriminellem Potential verborgen ist. Dann bis bald."

„Ja, bis bald."

Karl legte auf und war erleichtert, dass er ihre bisherigen Erkenntnisse an die Polizei weitergeben konnte. Der Vorfall in Köln machte ihm klar, dass sie da in ein Wespennest gestochen hatten. Irgendetwas an dieser öffentlichen Person wie auch an dem Lokal war nicht ganz koscher. Der nächste Ausflug stand bevor, und dieses Mal ging es in die andere Richtung, rheinaufwärts. Alles, was irgendwie mit dem Mord zu hatte, befand sich im Dunstkreis dieses Flusses, der vielleicht eine entscheidende Rolle in dem Drama spielte.

Kapitel XXX

Alle Glieder taten ihm weh, besonders der stechende Schmerz in der Lunge machte ihm zu schaffen. Er hatte das Gefühl, sich jeden Moment übergeben zu müssen. Nach einer mühsamen Schicht sehnte er sich nur noch nach Schlaf. Die anderen hatten sich bereits neben ihm auf ihre Matratzen gelegt, oder auf das, was einmal eine Matratze gewesen war. Sie waren in einen ohnmächtigen Schlaf gefallen. Er beneidete sie dafür. Trotz seiner Übermüdung fiel es ihm schwer, in den Schlaf zu finden, den er so dringend brauchte. In sechs Stunden würde der Wecker ihre kurze Ruhepause beenden und einer von den anderen würde darauf drängen, seinen Schlafplatz einzunehmen. Sein elendes Leben zog an ihm vorüber: arbeiten, schlafen, arbeiten und vor sich hinvegetieren. Wo war das Leben? Wo war der Sinn? Hatte er eine andere Wahl gehabt? Jeder Mensch möchte doch überleben, auch wenn das Dasein noch so trostlos ist. Er sah zu den traurigen, ausgemergelten Gestalten herüber und wusste, dass auch er verwahrlost war wie sie, genauso wie ihr Schlafraum, den sie sich zu einem Dutzend Männer teilen mussten. Zerfranste Tapeten hingen von den Wänden und legten gelbe Flecken offen, die von der permanenten Feuchtigkeit stammten. Der Schimmelbefall verbreitete einen stechenden Geruch von Moder. Er hatte sich schon daran gewöhnt. Es kam nur wenig Licht durch die Fensterläden, die nicht nur nachts, sondern auch tagsüber verschlossen blieben. Sie sollten vor neugierigen Blicken schützen, wurde ihnen gesagt. Er fragte sich, wie lange er noch durchhalten würde. Er wusste, dass nach einiger Zeit die einen nicht mehr kamen und bald darauf neue Gesichter auftauchten. Wann würde jemand seinen Platz einnehmen?

Kapitel XXXI

Karl öffnete erwartungsvoll den großen Umschlag. Er hatte schon fast vergessen, dass die Dame vom „Koblenzer Anzeiger" ihm zum Fall Bergmann etwas zuschicken wollte. Das Couvert enthielt einen kurzen Gruß und einige Kopien verschiedener Zeitungsartikel. Karl breitete die Blätter ordentlich vor sich auf dem Tisch aus. Ein Name sprang ihm immer wieder ins Auge: Josef Bergmann: „Die Immobilienblase ist geplatzt", „Der tiefe Fall des Josef Bergmann", „Dem Baulöwen werden die Zähne gezogen". Alle Artikel enthielten das Kürzel BM. Das musste Bernhard Mohn sein.

Dann begann Karl quer zu lesen, um sich ein grobes Bild von dem Skandal machen zu können. Josef Bergmann war ein schwerreicher Medienmogul, der seine spektakulären Bauprojekte von zahlreichen Investoren finanzieren ließ. Er spekulierte derart riskant, dass er einer bevorstehenden Pleite nur dadurch entgehen konnte, dass er ständig neue Geldgeber fand oder ihm von einem bestochenen Bankangestellten hohe Kredite eingeräumt worden waren, für die keine hinreichenden Sicherheiten existierten. Interessanter aber war, was für eine angesehene Persönlichkeit dieser Mann gewesen war. Er hatte kulturell viel für Koblenz getan. Mohns Berichte waren nicht reißerisch geschrieben, sie bedeuteten dennoch die völlige Demontage einer angesehenen Persönlichkeit des öffentlichen Lebens. Der letzte Artikel war drei Jahre alt. In ihm wurde von seiner Verurteilung zu einer Haftstrafe von zweieinhalb Jahren berichtet.

Karl legte den Zeitungsartikel auf den Tisch und lehnte sich zurück. Er versuchte nachzuvollziehen, was ein solcher Skandal und seine Folgen für einen Menschen bedeuten mussten, der eine derartige gesellschaftliche Stellung innehatte. Wie schmerzlich war ein Verlust der Existenz, des öffentlichen Ansehens und der persönlichen Freiheit? Der Hass auf den Menschen, der für Bergmanns Tragödie verantwortlich war, musste unendlich groß sein. Wäre man dafür auch bereit zu töten?

Kapitel XXXII

Karl hatte Paula den Fall Bergmann so gut es ging geschildert. Auch sie war der Meinung, dass es nicht ausgeschlossen war, dass er sich irgendwann nach der Verbüßung seiner Strafe an dem Journalisten gerächt haben könnte.

„Wir sollten uns selber ein Bild von Bergmann machen", stellte Karl fest.

„Ja, es wäre sicherlich sehr aufschlussreich, wenn wir ihn kennenlernen könnten. Aber wie sollen wir das anstellen? Wissen wir überhaupt, wo er heute lebt? Und was sollen wir ihm sagen? Guten Tag, Herr Bergmann, wir verdächtigen Sie, einen Mord aus Rache begangen zu haben, erzählen Sie doch mal!"

Karl musste schmunzeln. „Nein, das wäre keine so gute Idee." Er dachte nach.

„Wegen der Adresse setze ich meinen Spürhund an."

„Du meinst Ken?"

„Ja, genau. Und als Grund, warum wir ihn sprechen wollen, könnten wir doch irgendetwas vorschieben, was mit seinem früheren kulturellen Engagement zu tun hat."

„Ja, das ist nicht schlecht. Du hast doch erzählt, dass er auch auf dem Gebiet der klassischen Musik sehr umtriebig war. Wir könnten ja vorgeben, dass ich meine Habilitation über das kulturelle Leben in Koblenz schreiben möchte. Das würde ihm vielleicht sogar schmeicheln."

„Ja, könnte sein. Vielleicht will er aber auch nichts mehr von alldem wissen. Dennoch sollten wir es versuchen. Wenn wir Glück haben, dann kommen wir automatisch auf seinen persönlichen Werdegang, oder besser Untergang zu sprechen. Und dann würden wir ja sehen, ob der Journalist für ihn immer noch ein Thema oder gar ein rotes Tuch ist."

„Gut, dann sag mir bitte Bescheid, wenn du seine Anschrift aufgetan hast. Wenn er nicht gerade nach Australien ausgewandert ist, können wir ihm von mir aus übermorgen gemeinsam einen Besuch abstatten."

„Ja, das wäre schön. Ich kann auf gar keinen Fall auf dein psychologisches Einfühlungsvermögen verzichten."

„Und genau das sagt mir gerade, dass mir jemand Honig ums Maul schmiert, damit ich keinen Rückzieher mache."

„Du hast mich wieder mal durchschaut."

Kapitel XXXIII

Selbst Ken war es nicht leichtgefallen, herauszufinden, wo sich Bergmann inzwischen aufhielt. Der Mann, bei dem Google in dessen erfolgreichsten Zeit vermutlich eine endlose Liste von Ergebnissen ausgespuckt hätte, war jetzt anscheinend analog wie digital untergetaucht. Aber Ken war, wie auch immer, auf Bergmanns Wohnort gestoßen.

Paula und Karl machten sich auf den Weg Richtung Eifel. Wenn man der Welt den Rücken kehren wollte, dann war dies die richtige Gegend. Hier gab es noch weitflächige Waldstücke, die etwas von einer naturbelassenen Wildnis hatten. Und genau dort, in der Nähe eines winzigen Dorfes, befand sich ein kleines Anwesen mit einem Haus, das nicht viel größer als eine Hütte war und sicherlich schon bessere Zeiten gesehen hatte. Karl war überrascht, dass Bergmann ihrer Bitte um ein Interview bereitwillig nachkam. Nach all den Erfahrungen, die ihr Gastgeber in den letzten Jahren gemacht hatte, war Misstrauen gegenüber den Menschen wahrscheinlich eine seiner prägendsten Charaktereigenschaften. Karl hätte es nicht gewundert, wenn aus dem Gesellschaftslöwen ein Misanthrop geworden wäre. Bergmann war ihnen bei der Begrüßung nicht überschwänglich freundlich, aber auch nicht abweisend begegnet. Und jetzt saßen sie mit ihm in einem Wohnraum, der nur spärlich möbliert war. Er hatte einen wuschigen Bart, so lang wie bei einem Hipster, aber bei weitem nicht so gepflegt. Sein Haar trug er lang und aus seinem gealterten Gesicht schauten zwei Augen, deren Blick Karl in gewisser Weise in den Bann zog. Ein wenig erinnerte er an Karl Marx. Viel schneller als sie sich erhofft hatten, kam ihr Gastgeber auf seine tragische, filmreife Lebensgeschichte zu sprechen.

„Ich habe mich, wie man so sagt, aus ‚einfachen Verhältnissen' hochgearbeitet. In der Immobilienbranche habe ich mir durch harte

Arbeit einen finanziellen Grundstock und ein beachtliches gesellschaftliches Ansehen erarbeitet. Irgendwann habe ich meine Gabe entdeckt, Menschen für mich zu gewinnen, für eine Sache zu gewinnen. Diese Wirkung, nennen Sie es Charme oder Charisma, hat es mir ermöglicht, die Menschen von meinen Ideen und Projekten zu überzeugen."

Karl musterte seinen Gastgeber. Trotz seines wildwachsenden Bartes und seines vom Leben gezeichneten Gesichts war tatsächlich noch etwas von dieser besonderen Aura zu spüren. Was genau ist es, das diese Menschen auszeichnete? Vielleicht sind es die Augen, die eine derartige Wirkung hervorbringen, die Persönlichkeit oder Intelligenz ausstrahlen. Die körperliche Präsenz war es jedenfalls nicht. Sonst wäre Gandhi als charismatische Persönlichkeit eindeutig durchgefallen. Bergmann fuhr fort.

„Es war nicht schwer, Menschen davon zu überzeugen, mir ihr Geld anzuvertrauen, um es in ein neues Projekt zu investieren. Ich war, wenn Sie so wollen, ein Hochstapler, der mehr zu sein und zu haben vorgab, als es der Realität entsprach. Natürlich genoss ich mit dem neuen Reichtum, der auf tönernen Füßen stand, einen feudalen, zuweilen auch ausschweifenden Lebensstil. Doch das war mir irgendwann nicht mehr genug. Und so entdeckte ich meine Leidenschaft für die Kunst. Ich begann Gemälde zu erwerben, um sie später Museen zur Verfügung zu stellen. Ich organisierte klassische Konzerte, woraus alsbald ein eigens von mir ins Leben gerufenes Festival entstand. Ich habe alle großen Orchester dieser Welt, alle namhaften Künstler gewinnen können. Und Sie können mir glauben, das ist nicht ganz billig. Für ein Spitzenorchester müssen sie schonmal eine sechsstellige Summe hinblättern. Ich wurde zu dem, was man einen Mäzen nennt, so wie die Medici im Florenz der Renaissance. Sie haben das kulturelle Leben der Stadt und die vielversprechendsten Künstler unterstützt und haben damit etwas Epochales und Bleibendes geschaffen. Niemand hat damals danach gefragt, wie sie zu ihrem Geld kamen und ob ihr politisches Handeln moralisch einwandfrei war.“ Immerhin ist die Familie ja eine Zeitlang aus Florenz verbannt worden, dachte Karl.

„Das kulturelle Leben der Stadt Koblenz wurde von mir geprägt und die Stadt und die Menschen haben es mir gedankt. Ich war auf allen Veranstaltungen und Festen ein gern gesehener Gast. Ich war Teil derer, die man gemeinhin als die oberen Zehntausend bezeichnet. Niemand hat damals danach gefragt, woher die Unsummen kamen, die ich der Stadt zur Verfügung gestellt habe. Warum auch, wenn man derart davon profitiert? ‘Pecunia non olet‘, Geld stinkt nicht. Natürlich haben einige geahnt, dass das nicht mit rechten Dingen zugehen konnte. Aber warum die Hand beißen, die einen ernährt? Dann tauchte eines Tages dieser Journalist auf und begann, mir unangenehme Fragen zu stellen. Er ließ sich nicht davon abbringen, sich nach meinen Geschäften zu erkundigen. Selbst das Angebot einer stattlichen Summe lehnte er ab. Es schien ihn sogar noch in seinem Berufsethos zu bestärken, und er verbiss sich in die Sache wie eine Bulldogge. Eines Tages sah ich auf dem Titelbild einer großen Zeitung mein Porträt. Aber dieses Mal ging es nicht um Lobeshymnen auf mein kulturelles Engagement, sondern um meine zugegeben nicht ganz legalen Geschäfte. Der Kerl hatte umfangreiches Material gesammelt, das mich der Justiz ans Messer lieferte. Das war der Anfang vom Ende. Nach einem langwierigen Prozess stand ich plötzlich ohne Geld da. Meine gut bezahlten Anwälte konnten noch nicht einmal eine Bewährungsstrafe heraushandeln.“

Karl hatte seinem Gegenüber aufmerksam zugehört. Er musste an seinen Besuch im Gefängnis denken und ertappte sich bei dem Gedanken, dass er eine zweijährige Haftstrafe für einen Hochstapler wie Bergmann im Vergleich zu schweren Gewaltdelikten als zu hart empfand.

„Sie können sich denken, dass Freunde und Bekannte, die sich kurz zuvor noch in meinem Licht gesonnt hatten, ganz plötzlich verschwanden. Der große Mäzen, der Gesellschaftslöwe war plötzlich eine ‚Persona non grata'. Selbst meine Frau, der ich ein Leben in Unbeschwertheit und Luxus ermöglicht hatte, ließ mich im Stich. Das Ergebnis sehen Sie." Er breitete die Arme aus und zeigte damit auf seine Behausung, die sein neues Leben repräsentierte.

„Wissen Sie, es tut immer weh zu fallen, aber bei mir war die gesellschaftliche Fallhöhe besonders groß. Sie können sich vielleicht vorstellen, dass ich zerschmettert am Boden lag. Ich hatte viel Zeit, über mich und mein Leben nachzudenken. Als ich aus der Haft entlassen wurde, stand ich vor dem Nichts. Ich wandte mich von den Menschen ab, die sich von mir abgewandt hatten und suchte die Einsamkeit. Mit dem wenigen, was ich noch hatte, kaufte ich mir dieses kleine Grundstück mitsamt dem bescheidenen Häuschen und lebe hier mit meinen Katzen. Das einzige, was ich aus meinem alten Leben mitnehmen konnte, sind einige Bücher und Fotografien die Zeugen meiner einst so illustren Vergangenheit sind."

Karl ließ den Blick über die Fotos an der Wand schweifen. Sie zeigten Bergmann als Redner, als Teil einer offensichtlich ausschweifenden Tischgesellschaft und als Honoratioren, dem gerade ein Orden verliehen wurde. Auf einem Bild war auch eine junge, hübsche Frau zu sehen, bei der es sich um seine Ehefrau handeln musste.

„Ich arbeite im Garten, kümmere mich um meine Hühner und Katzen und ich lese viel. Die Menschen hier auf dem Land interessiert meine Vergangenheit nicht. Sie nehmen mich, wie ich bin, auch wenn sie mich vielleicht für einen verschrobenen Kauz halten. Für Sie mag es schwer nachzuvollziehen sein, aber ich habe inzwischen meinen Seelenfrieden gefunden."

Eine verlegene Pause trat ein. Auch wenn dieser Mensch mit seinen kriminellen Machenschaften und seiner Hochstapelei seine Misere selbst verschuldet hatte, so weckte er bei Karl doch Mitleid. Er zögerte, ob er noch eine Frage stellen sollte, die sie auf den Journalisten bringen würde. Wie würde Bergmann reagieren, vielleicht mit einem Wutausbruch oder mit gespielter Gleichgültigkeit?

„Darf ich Ihnen eine ganz persönliche Frage stellen?“

„Nur zu, in meiner Situation gibt es nichts mehr zu verheimlichen und nichts zu verlieren.“

„Verspüren Sie noch einen gewissen Groll oder gar Hass gegenüber den Menschen, die Ihnen all das angetan haben?“

„Sie meinen wahrscheinlich diesen Journalisten, der meine Machenschaften aufgedeckt hat? Sie können mir glauben, dass ich ihn oft für mein Schicksal verflucht habe. Aber in der Zeit im Gefängnis habe ich über vieles nachgedacht. Ich weiß, dass ich alles selbst verschuldet habe, wirklich alles. Immerhin habe ich auch andere Menschen ins Unglück gestürzt, die mir ihr Geld anvertraut haben. Heute glaube ich, dass dieser Journalist nur seine Arbeit gemacht hat. In moralischer Hinsicht hat er ja richtig gehandelt. Es ging ihm offensichtlich nicht um Geld oder reine Sensationsmache.“

Paula und Karl achteten auf jedes Wort, Tonfall und Mimik. Entsprach das, was er sagte, wirklich seinen wahren Gefühlen oder hatte er ein schlechtes Gewissen oder gar Angst vor der Entdeckung eines Verbrechens, das er begangen hatte. Entweder wusste er tatsächlich nicht, dass Mohn nicht mehr am Leben war oder er war eiskalt und ein guter Schauspieler.

„Haben Sie vielen Dank für das ausführliche Interview. Wir wünschen Ihnen alles Gute für die Zukunft.“

Oh Gott, was war das für eine blöde Floskel in Anbetracht der Situation, in der sich dieser Mensch befand. Was sollte da noch gut werden?

„Hat mich gefreut. Wissen Sie, ich habe nur noch selten Kontakt zu Menschen, allenfalls, wenn ich im Dorf etwas zu erledigen habe. Kommen Sie gut nach Hause.“

Als sie im Wagen saßen, schlug Paula vor, noch in das Café zu gehen, das sie auf dem Dorfplatz gesehen hatte. Sie fand es sinnvoll, ihre Eindrücke möglichst direkt auszutauschen.

Auf dem Weg zum Café begegnete ihnen kein einziger Mensch.

Es fehlten nur noch die Strohballen, die vom Wind über den Dorfplatz getrieben wurden und den Staub aufwirbelten. Hier war nicht das Ende der Welt, aber es konnte bis dahin auch nicht mehr allzu weit sein. Paula und Karl mussten feststellen, dass sie die einzigen Besucher des Cafés waren, das den Charme der 70er Jahre versprühte. Hier gab es noch deutschen Bohnenkaffee und draußen nur Kännchen. Als die Bedienung ihnen zwei Kaffee gebracht hatte, schaute Paula missmutig in die riesige Tasse. Karl sah, wie sich ihre Nasenflügel bewegten und sich ihre Stirn in Falten legte und musste lachen.

„Na, entspricht das nicht den Ansprüchen einer Italienerin? Wir sind hier schließlich nicht in Neapel, sondern in…“ Karl dachte nach. „Wo genau sind wir eigentlich?“

„Das ist eine gute Frage. Immerhin war das Dorf im Navi verzeichnet, und ich hoffe, dass es uns auch wieder zurück in die Zivilisation führt.“ Beide nahmen gleichzeitig einen Schluck.

„Und?“ Karl sah Paula mit einem fragenden Blick an.

„Das war schon ein sehr trauriges Schauspiel. Auch meinen schlimmsten Feinden wünsche ich nicht so einen tiefen Fall.“

„Glaubst du ihm, dass er seinen Seelenfrieden gefunden hat, Fräulein Freud?“

„Das ist ehrlich gesagt schwer zu sagen. Aber irgendwie habe ich das Gefühl, dass er sich in sein Schicksal gefügt hat, sei es aus Reue, Resignation oder weil ihm gar nichts anderes übrigbleibt.“

„Traust du ihm einen Mord zu?“

„Das halte ich schon von seiner körperlichen Konstitution her eher für unwahrscheinlich. Er ist meines Erachtens gar nicht mehr in der Lage, jemandem ein Schwert durch die Rippen zu stoßen. Aber er könnte natürlich seit seiner Entlassung jeden Cent gespart haben, um irgendwann einen alten Gefängniskameraden anzurufen und ihn mit dem Mord zu beauftragen. Dann wäre sein jahrelanger Hass befriedigt und er hätte tatsächlich seinen Seelenfrieden gefunden.“

„Wenn das so wäre, dann sollten wir uns in nächster Zeit vorsehen. Vielleicht hat er uns so bereitwillig eingeladen, weil er Verdacht geschöpft hat und die möglichen Schnüffler kennenlernen wollte, um sie dann auszuschalten. Weißt du noch, was seine letzten Worte waren?"

„Nein, warum?"

„Er sagte…", Karl verstellte seine Stimme und klang dabei unheilvoll, wie ein Hausdiener Graf Draculas, der ein Pärchen verabschiedet: „Kommen Sie gut nach Hause. Der Graf wünscht Ihnen eine gute Nacht."

„Du kannst ja richtig unheimlich sein. Aber ich glaube, jetzt geht die Phantasie mit dir durch. Wir sind hier zwar in der wilden Eifel, aber nicht im wilden Westen und schon gar nicht in Transsylvanien. Lass uns mal langsam die Rückreise antreten. Ich freue mich schon auf ein kleines Nickerchen auf dem Beifahrersitz."

„Ich werde mir alle Mühe geben, die kurvenreiche Strecke so elegant und vorsichtig wie möglich zu nehmen, damit Madame auch ihren Schönheitsschlaf bekommt. Also nicht, dass du ihn nötig hättest."

„Na, die erste Kurve hast du ja gerade noch so gekriegt."

Kapitel XXXIV

Karl war tief in Gedanken versunken, als er beim beiläufigen Blick in den Rückspiegel einen Wagen in weiter Entfernung sah, der sich mit zunehmender Geschwindigkeit näherte. Er prüfte, wie schnell er fuhr. Er hatte nicht vor, sich drängen zu lassen. Sollte der doch überholen, wenn die Straße es zuließ. Es war auf diesen Strecken nicht selten, dass Motoradfahrer Autos in den engen Kurven mit halsbrecherischen Manövern überholten und im letzten Moment erst wieder einscherten, aber bei Autos kam das eher selten vor, dazu waren die Straßen oft zu schmal. In diesem Moment setzte das Auto zum Überholen an. Aufgrund der getönten Scheiben konnte Karl den Fahrer nicht erkennen. Er beschloss abzubremsen und das Auto passieren zu lassen, als es plötzlich einen lauten Knall gab. Instinktiv trat Karl mit voller Wucht auf die Bremse und versuchte gegenzulenken. Er konnte gerade noch verhindern, dass sie in den Graben geschleudert wurden. Paula wurde durch das Manöver jäh aus ihrem Schlaf gerissen und schaute sich verwirrt um.

„Was ist los? Was hat der vor?"

Sie sahen nur noch, wie der Wagen mit ungeheurem Tempo hinter der nächsten Kurve verschwand.

„Ich habe keine Ahnung. Konntest du dir das Nummernschild merken?", fragte Karl aufgeregt.

„Nein, tut mir leid, das ging alles viel zu schnell. Ich bin einfach nur froh, dass uns nichts passiert ist. Wir müssen es aber trotzdem bei der Polizei melden. Es klang so, als hätte dein Wagen ziemlich was abbekommen."

Karl atmete einmal tief durch und versuchte, sich von dem Schock zu erholen. Dann stieg er aus und begutachtete seinen Fiat. Auf der gesamten Fahrerseite zog sich eine tiefe Delle entlang. Das würde teuer und sein Unfallgegner machte nicht den Eindruck, als wolle er

Karl noch seine Versicherungskarte zuschicken. Er setzte sich wieder hinter das Steuer und fuhr langsam an. Gott sei Dank war der Wagen noch fahrtüchtig.

„Meinst du, das war Absicht oder hat der nur die Kontrolle verloren?“, fragte Paula in einem Ton, der deutlich machte, dass sie das Letztere für höchstunwahrscheinlich hielt.

„In jedem Fall war das ein Verrückter, der meinen Wagen übelst zugerichtet und uns gefährdet hat. Und dann macht der sich auch noch aus dem Staub. Auf der Reparatur werde ich wohl sitzen bleiben.“

„Ich habe das Gefühl, dass unsere Ausflüge immer öfter eine nicht so schöne Wendung nehmen. Es sind eher Adventure-Touren“, versuchte Paula es mit Galgenhumor.

Sie hatten sich etwas beruhigt und freuten sich, bald wieder zuhause zu sein. Plötzlich hörten sie ein ohrenbetäubendes Scheppern, ihr Wagen wurde wild herumgeschleudert, drehte sich einmal um die eigene Achse und kam schließlich zum Stehen. Karl hatte für kurze Zeit völlig die Kontrolle über sein Auto verloren.

„Alles ok bei dir?“, fragte er nach dem ersten Schock und sah besorgt zu Paula herüber.

„Ich glaube ja. Nur mein Hals fühlt sich so an, als hätte mir Muhammad Ali einen Schlag von der Seite verpasst. Wer zum Teufel ist das? Der ist ja wahnsinnig.“

„Soll ich einen Krankenwagen rufen?“

„Nein, das ist nicht nötig. Mir wäre es lieber, wenn wir möglichst schnell wieder zuhause wären.“

Als Paula aus dem Seitenfenster sah, erkannte sie das Fahrzeug, das sie eben verfolgt und gerammt hatte. Es war gerade dabei zu wenden.

„Los“, schrie sie Karl an, „wir müssen hier dringend weg. Da hat es einer auf uns abgesehen, der nicht aufgibt, bis …“

Paula stockte und wollte es nicht aussprechen. Karl geriet in Panik und drehte hektisch den Schlüssel im Zündschloss. Gott sei Dank, der Wagen sprang an. Er versuchte sich zu orientieren und ihn wieder in die richtige Richtung zu manövrieren. Dann drückte er das Gaspedal voll durch. Zum Glück war der moderne Fiat, auch wenn er nicht danach aussah, gut motorisiert. Aber letztlich war es doch ein Auto, für das das Wort Knautschzone ein Fremdwort war. Bei dem anderen Fahrzeug handelte es sich um einen bulligen SUV. Im Zweifelsfall würden sie immer den Kürzeren ziehen. Karl hatte wieder die Richtung nach Bonn eingeschlagen. Er musste bereits das Licht anschalten, um die schmalen Kurven rechtzeitig erkennen zu können. Hinter sich hörten sie quietschende Reifen, bald würde der Wagen wieder im Rückspiegel erscheinen. Vor jeder weiteren Kurve konnte Karl ihn hinter sich gerade noch ausmachen. Trotz seines Verfolgers musste er das Tempo drosseln, um nicht die Kontrolle über seinen Wagen zu verlieren.

„Kannst du bitte einen Notruf absetzen? Ich glaube, der da ist zu allem bereit. Wir brauchen noch gut eine Viertelstunde, bis wir in der Zivilisation ankommen werden. In der Stadt kann der uns nicht mehr behelligen."

„Ja, ich versuche es, bei deinen Lenkmanövern ist das nicht so einfach."

Karl hatte den Eindruck, dass der Wagen hinter ihnen den Abstand nach und nach verringern konnte. Er fühlte sich getrieben und reizte die gerade noch mögliche Geschwindigkeit voll aus. Er schaute auch nicht mehr in den Spiegel, da er die volle Aufmerksamkeit dem Verlauf der Straße widmen musste. Es war dunkel und zum ersten Mal fluchte Karl darüber, warum es gerade jetzt so wenig Verkehr gab. Plötzlich wurden ihre Köpfe gegen die Kopfstützen geschleudert, der Wagen hatte sie eingeholt und von hinten gerammt. Karl konnte gerade noch einem Baum ausweichen, der dicht am Straßenrand stand.

„Die wollen uns umbringen", schrie Paula entsetzt.

Neben der Panik packte Karl jetzt auch die Wut. Er war zu allem entschlossen. Wie ein Verrückter fuhr er nahezu mit Höchstgeschwindigkeit, in der Hoffnung bald endlich auf eine belebte Straße zu kommen. Er schaltete das Bewusstsein völlig ab und fuhr wie im Rausch weiter und immer weiter. Bald hatten sie die letzte Kurve erreicht. Wenn sie erst auf der geraden Stecke wären, hätten sie es geschafft. Karl gab noch einmal Vollgas.

„Kannst du sie noch sehen?“, fragte er nervös.

Paula sah sich um und wartete, ob auch ihr Verfolger um die Ecke kam.

„Da ist er, ich glaube aber, wir haben einen ganz guten Vorsprung, wenn du das Tempo halten kannst.“ Karl versuchte seine Angst zu verdrängen und konzentrierte sich ganz auf den Straßenverlauf. Dann endlich konnten sie in der Ferne das Bonner Stadtschild erkennen.

„Sind sie noch hinter uns?“

Paula drehte sich trotz der höllischen Schmerzen in ihrem Nacken noch einmal um.

„Mein Gott, ich glaube, sie sind abgebogen, wir haben es geschafft.“

Karl behielt weiter das hohe Tempo bei, bis sie endlich das Schild erreicht hatten. Erst dann bremste er ab. Hätte ein Starenkasten am Ortseingang gestanden, hätte er seinen Führerschein vermutlich für lange Zeit abgeben müssen. Aber auch das hätte er in Kauf genommen, um nicht noch einmal die Zielscheibe dieses Irren zu werden. Er kam sich vor wie ein Rennfahrer, der über die Ziellinie fährt. Dann schaute er zur Sicherheit noch ein letztes Mal in den Rückspiegel, konnte aber nur noch eine dämmrige Landschaft mit schattigen Bäumen erkennen, die eine gewisse Ruhe ausstrahlte. Es war eine trügerische Ruhe. Nie war Karl so froh über die Betriebsamkeit der Großstadt gewesen wie jetzt, über die vielen Menschen und Autos, die ihm sonst oft auf die Nerven gingen. Erst jetzt hatten sie das Gefühl, in Sicherheit zu sein. Paula sah zu Karl herüber und tätschelte seine Schulter.

„Das hast du großartig gemacht. Ich hätte dir das, ehrlich gesagt, nicht zugetraut.“

„Ich bin der Letzte, der mir das zugetraut hätte.“

„Die Not gebiert Helden.“

„Ich würde sagen, die blanke Angst lässt einen über sich hinauswachsen. Wenn ich an mein Auto denke, dann war das ein Kampf David gegen Goliath.“

„Wie wir gesehen haben, bleibt nicht immer der Stärkere der Sieger.“

„So wie mein Auto jetzt aussieht, würde ich sagen: Noch so ein Sieg und wir sind verloren.“

Kapitel XXXV

Karl war es extrem peinlich, dass er sich schon wieder wegen eines unschönen Vorfalls bei seiner Exfrau melden musste. Am liebsten hätte er sich vor dem Gespräch gedrückt. Aber er konnte schlecht zulassen, dass da draußen ein Verrückter frei herumlief oder besser herumfuhr, der ihnen oder vielleicht auch anderen großen Schaden zufügen wollte.

„Karl hier."

„Glaubst du etwa, ich erkenne nicht sofort deine Nummer auf dem Display. Sie hat sich quasi in mein Gedächtnis eingebrannt. Was gibt es denn dieses Mal wieder?" Carla schien, wie erwartet, über seinen Anruf nicht erfreut zu sein.

„Ich wollte eine Anzeige aufgeben."

„Hat dir jemand im Freibad deine Badeschlappen geklaut, die ich immer so hässlich fand?"

„Sehr witzig. Es ist leider etwas sehr Ernstes vorgefallen. Frau Lanzini und ich sind gestern Abend von einem Auto verfolgt worden, dessen Fahrer uns eindeutig am liebsten im Graben oder um einen Baum gewickelt gesehen hätte."

Carla schwieg zunächst. Karl deutete es so, dass sie auf den Ernstmodus umschaltete. Er wusste: Wenn es drauf ankam, konnte er sich nach wie vor auf sie verlassen.

„Wo fand das Ganze denn statt?"

„Auf dem Weg von der Eifel nach Bonn."

„Habt ihr den Fahrer erkennen können oder habt ihr euch wenigstens das Kennzeichen gemerkt?"

„Weder noch. Die Scheiben des Wagens waren getönt, dem Kennzeichen haben wir vor Aufregung keine Aufmerksamkeit geschenkt. Wir waren froh, dass wir, abgesehen von einem totalen Blechschaden, heil aus der Sache herausgekommen sind."

„Hast du eine Ahnung, wer das gewesen sein könnte? Hat vielleicht dieser Typ aus Köln etwas damit zu tun?“

„Ja, kann sein.“ Karl druckste herum.

„Lass dir doch nicht jedes Wort aus der Nase ziehen.“

„Es ist so, dass wir in der Eifel jemanden besucht haben, der vielleicht etwas mit dem Mord an diesem Journalisten zu tun haben könnte.“

„Haben könnte, so so. Da haben wir also mal wieder den großen Privatdetektiv gespielt. Aber für Spiele, mein Lieber, ist die Welt da draußen zu gefährlich. Ich weiß, wovon ich spreche. Nimm deine schlauen Bücher und kümmere dich lieber um deine Studenten, dann ist die Wahrscheinlichkeit auch geringer, dass dir Leute nach dem Leben trachten.“

Genau auf diese Art Gardinenpredigt hätte Karl gut verzichten können.

„Aber sei‘s drum. Was war das für ein Mann, den ihr da besucht habt?“

Karl versuchte in wenigen Sätzen zu umreißen, was es mit Bergmann auf sich hatte und warum er möglicherweise etwas mit dem Mord in der Nibelungenhalle zu tun haben könnte.

„Und du glaubst, dieser Mann könnte zum einen der Mörder und zum anderen euer Verfolger gewesen sein?“

„Wir, also Frau Lanzini und ich, wissen selbst nicht so genau, was wir glauben sollen. Das würde alles schon passen, auch wenn er nicht gerade den Eindruck machte, ein eiskalter Mörder zu sein oder eine halsbrecherische Verfolgungsjagd zu veranstalten. Aber die zeitliche Nähe zu seinem Besuch ist schon verdächtig. Vielleicht hat er ja noch alte Freunde, die so etwas für ihn erledigen würden.“

„Okay, dann gebe ich dich jetzt mal an einen Beamten weiter, dem du bitte alles genau schilderst. Wie ich dich kenne, hast du dir wahrscheinlich noch nicht mal die Farbe des Wagens gemerkt. Gib ihm auch die Daten zu diesem Bergmann durch. Wir werden uns der Sache annehmen. Und um das nochmal klarzustellen. ‚*Wir*' bedeutet so viel wie: Die Polizei kümmert sich darum und nicht irgendein unbedarfter, naiv vor sich hin wurschtelnder Professor, dessen Hobby es ist, sich voller Leichtsinn in lebensbedrohliche Situationen zu begeben."

„Ja, ist ja schon gut, ich habe verstanden."

Kapitel XXXVI

Gar nichts hatte er verstanden. Karl hatte wieder mal ein schlechtes Gewissen. Nur zwei Tage nach dem Gespräch mit Carla entschloss er sich, entlang des Rheins nach dem mysteriösen Taucherschiff zu suchen. Die Karte, die man bei Mohn gefunden hatte, musste irgendetwas damit zu tun haben. Er fragte sich außerdem, ob Braunheim für das schreckliche Verbrechen verantwortlich war, für das dieser Student jetzt in Untersuchungshaft saß. Oder war das Ganze nur eine Sackgasse, die zwar zur Aufdeckung krimineller Machenschaften, aber nicht zur Aufklärung des Mordes führen würde?

Karl war mit einem Mietwagen auf dem Weg zu seinem Doktoranden, den er, was nur selten vorkam, drei Tage nicht mehr gesehen hatte. Sie hatten nur kurz miteinander telefoniert. Karl hatte ihm von dem Vorfall in der Eifel berichtet. Er wollte sich vergewissern, ob Ken ihn noch bei seinen Recherchen unterstützen wollte. Er hätte größtes Verständnis gehabt, wenn Ken die Sache zu brenzlig geworden wäre und er sich auf seine Routinearbeit in der Uni beschränken wollte.

Anders als sein lässiges Aussehen, seine langen Haare und seine verwaschene Jeans vermuten ließen, war sein Doktorand durchaus mit den Sekundärtugenden vertraut. Er war zuverlässig und pünktlich, so auch heute. Er wartete bereits vor dem Studentenheim und streckte spaßeshalber seinen Arm mit dem Anhalterdaumen aus. Der Wagen hielt und Ken nahm auf dem Beifahrersitz Platz.

„Schicke Karre! Endlich hast du mal ein richtiges Auto."

„Sehr witzig. Ich bin froh, wenn sie meinen geliebten Fiat wieder hinkriegen. Und? Hast du die Sache in Köln gut überstanden? Für dich war es ja ziemlich aufregend."

„Ja, ich habe mir noch eine Mitternachts-Pizza mit einem gepflegten Guinness gegönnt und habe mein Menü mit einem guten, 30 Jahre alten irischen Whiskey abgerundet. Danach habe ich geschlafen wie ein Baby."

Karl musste innerlich schmunzeln. Ken gab gerne zum Besten, dass man mit einem Stück irischer Butter und einem Glas Whiskey fast alle Beschwerden lindern könne. Vielleicht war da was dran. Er fragte sich nur, wie ein Doktorand mit einem solch mickrigen Gehalt sich überhaupt einen so edlen Tropfen leisten konnte. Aber wer weiß, welche Geldquellen er sonst noch hatte?

Ken hatte sich gemütlich auf dem Beifahrersitz eingerichtet und fragte Karl, ob er seine Musik spielen dürfe.

„Von mir aus, hast du CDs mitgebracht?"

„Ja klar, diese Dinger aus den 80ern sind nämlich total praktisch."

Warum sagte er das wieder so ironisch?, fragte sich Karl. Hatten sie doch viele Vorteile gegenüber der guten alten Schellackplatte.

„Achtung! Ich werde dir jetzt mal einen magischen Trick vorführen. Er besteht darin, dass ich die Musik von meinem Smartphone in deine Anlage zaubern werde, und das Ganze, ohne auch nur ein einziges Kabel zu benutzen."

Karl wusste, dass er wieder mal schonend in eine technische Neuerung eingeführt werden würde. Für Ken war er auf diesem Gebiet ein Analphabet. Ihm war schon nicht klar, wie die Musik überhaupt auf das Handy gekommen war. Auch das grenzte an Zauberei.

„Na, da bin ich aber mal gespannt."

Karl sagte es so, dass es wie „Fang an, du lässt dich eh nicht davon abhalten" klang.

„Also, aufgepasst. Aber guck bitte weiter nach vorn auf die Straße. Die Zauberformel heißt ‚Bluetooth'. Damit kann man Daten von einem elektronischen Gerät auf ein anderes übertragen. Und wenn du dich fragst, warum das ohne Kabel geht, dann frage ich dich, warum du im Radio hörst, was zig Kilometer von dir entfernt gesendet wird. Und warum kannst du mit deinem Handy telefonieren, obwohl es nicht so ein schönes Kabel wie früher dein Festnetztelefon hat, das sich immer so herrlich verheddert hat und einen dazu zwang, beim Telefonieren eine Stunde am selben Ort zu verharren? Ich brauche hier nur ein paar Knöpfe zu drücken und schon ist es bereit, meine Daten, sprich meine Musikdateien, zu empfangen."

Karl war tatsächlich ein wenig beeindruckt. Er wusste nicht, ob er so etwas in seinem Leben brauchte, aber es faszinierte ihn schon.

„Danke, mein Meister der technischen Magie, ich habe wieder etwas dazugelernt. Wenn das so weitergeht, dann bin auch ich bald in der Gegenwart angekommen."

Als Ken auf seinem Handy herumwischte, freute sich Karl auf stimmungsvollen Irish Folk. Da kannte er seinen irischen Doktoranden aber schlecht. Als Ken auf „Play" drückte, fingen die Lautsprecher an zu scheppern. Was zum Teufel war das für ein Krach?

„Na, gefällt es dir, das ist Metal vom Feinsten", brüllte Ken vom Beifahrersitz.

Karl konnte den Begriff „Metal" nicht richtig einordnen, aber er war sich sicher, dass er dieses Gejaule der Stimmen und das Gekratze der Gitarren nicht mehr lange ertragen würde. So gut hatte er dann auch wieder nicht geschlafen. Er war zwar nicht mehr der Jüngste, aber leider hatte sein Gehör noch nicht so stark nachgelassen, was jetzt eine wahre Gnade gewesen wäre.

„Hast du Kopfhörer für dich oder einen Lärmschutz für mich dabei?", fragte Karl missmutig.

„Bist du schon zu alt für diese Musik? Na gut, ich nehme mal ein bisschen Volume raus."

„Jetzt klingt es deutlich besser. Ich mache einen Vorschlag, wir hören die erste dreiviertel Stunde dieses....

„Heavy Metal", half ihm Ken.

„Genau. Und anschließend kann ich meine Schlager-CDs reinlegen."

Ken zuckte zusammen.

„Das willst du mir nicht wirklich antun."

„Rache ist süß", sagte Karl mit einem gespielt gehässigen Ton. „Kleiner Scherz, ich habe natürlich vernünftige Musik dabei, die auch dir gefallen könnte."

„Da bin ich aber beruhigt."

Dann fuhren sie eine Weile schweigend und überließen sich der Musik und ihren Gedanken.

Sie hatten schon ein gutes Stück Weg hinter sich gelassen, als Ken auf das Thema zu sprechen kam, weswegen sie sich eigentlich auf den Weg gemacht hatten.

„Wo genau sollen wir denn nach diesem Schiff eigentlich suchen? Der Rhein ist immerhin schlappe 1237 Kilometer lang, das entspricht einer Fahrzeit von gut 13 Stunden."

„Ich vermute, Herr Neunmalklug, dass Hagen seine 155 mit Gold beladenen Ochsenkarren nicht von Worms nach Rotterdam geschleppt hat. Piet hat uns erzählt, dass der Rheinabschnitt zwischen Worms und Gernsheim der am heißesten gehandelte Ort für die Suche nach dem Nibelungenschatz sein soll. Außerdem befanden sich auch ungefähr dort die Kreuze auf dem Zettel, den man bei der Leiche gefunden hat."

„Das reduziert die Strecke ja schon mal. Das müssten so 50 Kilometer sein."

Karl sah ihn verblüfft von der Seite an. Wusste er das wirklich? Hatte er, ähnlich wie Autisten, ein eidetisches Gedächtnis? Oder wollte er ihn auf den Arm nehmen? Er würde sehen.

„Karl?"

„Ja?"

„Kann es sein, dass du ein Knöllchen bekommen hast, oder was ist das da unter dem Scheibenwischer?"

„Oh, keine Ahnung. Ich habe auf jeden Fall nicht im Halteverbot gestanden und eine Feuerwehrzufahrt habe ich auch nicht zugeparkt."

„Dann würde ich mal rechts ranfahren. Wer weiß, vielleicht hat dir eine studentische Verehrerin ihre Nummer hinterlassen, als sie dich zuhause nicht angetroffen hat."

„Darüber macht man keine Witze."

Karl musste kurz an seinen Kollegen Rosenberg denken, der sich mit einigen seiner Studentinnen eingelassen hatte. Und jetzt war er tot. Am nächsten Parkplatz fuhren sie ab. Karl stieg aus und holte den Zettel hinter der Windschutzscheibe hervor. Ken, der im Wagen geblieben war, sah ihn erwartungsvoll an.

„Und? Ist es ein Knöllchen?"

Karl wurde blass.

„Nein, hier steht nur: ‚Wir müssen miteinander sprechen. Ich melde mich bei Ihnen.'"

Was bitte schön sollte das bedeuten? Karl war verunsichert. Das klang nicht nach der netten Nachricht eines Freundes. Oder hatte sich Piet einen Scherz erlaubt? Zuzutrauen war es ihm.

„Das hört sich an, wie jemand, der dir sagen will: ‚Schiri, wir wissen wo dein Auto steht.' Klingt irgendwie bedrohlich."

„Danke für die aufmunternden Worte. Wer könnte dahinterstecken? Meinst du Braunheim ist nervös geworden und möchte ein klärendes Gespräch?"

„Ich glaube, derjenige, der das geschrieben hat, will nicht nur mit dir *reden.*"

„Du glaubst, dass…"

„Ja, genau das glaube ich. Könnte es nicht etwas mit diesem Baulöwen zu tun haben oder mit unserem Besuch im ‚GG' in Köln?"

„Aber die kennen weder dich noch mich. Oder hast du dich da etwa mit deinem richtigen Namen vorgestellt?" Karl sah ihn besorgt an.

„Nein, für wie blöd hältst du mich." Ken dachte nach. „Aber da fällt mir was ein. Als wir mit quietschenden Reifen die Straße runtergebrettert sind, habe ich im Rückspiegel unseren Verfolger gesehen. Er war aufgestanden und starrte in unsere Richtung. Ich weiß nicht mehr genau, wie weit er entfernt war, so ein Spiegel verzerrt ja etwas, aber ich könnte mir vorstellen, dass er vielleicht unser Kennzeichen erkennen konnte."

„Und dann ist er *zufällig* nach Bonn gefahren und hat sich *zufällig* die Kennzeichen aller Autos angesehen, bis er *zufällig* in die Südstadt kam und dachte: ‚Ah, da ist es ja.'"

Karl bemerkte, dass Ken seinen Sarkasmus nicht gerade passend fand. Er war aber nicht der Typ, der sich schnell aus der Fassung bringen ließ.

„Wenn ich das Kennzeichen von jemandem wüsste und ich wollte herausfinden, wer der Besitzer des Wagens ist, würde ich beim Straßenverkehrsamt oder, wie in deinem Fall, die Autovermietung anrufen und mich als Polizist ausgeben, der nach einem fahrerflüchtigen Fahrzeug fahndet. Oder ich würde mich in den entsprechenden Computer einloggen und deine Adresse finden, oder..."

„Ist ja gut, ich hab's kapiert. Es wäre also durchaus möglich, dass dieser Politiker oder eher sein Bodyguard mich ausfindig gemacht haben. Ich finde beide Möglichkeiten gleichermaßen beunruhigend."

Karl stand noch eine Weile da und sah fassungslos vor sich hin. Dann stieg er wieder in den Wagen und versuchte, die Gedanken an die mysteriöse Botschaft zu verdrängen.

„Ich glaube, wir sollten nicht noch mehr Zeit verlieren, wir haben schließlich noch einiges vor uns."

Er startete den Motor und fuhr los. Es gelang ihm allerdings nicht, geistig abzuschalten. Begleitet von der unsäglichen Musik grübelte er während der Fahrt noch lange über die geheimnisvolle Nachricht. Sie hatte ihn zutiefst verunsichert. Stammte der Drohbrief etwa von derselben Person, die ihn beinahe in den Graben und in den Tod gedrängt hätte? Wem waren seine Nachforschungen ein Dorn im Auge? Befürchtete jemand, dass seine Verbindung zum Mord aufgedeckt würde? Steckten Bergmann, Braunheim oder der große Unbekannte aus Köln dahinter? Er versuchte, sein Gedankenkarussell zu stoppen, um sich auf ihr heutiges Vorhaben konzentrieren zu können. Nach gut zwei Stunden Fahrt erreichten sie schließlich Worms. Sie hatten sich auf der Fahrt überlegt, von dort aus mit einem Schiff rheinabwärts bis Gernsheim zu fahren und nach ungewöhnlichen Schiffen Ausschau zu halten. Ein besonderes Augenmerk wollten sie dabei auf die Stellen richten, die auf dem Zettel markiert waren, soweit Karl sie noch im Gedächtnis hatte. Sie nahmen eines der Rheinschiffe, die in regelmäßigen Abständen kleine, am Fluss gelegene Orte, anfuhren. Sie stiegen auf das obere Deck, um den bestmöglichen Blick auf die beiden Rheinufer zu haben. Eigentlich bedeutete eine Schiffsfahrt auf diesem Flussabschnitt Romantik pur. Aber erstens kamen bei Karl mit Ken als Begleitung keine romantischen Gefühle auf und zweitens hatte er heute wenig Sinn für die schönen Burgen und Schlösser, an denen sie vorbeifuhren. Zu sehr war er darauf konzentriert, das ungewöhnliche Schiff zu entdecken, das irgendwo am Flussufer vor Anker liegen musste. Ken hatte sich im Internet das Bild, allerdings eines anderen Taucherbootes, angesehen. Kilometer um Kilometer legten sie zurück und fuhren immer wieder Haltestationen an, an denen Touristen aus- und zustiegen. Bislang war ihnen nichts Auffälliges unter die Augen gekommen. Sie hatten Gernsheim schon fast erreicht und Karl hatte die Hoffnung beinahe aufgegeben, als sie auf ein Schiff aufmerksam wurden, das an einem langen Steg vertäut war. Es war eindeutig keines dieser Ausflugs- oder Kreuzfahrtschiffe, die ihnen in regelmäßigen Abständen entgegengekommen waren.

„Das könnte es sein“, sagte Ken, „es hat tatsächlich Ähnlichkeit mit dem anderen Taucherboot, das ich auf den Bildern im Internet gesehen habe. Es ist nur etwas höher und gedrungener als die anderen Schiffe.“

Nicht weit von dem Schiff entfernt steuerte ihr Ausflugsboot das rechte Ufer für den nächsten Halt an.

Sie stiegen aus, nahmen auf einer Bank Platz und beobachteten das

Ganze aus einer sicheren Distanz. So konnten sie sehen, ob sich irgendetwas Verdächtiges tat. Vielleicht stellte es sich auch als völlig gewöhnliches Schiff heraus. Dann wäre ihr Ausflug heute umsonst gewesen.

„Ich besorge uns mal was zu essen“, schlug Ken in einem Ton vor, als erwartete er, dass sie dort noch längere Zeit verbringen würden.

„Gute Idee, ich halte in der Zeit die Stellung.“

Ken machte sich auf die Suche nach Essen, während Karl immer wieder erwartungsvoll zum Boot herüberschaute, auf dem sich aber nicht das Geringste tat. Er sah auf den Rhein, bemerkte den schönen Ausblick und fand, dass das so gar nicht zu ihrer ernsten Mission passte, wo es schließlich um einen Mord und wer weiß, um was noch, ging. Nach einer guten Viertelstunde tänzelte ein junger Mann von der Seite auf ihn zu.

„Ich hoffe, Currywurst und Pommes stellen keine Beleidigung für deinen gourmetverwöhnten Professorengaumen dar.“

„Ich hätte eigentlich gehobene Küche erwartet, aber gib schon her, ich habe einen Mordshunger.“

Sie kamen sich vor wie zwei Polizisten, die dazu verdonnert waren, ein Haus zu observieren und sich mit Kaffee und Fastfood über Wasser hielten.

„Ich glaube, das Schiff ist derzeit nicht besetzt, ich habe jedenfalls noch keine Bewegung registriert“, stellte Karl fest. Kaum hatte er das ausgesprochen, hörte er augenblicklich auf zu kauen und zeigte aufgeregt mit dem Finger in Richtung Boot. Die Tür öffnete sich und es kamen nacheinander vier Männer heraus, die über den Steg liefen. Der erste Mann machte einen recht dynamischen Eindruck, während die nachfolgenden eher erschöpft wirkten.

„Bingo“, flüsterte Ken, obschon sie in sicherer Reichweite waren, „ich würde sagen, wir haben das Ziel erreicht.“

„Die sehen alle asiatisch aus und so wie die gehen, haben die was verdammt Anstrengendes hinter sich. Ich bin gespannt, wo die hinwollen.“

Sie warfen ihre Pappschalen mit den Essensresten in den Mülleimer und folgten den Männern, ohne ihnen jedoch zu dicht auf den Fersen zu sein. Die Gruppe überquerte die Uferpromenade Richtung Innenstadt und machte nach gut hundert Metern halt. Der erste der Männer öffnete die Schiebetür eines alten Bullis und die anderen drei stiegen nacheinander ein.

„Ich befürchte, unsere Observation ist hier zu Ende. Wir haben blöderweise kein Auto zur Verfügung“, stellte Karl ernüchtert fest. „In den Actionfilmen würden sich die Agenten den nächstbesten Wagen schnappen und die Verfolgung aufnehmen.“

„Wir sollten uns wenigstens das Nummernschild merken.“ Ken nahm sein Handy und tippte die Buchstaben und Zahlenfolge ein. Sie sahen dem Wagen noch hinterher, bis er am Ende der Straße abbog und nicht mehr zu sehen war. Karl stand nachdenklich da.

„Was ist los, bist du enttäuscht, dass wir nicht wissen, wo die jetzt hinfahren?“, fragte Ken.

„Ja, das auch. Aber es ist noch was anderes. Ich habe diesen alten Bulli schon einmal gesehen. Es fahren ja nicht mehr viele von diesen alten Hippie-Bullis herum. Als ich den Wagen vor Kurzem gesehen habe, habe ich noch gedacht, dass ich mir früher auch mal so einen zulegen wollte, um damit auf Weltreise zu gehen.“

„Na, dann kram mal in deinen Synapsen, du wirst dich doch in der letzten Zeit nicht an so vielen Orten herumgetrieben haben.“

„Setz mich nicht unter Druck, ich hab‘s gleich.“

Karl dachte angestrengt nach, während ihn Ken geduldig dabei beobachtete.

„Jetzt weiß ich es! Es war in der Straße, in der Braunheim wohnt. Das Taxi, das Paula und mich zu seinem Haus gebracht hat, hat direkt vor diesem Bulli gehalten. Das wäre doch ein merkwürdiger Zufall, wenn da nicht ein Zusammenhang bestünde.“

„Das klingt überzeugend. Und was machen wir jetzt mit dem ominösen Boot, bei dem es sich ja dann tatsächlich um Braunheims Taucherspezialschiff handeln könnte?“

„Ich würde sagen, wir sehen uns das mal aus der Nähe an.“

„Die Männer machten auf jeden Fall nicht den Eindruck, als hätten sie darauf eine erholsame Kreuzfahrt gemacht“, stellte Ken fest.

„Ja, das sehe ich auch so. Wahrscheinlich sind es billige Arbeitskräfte. Könnte gut sein, dass die illegal hier sind. Mich würde interessieren, was genau die hier gemacht haben. Andiamo!“

Sie hatten gerade wieder die Promenade erreicht, als Karl erschrak. Ein älterer Herr lief über den Bootssteg geradewegs auf sie zu. Es war kein Geringerer als Braunheim persönlich. Karl hatte das Gefühl, dass er genau in ihre Richtung sah.

„Schnell!“, raunte Karl und schob Ken unsanft zur Seite.

„Was ist los?“

„Braunheim kommt geradewegs auf uns zu.“

„Meinst du, er hat uns gesehen?“, fragte Ken.

„Ich weiß es nicht. Dich kennt er ja nicht. Aber ich bin mir nicht sicher, ob er nicht *mich* erkannt hat.“ Nachdem sie in einiger Entfernung waren, drehte sich Ken vorsichtig um, um zu sehen, ob er ihnen womöglich neugierig hinterherschaute.

„Er ist weg. Wenn er dich erkannt hat, dann hat er sich schnell aus dem Staub gemacht. Du kannst sagen, was du willst, aber hier ist was faul im Staate Dänemark“, sagte Ken.

„Du sprichst ein großes Wort gelassen aus.“

„Shakespeare?“

„Nein, Goethe.“

Sie ließen noch ein wenig Zeit verstreichen, bevor sie sich wieder zurück zum Schiff trauten. Ken war so mutig und prüfte, ob die Tür des Schiffes verschlossen war, was sie, wie erwartet, auch war. Dabei hätten sie es zu gerne von innen besichtigt.

„Immerhin sind wir einen Schritt weiter“, sagte Karl. „Hier geht irgendetwas nicht mit rechten Dingen zu. Was immer die Arbeiter auf dem Schiff treiben, die Sache scheint mir alles andere als legal zu sein.“

„Vielleicht hatte ich recht und Braunheim lässt sie nach dem Nibelungenschatz suchen“, stellte Ken mit einer gewissen Selbstzufriedenheit fest.

„Ja, das wäre möglich. Die Frage ist nur, ob das lediglich ein Fall für das Wirtschaftsdezernat ist oder ob die Mordkommission sich seiner annehmen sollte. Im Moment können wir hier jedenfalls nichts mehr tun. Ich schlage vor, dass wir den Rückzug antreten.“

Mit dem nächsten Rheinschiff machten sie sich auf den Rückweg nach Worms. Sie hatten heute einiges in Erfahrung gebracht und auch, wenn nicht alles glatt gelaufen war, so war doch der Ausflug nicht umsonst gewesen. Auf der Rückfahrt musste Karl das Erlebte erst einmal sacken lassen und verarbeiten. Ken war anscheinend nicht nach Ruhe zumute. Er saß auf dem Beifahrersitz und zappelte zwischendurch ruckartig. Heavy Metal war offenbar seine Art der Zerstreuung.

Kapitel XXXVII

Nach dem anstrengenden Tag, der Karl aufgewühlt zurückgelassen hatte, genoss er es, ausschlafen zu können. Er hatte heute seinen freien Tag und bereitete sich in aller Ruhe ein Frühstück de Luxe zu, zu dem er sonst nicht die Zeit hatte. Er ging herunter zum Briefkasten, um sich die Tageszeitung zu holen. Er freute sich auf eine ausgiebige Lektüre, auch wenn die Nachrichten selten dazu geeignet waren, eine positive Grundstimmung für den Tag zu vermitteln. Deshalb hatte er es sich zur Gewohnheit gemacht, die Berichte aus aller Welt erst einmal beiseite zu legen, um sich direkt dem Feuilleton zuzuwenden. Als er seinen Briefkasten öffnete, um die Zeitung herauszuziehen, fiel ein Zettel zu Boden. Ihm schwante nichts Gutes. Die Vorfälle in Köln, in der Eifel und dann noch die mysteriöse Nachricht von gestern hatten ihn in einen Zustand latenter Unruhe versetzt. Er hob das Blatt mit einer dunklen Vorahnung auf. Die Rückseite enthielt einen kurzen Text: „Treffen morgen 22 Uhr A3 Parkplatz Siebengebirge“. Karl musste an den Vorfall im Museum denken, als er sich nachts mit einem angeblichen Informanten getroffen hatte. Das Ganze hatte sich als eine Falle herausgestellt, in die er gutgläubig hineingetappt war. Statt sein Frühstück zu genießen und sich der Zeitungslektüre zu widmen, rief er umgehend bei Carla an. Er wollte dieses Mal nicht wieder den gleichen Fehler machen. Nach allem, was in den letzten Tagen passiert war, war er sich sicher, dass es sich nicht nur um einen dummen Streich handelte.

„Hallo Karl, lange nichts von dir gehört.“ Ihm war im Moment allerdings gar nicht nach einem Spaß zumute.

„Hallo Carla, es passieren wieder Dinge, die mir Angst machen. Ich würde gerne wissen, wie du die Sache einschätzt. Ich habe gestern und heute zwei Nachrichten erhalten, die unter meiner Windschutzscheibe beziehungsweise in meinem Briefkasten steckten. Irgendjemand möchte sich mit mir treffen, um irgendetwas zu klären.“

„Geht das auch etwas konkreter? Hat das vielleicht etwas mit deiner Verfolgungsjagd zu tun?“

„Ich habe keine Ahnung. Meinst du, er will…“ Karl zögerte, den Satz zu Ende zu bringen.

„Du meinst, sein Werk vollenden? Ja, das ist gut möglich. Das Ganze klingt auf jeden Fall äußerst beunruhigend.“ Das hatte ihm sein Doktorand gestern auch schon zu verstehen gegeben.

„Könnte es mit diesem Bergmann zu tun haben?“

„Ja, könnte sein. Vielleicht stecken auch der Politiker und sein Bodyguard dahinter, auf den Ken im Lokal gestoßen ist.“

„Du scheinst dir ja in letzter Zeit alle Mühe gegeben zu haben, dir Feinde zu machen. Du musst uns wirklich alles sagen, was du weißt. Nur dann können wir verhindern, dass Schlimmeres passiert. Wann will dich denn dieser Wer-auch-immer treffen?“

„Morgen Abend um 22 Uhr auf einem Parkplatz an der A3.“

„Dann schlage ich vor, du bringst mir so schnell wie möglich diese beiden Zettel vorbei, und ich sehe mir das mal mit einem Spezialisten an. Ich denke, nach den Ereignissen der letzten Tage sind das genug Anhaltspunkte, um einen Polizeieinsatz zu rechtfertigen. Wärst du denn bereit, so etwas durchzuziehen?“

„Du meinst, ich soll den Lockvogel spielen?“

„Wenn du es so nennen willst?“ Wie soll man es denn sonst nennen?, fragte sich Karl. Er zögerte.

„Du weißt, dass Mut nicht gerade eine meiner hervorstechendsten Eigenschaften ist und mir fallen viele Dinge ein, die ich lieber tun würde. Aber im Ungewissen zu bleiben und in der ständigen Angst zu leben, dass mich jemand verfolgt und mir nach dem Leben trachtet, ist auch keine Alternative. Also, ich würde es machen. Aber ich muss sicher sein können, dass ihr gut auf mich aufpasst.“

„Wenn ich die Aktion mit meinen Leuten durchführe, dann bist du so sicher wie in Abrahams Schoß.“

War Abraham nicht derjenige, der seinen eigenen Sohn beinahe umgebracht hätte, schoss es Karl durch den Kopf. Er war sich bewusst, dass Carla ihn beruhigen wollte. Sie war psychologisch darin geschult, Menschen, die in Gefahr waren, Sicherheit zu vermitteln, auch wenn sie sich ihm gegenüber meist nicht von ihrer einfühlsamen Seite zeigte. Aber hatte er eine andere Wahl, als auf ihr Angebot einzugehen? „Dann komm vorbei und wir werden das heute noch entscheiden.“

„Danke, bis gleich.“

Karl merkte an Carlas Tonfall, dass sie die Sache sehr ernst nahm. Sie bemühte nicht mal mehr ihren so typischen Galgenhumor. Das konnte nur bedeuten, dass er wirklich in Gefahr war.

Kapitel XXXVIII

Karl hatte sich direkt nach dem Frühstück, von dem er nicht viel angerührt hatte, auf den Weg ins Präsidium gemacht, um Carla die beiden Beweisstücke vorbeizubringen. Dabei hatte er sie im Hinblick auf seine Nachforschungen auf den neuesten Stand gebracht. Er hatte sich bemüht, alles, was sich in den letzten Tagen ereignet hatte, zu berichten. Carla hatte ihn nochmal eindringlich daran erinnert, dass jedes Detail der Polizei weiterhelfen konnte. Inzwischen ging es nicht mehr nur um die Aufklärung des Falls, sondern um nicht weniger als sein Leben. Sie versprach, der Sache mit Bergmann und diesem ominösen Politiker auf den Grund zu gehen. Aber auch Braunheim mussten sie fest im Fokus behalten, auch wenn es nur ein Fall für die Ausländerbehörde oder das Wirtschaftsdezernat sein sollte. Auch Carla hielt es für sehr wahrscheinlich, dass es sich bei den Männern, die Karl gesehen hatte, um illegal Beschäftigte handelte. Sie wusste von einigen Schlepperbanden, die derzeit die unübersichtliche Situation der zahlreichen Flüchtlinge ausnutzten. Ihr war klar, dass der Unbekannte, der Karl nach dem Leben trachtete, auch etwas mit dem Mord an dem Journalisten zu tun haben könnte. Vielleicht konnten sie zwei Fliegen mit einer Klappe schlagen, wenn er ihnen in die Falle ging.

Karl war extrem nervös. Er wusste nicht so recht, worauf er sich da eingelassen hatte. Er war zwar froh, dass jetzt die Polizei mit im Boot war, aber er war letztlich nichts Anderes als ihr Köder. Und die gingen in der Regel dabei drauf, wenn man den Fisch an der Angel hatte. Er hoffte, dass Carla genau wusste, was sie tat. Sie beruhigte ihn noch einmal, dass er sich keine Sorgen zu machen brauche. Der Ort, an dem sie sich treffen würden, sei bestens überwacht. Keine Fliege könne sich ihm unbeobachtet nähern. In seiner Phantasie malte er sich auch weniger Fliegen aus, die ihn bedrohen könnten, als vielmehr Ninja-artige Profikiller, die unsichtbar an den Spezialkräften vorbeischleichen und ihm lautlos die Kehle durchschneiden würden. Vielleicht hatte dieser Braunheim ja noch nicht den Nibelungenschatz, aber Alberichs Tarnkappe gefunden. Wenn Karl Angst hatte, kannte seine Phantasie keine Grenzen, sich die schlimmsten Szenarios auszumalen.

Pünktlich um 10 Uhr fuhr er mit seinem Wagen auf den verabredeten Parkplatz, auf dem sich derzeit nur ein LKW befand. Von dem Fahrer war nichts zu sehen. Wahrscheinlich schlief er in aller Seelenruhe in seiner Koje, ohne zu ahnen, dass hier gleich voraussichtlich viele Menschen aus ihrer Deckung kämen und mit Waffen herumlaufen oder sogar wild um sich schießen würden. Er hielt an und wartete voller Anspannung, was gleich passieren würde. Die anbrechende Dämmerung trug auch nicht gerade zu seiner Beruhigung bei. Jetzt bereute er, sich als Jugendlicher die Art von Horrorfilmen angesehen zu haben, in denen man mitten in einem finsteren Wald stand und plötzlich eine grässliche Fratze direkt vor der Scheibe auftauchte. Die Türen seines Autos hatte er sicherheitshalber von innen verriegelt. Carlas Männer mussten sich gut versteckt haben, denn er hatte keine Menschenseele entdecken können. Es kam ihm der beunruhigende Gedanke, dass er möglicherweise niemanden sah, weil niemand da war. Vielleicht hatte sich Carlas Spezialeinheit irgendwo auf einem anderen Parkplatz in Stellung gebracht, und er saß wie das Kaninchen in der Falle. Ganz so wie in dem Film „Hannibal Lecter", in dem das Einsatzkommando in einer Parallelmontage scheinbar dabei ist das Haus des Monsters zu stürmen und die Frau, die gerade im Keller gequält wird, zu retten, es aber leider nicht dasselbe Haus ist. Andererseits machte Carla ihren Job außerordentlich gewissenhaft. Er musste ihr jetzt ganz vertrauen. Immerhin, so seine Hoffnung, stellte der Unbekannte keine Bedrohung mehr da, wenn sie ihn an Ort und Stelle festnehmen könnten. Plötzlich reflektierte sein Rückspiegel Lichter, die sich näherten. Offenbar fuhr ein Auto auf den Parkplatz. Karls Anspannung wuchs. Sein inneres Evolutionsprogramm schaltete alle Bereiche seines Körpers in den Fluchtmodus. Er musste sich zwingen, nicht den Wagen zu starten und mit quietschenden Reifen davon zu fahren. Stattdessen saß er mit weit aufgerissenen Augen und wie gelähmt da. Der Wagen parkte in seiner unmittelbaren Nähe und eine Person stieg aus, die aufgrund der Dämmerung nicht zu erkennen war. Gleich ist es soweit, dachte er, und der Zugriff würde erfolgen. Egal, was passierte, er sollte unter keinen Umständen sein Fahrzeug verlassen, hatte ihm Carla mehrmals eingeschärft. Als die Person etwas aus ihrer Tasche zog, duckte sich Karl instinktiv und ging in Habachtstellung. Er rechnete jeden Moment damit, dass eine Waffe auf ihn gerichtet werden könnte. Dann müsste er blitzschnell seinen Kopf einziehen. Stattdessen nahm er einen glühenden Lichtpunkt wahr. Karl war erleichtert, die Person hatte sich anscheinend nur eine Zigarette angezündet. Dann kam ihm allerdings der Gedanke, dass sie vielleicht erst die Lage sondieren wollte. Sie konnte sich schließlich denken, dass Karl nicht allein sein würde. Die Zigarettenpause dauerte eine gefühlte Ewigkeit. Dabei waren gerade mal fünf Minuten vergangen, als die Gestalt die Zigarette wegwarf. Dann stieg sie wieder ins Auto und verließ den Parkplatz. Fehlalarm. Karl sah auf die Uhr, es war inzwischen schon halb elf und nichts Nennenswertes war passiert. Er fragte sich, wie lange die da noch lauern wollten, bis die Aktion abgebrochen würde. Dann sah er eine Frau aus dem Schatten heraustreten. Er zuckte noch einmal vor Schreck zusammen, bis er erkannte, dass es sich um Carla handelte, die mit Schutzweste und Pistole auf ihn zukam. Innerhalb kürzester Zeit wimmelte der Parkplatz von einer Horde dunkler Gestalten, allesamt vermummt und bewaffnet. Karl wusste zwar, dass es sich um die Guten handelte, aber sie machten nichtsdestotrotz einen bedrohlichen und gespenstischen Eindruck. Maske bleibt Maske, egal, wer darunter steckt. Karl war zunächst zwar erleichtert, aber der Gedanke, dass der Unbekannte weiterhin unbekannt bleiben würde, beunruhigte ihn. Zugleich hatte er ein schlechtes Gewissen, dass das Sondereinsatz-Kommando völlig umsonst gekommen war. Dann stand Carla neben dem Auto und bedeutete ihm, das Fenster herunterzulassen.

„Das wird nichts mehr. Wahrscheinlich hat jemand von unserer Aktion Wind bekommen. Du kannst jetzt nach Hause fahren. Wenn du heute Nacht ein verdächtiges Auto mit zwei Männern vor deinem Haus beobachtest, erschreck dich nicht. Die gehören zu uns, sicher ist sicher. Du kannst also ruhig schlafen und wir überlegen morgen, wie wir weiter vorgehen."

„Es tut mir leid, dass ich solche Umstände gemacht habe. Aber danke."

„Was glaubst du, wie viele Einsätze wir schon hatten, die ins Leere gelaufen sind. Aber wenn nur einer von zehn zum Erfolg führt, dann hat es sich schon gelohnt."

Karl startete den Wagen, entsicherte die Türen, atmete noch einmal tief durch und fuhr dann auf die Autobahn auf. Er fühlte immer noch eine ungeheure Anspannung. Auf der Rückfahrt konnte er sich kaum auf den Verkehr konzentrieren. Er war völlig damit beschäftigt, darüber zu grübeln, von wem die Nachrichten stammen könnten und wer ihn heute hatte treffen wollen, aber, aus welchen Gründen auch immer, nicht erschienen war. Er versuchte sich zu beruhigen, indem er sich einredete, dass es sich letztlich doch nur um einen bösen Streich, höchstens um eine leere Drohung handelte. Um sich abzulenken, schaltete er das Radio an. Die beruhigende Musik des Klassik-Senders war wohltuend. Ganz in Gedanken hätte er beinahe die Ausfahrt nach Bonn verpasst. Er fuhr gerade mit gedrosselter Geschwindigkeit von der Autobahn ab, als er in der Kurve plötzlich von einem Wagen geschnitten wurde, der direkt vor ihm einscherte. Er machte instinktiv eine Vollbremsung und kam nur Zentimeter hinter dem Wagen zum Stehen. Zwei Männer sprangen aus dem

Fahrzeug heraus, von denen einer die Fahrertür aufriss und ihn am Arm grob aus dem Auto zerrte. Die beiden packten ihn und drängten ihn in ihr Fahrzeug. Karl erkannte sofort den Transporter wieder, den sie in der Nähe des Taucherschiffs gesehen hatten und in den die Asiaten eingestiegen waren. Nachdem er unsanft auf die Rückbank geworfen worden war, wurde die Tür zugeschoben und der Wagen fuhr mit quietschenden Reifen los. Als er nach dem ersten Schock wieder einen Gedanken fassen konnte, wurde ihm voller Entsetzen bewusst, dass er dem Unbekannten schließlich doch in die Falle gegangen war. Dieser hatte abgewartet, bis der Einsatz vorbei war und Karl war jetzt ganz in seiner Gewalt, in Braunheims Gewalt, das war ihm jetzt klar. Er geriet in Panik. Er war Opfer einer Entführung. Was hatte Braunheim mit ihm vor?

Kapitel XXXIX

Karl holte tief Luft und versuchte die aufsteigende Panik zu bekämpfen. Er überlegte, wo es hingehen könnte, ob sie ihn direkt zu Braunheims Domizil in Koblenz brachten? Auf jeden Fall waren sie schon einige Zeit unterwegs. Die völlig verdreckten Scheiben ermöglichten es ihm nicht, irgendwelche Hinweisschilder zu sehen. Auf wessen Hilfe konnte er jetzt noch hoffen? Dann fiel ihm ein, dass sein Wagen noch in der Ausfahrt stand, wenn ihn nicht noch irgendein Komplize weggefahren hatte. Wenn er Glück hatte, fiel das verwaiste Auto der Polizei auf und im günstigsten Fall erfuhr Carla davon. Sie wüsste, dass er sich in Gefahr befand und würde nach ihm suchen lassen. Karl schöpfte wieder etwas Hoffnung. Dann fiel ihm der Haken an der Sache auf: Die Frage war, wo sie ihn suchen sollten.

Nach einer längeren Fahrt hielt der Wagen. Die beiden Männer zogen Karl heraus und machten ihm auf rabiate Weise klar, dass er mit ihnen zu gehen hatte. Es war weit und breit niemand zu sehen, aber Karl erkannte bald, dass sie sich unweit der Rheinpromenade befanden, wo er am Tag zuvor noch mit Ken gewesen war und wo sich ganz in der Nähe das Taucherschiff befand. Verdammt, ging es ihm durch den Kopf, hier würde Carla ihn niemals finden. Die beiden kräftigen und durchtrainierten Männer, die ihn eskortierten, weckten bei ihm auch nicht den Schimmer einer Hoffnung, dass er ihnen irgendwie entwischen könnte. Sie gingen den bekannten Weg über die Promenade und überquerten den Bootssteg. Die Tür wurde von innen geöffnet, als würden sie bereits erwartet und sie betraten das Schiff. Nachdem sie einige Minuten wortlos gewartet hatten, tauchte schließlich, was keine Überraschung war, Braunheim auf und begrüßte Karl mit einem Haifischlächeln.

„Was für eine Überraschung! Sie haben wohl mein kleines Geheimnis entdeckt", rief er theatralisch. „Sie waren ja auch sehr hartnäckig. Und wenn Sie schon mal da sind, dann bleiben Sie doch ein bisschen. Es wird Sie bestimmt interessieren, was ich hier mache."

„Das würde es allerdings", sagte Karl und versuchte seine Angst zu unterdrücken. „Könnte es sein, dass Sie auf der Suche nach einem gewissen Schatz sind?"

Braunheim zeigte sich sichtlich überrascht.

„Sie haben ja schon einiges in Erfahrung gebracht. Aber was reden wir hier, ich würde Ihnen gerne mein Schiff zeigen. Es ist, aber auch das wissen Sie vermutlich schon, einzigartig. Das Besondere ist von außen nicht zu erkennen. Es handelt sich um ein beeindruckendes, physikalisches Phänomen, das sich im Inneren des Schiffes verbirgt. Aber damit ich nicht alles doppelt erzähle, machen wir die Führung doch direkt gemeinsam mit Ihrem Mitarbeiter."

Er gab einem der Männer ein Zeichen, der daraufhin die Treppe zu einem unteren Deck hinabstieg und kurze Zeit später, Karl hatte es befürchtet, mit Ken wieder auftauchte. Sie sahen sich betreten an.

„So, jetzt sind wir vollzählig", stellte Braunheim fest und rieb sich die Hände, als könnte er es gar nicht mehr erwarten, die beiden durch das Schiff zu führen.

Hier sehen sie das Schaltpult mit den Steuerhebeln und -knöpfen. Ken schaute sich die Bezeichnungen auf den Knöpfen an. Unter den Schaltern war jeweils „Schleuse außen", „Schleuse innen", „Freisprechanlage", „Überdruckturbine plus und minus" zu lesen.

„Wozu sie dienen, werde ich Ihnen später demonstrieren, aber vielleicht sollten wir erst einmal in die heiligen Hallen hinabsteigen, die sich unter dem Schiff befinden, denn sie sind der *eigentliche* Clou."

Er drückte auf den Knopf unter dem „Schleusentor außen" zu lesen war. Als sich das Tor lautlos öffnete, sahen sie einen kleinen, beengten Raum. Dahinter war eine weitere Tür zu sehen.

„Bitte, gehen Sie nur! Er ist für bis zu vier Personen ausgelegt."

Ken ging mutig als erster voran, Karl folgte ihm. Sie warteten darauf, dass Braunheim sich zu ihnen gesellen würde, als sie bemerkten, dass sich das Schleusentor hinter ihnen bereits wieder verschloss. Ken versuchte instinktiv, sich der Tür entgegenzustemmen, aber es war zu spät.

„Oh, wie blöd kann man eigentlich sein, dass wir auf einen so billigen Trick reinfallen?"

„Wir sitzen in der Falle", stellte Karl in einem Ton fest, als sei ihr tragisches Schicksal damit bereits besiegelt.

Kapitel XL

„Ich halte das hier jedenfalls nicht lange aus. Das ist ja wie in einem steckengebliebenen Fahrstuhl, nur noch viel enger.“ Sie hörten ein leises Zischen.

„Will der uns ersticken?“, schrie Karl panisch auf.

„Beruhig dich! Ich glaube, es wird der Druckausgleich zum Überdruckraum hergestellt.“

Dann sprang plötzlich die hintere Schleusentür auf. Vor ihnen eröffnete sich ein großer Raum, vielleicht fünf mal zehn Meter, zu dem eine Treppe hinunterführte, die sie nach kurzem Zögern herabstiegen. Auf dem lehmigen Boden lagen die verschiedensten Werkzeuge wie Spaten und Spitzhacken herum. In der Mitte stand eine mehrere Meter hohe Maschine, die einen gigantischen Bohrer enthielt, der sich in den Boden gegraben hatte. In einer Ecke gab es einen Camping-Tisch mit zwei Plastikstühlen. An die Wände gelehnt standen Holzbalken, Latten und Metallplatten. Es schien, als sei der Arbeitsplatz eben erst verlassen worden. Auf dem Tisch befanden sich eine gefüllte Butterbrotdose, eine Plastiktüte mit Obst und eine Thermoskanne, als habe hier gerade noch jemand eine Mahlzeit eingenommen.

„Willkommen auf dem Grund des Rheins, wir befinden uns wahrscheinlich zehn Meter unter der Wasseroberfläche“, stellte Ken mit einer gewissen Faszination fest.

„Sehr beruhigend. Ich möchte mir gerade nicht vorstellen, wie sich Millionen Kubikmeter Wasser neben und über uns befinden und nur darauf warten hier einzudringen. Das ist ein erschreckender Gedanke.“

„Immerhin befinden wir uns an einer Stelle des Rheins, die, einige Arbeiter ausgenommen, noch nie von einem Menschen betreten worden ist.“

Das war in ihrer Situation kein wirklich tröstlicher Gedanke, dachte Karl, denn vielleicht waren sie auch die letzten, die sie zu Gesicht bekamen.

Als er den Raum durchschritt, spürte er eine gewisse Beklommenheit.

„Hast du auch das Gefühl, dass du einen Anzug aus Blei trägst?“, erkundigte er sich bei Ken.

„Ja, mir geht es genauso. Das ist der Überdruck, der hier herrscht. Ist nicht so angenehm für den Menschen, man kann ihn nur eine gewisse Zeit aushalten.“

„Das heißt?“

„Es wird irgendwann gesundheitsgefährdend und schließlich lebensbedrohlich.“

„Was zum Teufel hat der vor? Will er uns ertränken?“

„Sehr interessant, was Sie da sagen“, hörten sie eine metallisch klingende Stimme aus dem Off.

Die beiden schauten sich instinktiv um. Sie erkannten die Stimme Braunheims. Er war allerdings nirgendwo zu sehen. Ken zeigte auf eine Stelle, wo sich ein Lautsprecher befinden musste.

„Ich bekomme hier oben alles mit, was Sie sagen und Sie müssten mich klar und deutlich hören können. Wir müssen ja schließlich mit den Arbeitern in Kontakt bleiben. Nur Ihre erstaunten und ängstlichen Gesichter kann ich leider nicht sehen, ich sollte doch mal Kameras installieren lassen, dann könnte ich auch meine Männer besser kontrollieren. Wer weiß, ob sie nicht öfter eine Pause einlegen, als es nötig wäre.“

Es folgte ein zynisches Lachen.

„Ist das nicht ein phantastisches Gefühl, auf dem Grund dieses so geheimnisvollen Flusses zu stehen, ohne auch nur nasse Füße zu bekommen? Es grenzt an ein Wunder, finden Sie nicht?“

Ken nutzte die kurze Pause, die entstand, um Karl etwas ins Ohr zu flüstern:

„Hör du ihm zu und verwickle ihn in ein Gespräch. Halte ihn irgendwie hin, damit ich mir überlegen kann, was wir tun können. Ich glaube nicht, dass er uns hier wieder rauslassen will."

Auch wenn er nicht im Geringsten daran glaubte, dass sie hier ohne fremde Hilfe herauskamen, nickte Karl mangels anderer Alternativen.

„Wie Sie ja schon herausgefunden haben, bin ich einem der großen Geheimnisse der Menschheitsgeschichte auf der Spur. Der Nibelungenschatz hat mich schon in meiner Kindheit in den Bann gezogen. Naiv, wie man als Kind eben ist, denkt man natürlich, dass die Menschen und Fabelwesen in den Sagen wirklich existieren und natürlich auch die Schätze, die man gerne besitzen würde. Als Erwachsener wollte ich meinen Kindheitstraum nicht einfach aufgeben. ‚Du bist ein Spinner, ein Phantast, wenn du an so etwas wirklich glaubst', verhöhnten mich die anderen. Dann las ich Bücher über Abenteurer und Forscher. Und als mir die Lebensgeschichte von Heinrich Schliemann in die Hände fiel, da war ich wie elektrisiert. Auch ihn hatten seine Zeitgenossen, die hochstudierten Archäologen und Wissenschaftler, verspottet. Es sei einfach lächerlich, was dieser Schliemann behaupte, der nie eine Universität besucht und sich seine archäologischen Kenntnisse selbst beigebracht hatte. Die Sage um Troja und den Schatz des Priamos seien reine Hirngespinste Homers, eines phantasiebegabten Autors, gewesen. Und daher sei es eine fixe Idee nach einem Ort zu suchen, den es nicht geben konnte. Heute lacht keiner mehr darüber. Schliemann entdeckte nicht nur das mythische Troja, sondern stieß dabei, wie Sie wissen, auf den sagenumwobenen Schatz des Priamos. So werden die Träumer von heute zu den Helden von morgen."

Während Braunheim vor sich hin monologisierte und Karl versuchte, ihm, trotz seiner Angst, einigermaßen zu folgen, rannte Ken wie ein aufgescheuchtes Huhn durch den Raum und man sah förmlich, dass sein Verstand auf Hochtouren lief. Plötzlich blieb er stehen. Er nahm sein Smartphone und gab einen längeren Text ein. Karl versuchte, sich sowohl auf das Gerede von Braunheim zu konzentrieren als auch herauszufinden, welchen Plan Ken verfolgte. Immerhin hing möglicherweise ihrer beider Leben davon ab. Nachdem sein Doktorand zu Ende getippt hatte, ging er zum Tisch, nahm eine Plastiktüte und schüttete den Inhalt auf den Boden. Er kam zur Treppe zurück, auf der Karl saß, und zog einen Schnürsenkel aus seinem Schuh. Was in Gottes Namen hat der vor? Sollte das ein Sprengsatz werden, mit dem er sie aus ihrer misslichen Lage herausbomben wollte? Ken drehte oben an der Öffnung der Tüte, sodass eine kleine Luftblase entstand, die das Handy einschloss. Dann bedeutete er Karl, dass er die Stelle, an der er die Tüte zusammengedreht hatte, festhalten sollte. Mit dem Schnürsenkel umwickelte er sie dann mehrmals und band sie schließlich fest zusammen. Anschließend holte er sich einen Spaten und grub ein kleines Loch in den Boden unter der Schiffswand hindurch. Ein wenig Wasser trat ein, und füllte die entstandene Kuhle. Er nahm den Beutel und legte ihn in das Loch. Dann kniete er sich hin, um ihn möglichst weit hindurchzuschieben. Karl sah ihm verblüfft zu, konnte sich aber keinen Reim darauf machen. Dann forderte sein unfreiwilliger Gesprächspartner wieder seine ungeteilte Aufmerksamkeit.

„Ich habe viele Bücher und Quellen gelesen. Ich habe mich mit denen auseinandergesetzt, die ebenfalls nach dem Schatz gesucht haben, aber erfolglos geblieben sind. Irgendwann bin ich auf die Idee gekommen, dass sie nicht an der falschen Stelle gesucht hatten, sondern dass der Schatz im Laufe der Jahrhunderte lediglich von einer dicken Schicht aus Sand und Schlacke überlagert worden war. Göring kam sogar auf die Idee, eigens einen Bagger bauen zu lassen. Aber gemessen an unserer Technik heute war das ein Witz. Wir haben eines der modernsten Taucherboote der Welt, wir können den Boden freilegen und somit ungehindert nach dem Schatz graben. Dazu verwenden wir Metalldetektoren, Bohrer, mit denen wir bis in fünf Meter Tiefe Proben entnehmen können, Maschinen, die das Geröll aufsaugen und kleine Metallteile heraussieben können. Darüber hinaus haben wir allerdings, wie Sie sehen, auch altmodisches Werkzeug wie Spaten und Spitzhacken für die Feinarbeit. Das einzige Problem waren die teuren deutschen Arbeiter, die Unsummen an Geld verschlungen haben. Sie müssen bedenken, dass wir hier fast rund um die Uhr arbeiten. Dazu kommt, dass sie sehr empfindlich waren, was die Arbeit in einem Überdruckraum angeht. Sie hielten es nicht länger als zwei bis drei Stunden dort aus."

So langsam dämmerte es Karl. Der Skandal, auf den Mohn gestoßen war, musste irgendetwas mit den Arbeitsbedingungen hier auf dem Schiff zu tun haben. Als sie mitbekamen, dass Braunheim sich mit jemandem unterhielt und kurze Zeit abgelenkt war, verständigten sie sich leise flüsternd.

„Was zum Teufel hast du da gemacht?"

„Ich habe festgestellt, dass wir hier unten nicht die geringste Chance haben, eine WhatsApp zu verschicken, geschweige denn zu telefonieren. Sonst hätte man uns unsere Handys ja wohl vorher abgenommen. Also habe ich per SMS eine Nachricht an einen Freund verschickt, dass er die Polizei verständigen soll und habe ihm die wesentlichen Informationen, unsere Situation, den Standort des Schiffes usw. mitgeteilt." Karl war nicht ganz sicher, ob der ungeheure Druck, der buchstäblich auf ihnen lastete, nicht bereits Kens Denkfähigkeit beeinträchtigt hatte. Warum sollte man eine Nachricht versenden, die den Empfänger nie erreichen würde. Ken ignorierte Karls ungläubigen Blick und fuhr unbeirrt fort:

„Wenn mein Plan funktioniert, dann bewegt sich der mit Luft gefüllte Beutel geradewegs an die Wasseroberfläche und das Handy hat, wenn es denn funktioniert, Empfang. Bei WhatsApp wird in gewissen Abständen die Nachricht erneut versandt, bis sie erfolgreich weitergeleitet werden kann. Die Sache hat nur einen Haken..."

„Und der wäre?", fragte Karl.

„Es darf keine Flüssigkeit in den Beutel eindringen. Ich bereue, dass ich mich beim letzten Kauf nicht für ein wasserdichtes Smartphone entschieden habe. Wir können es hier vielleicht noch einige Stunden aushalten. Bis dahin muss uns jemand befreien, sonst…“

Bevor Ken seinen Satz beenden konnte, unterbrach ihn die Stimme aus dem Lautsprecher:

„Dann mussten wir eine andere Lösung finden. Und wir fanden sie in China. Ein erfahrener Schlepper liefert uns genügend neue Arbeitskräfte. Es sind meist verarmte Bauern aus den chinesischen Provinzen, die froh sind, eine für ihre Verhältnisse ungeheure Summe zu verdienen. Und da sie nicht so verweichlicht sind wie die deutschen Arbeiter, können wir sie bis zu fünf Stunden täglich arbeiten lassen. Es stellte sich aber bald heraus, dass auch diese nur begrenzt belastbar sind. Die harte Arbeit im Überdruckraum forderte bei einigen irgendwann ebenfalls ihren Tribut. Die Ausfälle sind aber leicht wieder zu kompensieren, wir bekommen genug Nachschub.“

Karl war entsetzt. Mit „Ausfällen“ konnte Braunheim nur gemeint haben, dass sich diese armen Schweine in der Überdruckkammer zu Tode geschuftet hatten. In seinen Gedanken blitzten verstörende Bilder der verkohlten Leichen auf, die er in der Zeitung gesehen hatte. Es waren Asiaten und einer oder mehrere von ihnen waren, bevor sie verbrannt wurden, ertrunken. Jetzt wurden ihm die Zusammenhänge klar. Dieser skrupellose Mensch hatte die Chinesen, entweder, weil sie aufbegehrten oder weil sie nicht mehr imstande waren zu arbeiten, ertränkt und ihre Leichen anschließend von seinen Lakaien beseitigen lassen. Sie hatten sie an einen Ort gebracht, den man nie mit Braunheim in Zusammenhang gebracht hätte, um sie anschließend zu verbrennen. Vielleicht waren sie genau an dieser Stelle, an der er sich jetzt befand, jämmerlich ertrunken. Ein Schauer durchlief ihn. Aber seine Angst war inzwischen gepaart mit Hass auf diesen Sadisten. Allein um diesem Egomanen das Handwerk zu legen, mussten sie hier lebend wieder herauskommen. Vielleicht erhöhte es die Chancen, wenn er weiter Zeit schinden konnte.

„Sie haben kaltblütig den Tod unzähliger Menschen in Kauf genommen, nur um sich Ihren Traum von einem Schatz zu erfüllen, der höchstwahrscheinlich gar nicht existiert?“

„Gehen Sie nicht so hart mit mir ins Gericht. Was zählen schon ein paar Menschenleben, wenn es um eine bedeutende Sache geht, die eine Bereicherung für die gesamte Menschheit darstellt? Alle Persönlichkeiten und Ereignisse, die unsere Welt zum Guten verändert haben, haben große Opfer an Menschenleben für einen höheren Zweck in Kauf genommen.“

Ja, ja, dachte Karl, der Zweck heiligt die Mittel. Mit dieser fragwürdigen Legitimation haben wahrscheinlich auch Stalin und andere Diktatoren ihre abscheulichen Verbrechen begangen. Er hätte Braunheim am liebsten zum Schweigen gebracht, wozu er aber leider nicht in der Lage war.

„Wie viele Franzosen mussten ihr Leben auf der Guillotine lassen, um den Traum von Freiheit und Gleichheit zu verwirklichen? Wie viele Menschen sind bei dem Bau der großartigen Pyramiden unter der Last der Arbeit zugrunde gegangen? Und da kommen Sie und verurteilen es, wenn ein paar chinesische Landarbeiter, die ohnehin ein menschenunwürdiges Leben hätten fristen müssen, geopfert werden. Das nenne ich Heuchelei.“

Karl bemerkte, dass Braunheims ohnehin überlegener Ton deutlich aggressiver geworden war und er wagte nicht, dieser irrwitzigen Argumentation zu widersprechen.

„Und der Journalist“, warf Karl ein, „war Ihnen auf den Fersen?“

„Ja, er hat seinen Tod selbst verschuldet. Was musste er auch seine journalistische Nase in Dinge stecken, die ihn nichts angingen. Er hat uns ausspioniert und ist irgendwann auch auf unsere, ich gebe ja zu, ungewöhnlichen Arbeitsbedingungen gestoßen. Er besaß dann auch noch die Frechheit, uns erpressen zu wollen. Als freier Journalist war er ein armer Schlucker, der jetzt Blut geleckt hatte. Er dachte, er könnte doch auch etwas vom Kuchen abhaben. Wir verabredeten uns also an jenem Abend für die Übergabe des Geldes in der Nibelungenhalle. Statt des Geldkoffers erhielt er den verdienten Stoß in den Rücken. Das war die gerechte Strafe für seine maßlose Gier. Die Idee mit dem Schwert und die Inszenierung kamen übrigens von mir. Ich habe eben einen gewissen Sinn für Dramatik. Zudem hat es wunderbar von uns abgelenkt. Ich denke, dieser Student, der so gerne den Helden spielen wollte, wird sich aus seiner misslichen Situation nicht mehr herauswinden können. Die Beweise sind einfach zu erdrückend."

Karl überlegte, dass sie mit ihren Theorien über Braunheim und den inszenierten Mord gar nicht so weit von der Wahrheit entfernt gewesen waren. Aber das nützte ihm jetzt herzlich wenig.

„Und Ihre Stiftung?"

„Die brauchten wir nur zur Tarnung und um das notwendige Geld aufzutreiben, was uns ja auch bestens gelungen ist. Wenn ich ehrlich sein darf, ich hasse Wagner und seine albernen Stabreime. Seine endlosen, langatmigen Opern fand ich schon immer unerträglich und aufgeblasen. Aber immerhin ist er ein guter Magnet für Menschen, die ihr Geld für einen fraglos guten Zweck einsetzen wollen."

Karl versuchte trotz dieses schockierenden Geständnisses ruhig zu bleiben und Braunheim mit allen Mitteln weiter hinzuhalten.

„Ich nehme an, Sie stecken auch hinter der Verfolgungsjagd in der Eifel, die uns fast das Leben gekostet hat?"

„Natürlich nicht ich persönlich, aber ich habe meine Leute für solche Fälle. Sie sollten bei dieser kleinen Aktion ja nicht gleich umkommen. Ich wollte Ihnen lediglich einen Schreck einjagen, damit Sie ihre privaten Ermittlungen einstellen. Leider haben Sie die gleiche Hartnäckigkeit an den Tag gelegt wie dieser Journalist. Das ist wirklich zu dumm. Also musste ich mir etwas Anderes einfallen lassen. Die Botschaften an Sie stammten selbstverständlich ebenfalls von mir. Für den Fall, dass Sie die Polizei einschalten und mich hintergehen würden, hatte ich mir einen Plan B zurechtgelegt. Ich habe eben Männer, auf die ich mich voll und ganz verlassen kann." Braunheim machte eine kurze Pause. „So, ich denke, wir haben genug geplaudert."

„Und was haben Sie jetzt mit uns vor?"

Das war angesichts des Schicksals der toten Chinesen eine sehr naive Frage, fiel Karl auf, aber er wollte unbedingt weiter im Gespräch bleiben.

„Was glauben Sie? Ich könnte natürlich die Schleuse öffnen und wir begehen unser freudiges Wiedersehen mit einem schönen Essen oder... was mir gerade in den Sinn kommt, ... ich könnte Sie auch noch ein wenig da unten lassen. Sie brauchen keine Sorge zu haben, dass Sie dem Druck allzu lange standhalten müssen."

Ein süffisantes Lachen war zu hören. Braunheim fand Gefallen an seinem schwarzen Humor.

„Es gibt schlimmere Orte, als auf dem Boden dieses schönen, sagenumwobenen Flusses zu... Sie wissen schon. Ich wünsche Ihnen beiden alles Gute." Karl wartete auf das nächste höhnische Lachen, aber es war nichts mehr zu hören. Es herrschte völlige Stille, Totenstille. Während Ken und Karl noch überlegten, ob sie doch irgendeine Chance hätten, bellte erneut seine Stimme aus dem Lautsprecher.

„Als ich gerade so vor mich hindachte, überkam mich doch eine Anwandlung gnädiger Altersmilde. Es ist nicht nett, wenn Sie Stunden auf ihren Tod warten müssen und der Druck dafür sorgt, dass Ihre Lungen sich langsam von innen auflösen, bis Sie irgendwann nur noch Blut spucken. Ich habe mir etwas anderes überlegt. Es ist eine schnellere und damit humanere Art zu sterben. Sie wissen vielleicht, dass der französische Arzt, Joseph-Ignace Guillotine, die gleichnamige Hinrichtungsmaschine genau aus diesem Grund entwickelt hat. Er hatte Mitleid mit den Todgeweihten und wollte Ihnen einen zügigen Tod ermöglichen. Zigtausend haben unter dem Fallbeil ihr Leben gelassen. Welche Art des Sterbens ich für Sie ausgewählt habe? Lassen Sie sich doch einfach überraschen. Vielleicht begegnen Sie ja später den Rheinnixen, die den Nibelungenschatz bewachen. Leben Sie wohl."

Ein schäbiges Lachen war zu hören, das immer leiser wurde und schließlich ganz verebbte.

Kapitel XLI

Und wieder herrschte eine bedrückende Stille. Ken und Karl sahen sich fragend an und warteten ängstlich darauf, was jetzt geschehen würde. War das die Ruhe vor dem Sturm? Dann hörten sie ein Geräusch. Es klang wie das Heulen eines Staubsaugers, nur deutlich lauter. Sie suchten nach der Ursache des Lärms und sahen, dass sich oben an der Wand eine Turbine in Bewegung setzte. Ken wusste sofort, was das bedeutete und schrie:

„Der will uns nicht ersticken, er will uns ertränken."

Beide schauten instinktiv auf den Boden und sahen, wie ganz langsam unter allen Seitenwänden Wasser hervorkam.

„Jetzt kann uns keiner mehr helfen. Selbst wenn dein Freund die Nachricht bekommen hat, wird es uns nichts mehr nützen."

„Wir dürfen jetzt nicht aufgeben. Lass uns überlegen, was wir tun können."

Die einzelnen Pfützen hatten sich inzwischen vereinigt und überspülten fast den ganzen Boden. Karl sah zu Ken herüber, der angestrengt nachdachte. Es gab Menschen, die unter großem Druck zu Höchstleistungen aufliefen. Für Karl galt das jedenfalls nicht. Seine hektischen Gedanken waren ein einziges, verzweifeltes Gedankengewitter. Dann spürte er die Kälte des Wassers. Es stand ihnen bereits bis zu den Knöcheln. Auf der Treppe, überlegte er, könnten sie ihren sicheren Tod vielleicht noch etwas länger herauszögern. Aber was sollte ihnen das nutzen?

Karl gab jede Hoffnung auf Rettung auf. Er hatte Kens Optimismus nie teilen können, aber ihn doch um diese ihm fremde Wesensart immer beneidet. Für ihn war Ken jemand, der von einem Berg in die Tiefe stürzt und trotzdem noch an seine Zukunft glaubt. Was für ein jämmerlicher Tod würde sie ereilen? Er wartete, dass jetzt, kurz vor dem Ende, noch einmal der Film seines Lebens im Zeitraffer vor seinem inneren Auge ablaufen würde. Stattdessen kam ihm die Person in den Sinn, die ihm so viel bedeutete. Der Gedanke, Paula ohne einen Abschied verlassen zu müssen, war schmerzhaft. Warum hatte er ihr seine Liebe nie gestanden? War es Unsicherheit oder gesellschaftliche Konvention gewesen? Seine Bedenken wirkten im Angesicht des Todes lächerlich und unbedeutend. Er kam sich vor wie die traurige Gestalt des Cyrano de Bergerac, der die Liebe zur schönen Roxanne sein Leben lang verbarg. Als sie von seinen wahren Gefühlen erfährt, ist es zu spät und der schwer verletzte Held stirbt mit einer großen Lebenslüge.

Die Kälte, die an seinen Beinen heraufstieg, weckte ihn jäh aus seinen deprimierenden Gedanken. Sie standen bis zu den Knien im Wasser. Erst jetzt bemerkte er, wie Ken durch den überfluteten Raum watete. Er nahm sich zwei der Holzbalken und zog sie zur Seitenwand.

„Guck nicht, hilf mir!“, versuchte Ken gegen das Getöse der Turbinen anzubrüllen. „Lass uns zusammen die Metallplatte auf die Balken legen.“

Karl war verwirrt. Wollte er ein Floß bauen? Was zum Teufel sollte das jetzt noch bringen?

„Los, fass den Balken!“

Langsam schoben sie die kleine Konstruktion zu jener Wand, wo auch die Turbine etwa in Kopfhöhe angebracht war.

„Was hast du vor?“

„Abwarten.“

Für einen Moment hielt Ken inne. Das Wasser stieg unaufhaltsam und reichte ihnen bereits bis zur Hüfte.

„Drück den Balken, so wie ich, fest an die Wand.“

Mit dem stetig steigenden Wasserspiegel wurde auch ihr Floß Stück für Stück angehoben. Als sie bereits bis zur Brust im Wasser standen, erfasste Karl eine Panik, wie er sie in seinem bisherigen Leben noch nicht verspürt hatte. Was hatte Ken nur vor? Er sah zu ihm herüber und hatte das Gefühl, dass auch bei ihm die Hoffnung schwand, hier lebend herauszukommen. Das Wasser stand ihnen jetzt buchstäblich bis zum Hals.

„Lass uns doch zur Treppe schwimmen, dann haben wir noch ein wenig Zeit gewonnen."

„Nein, bleib, wo du bist und lass bloß nicht los. Es dauert nicht mehr lange."

Karl wollte gerade etwas erwidern, als Ken ihn lautstark anwies auf sein Kommando hin die Metallplatte senkrecht aufzustellen und mit aller Kraft flach an die Wand zu drücken."

„Jetzt!", schrie er.

Und beide drückten, so fest, wie es ihnen, trotz des Widerstands der Wassermassen, möglich war.

„Drück weiter, sie muss ganz dicht an der Wand sein", schrie Ken verzweifelt gegen den Lärm an.

Karl wollte gerade aufgeben, weil er bereits Wasser schluckte und ihn die Kräfte verließen, als er einen ohrenbetäubenden Knall hörte, der sein Trommelfell zu zerreißen schien. Er dachte als erstes an eine Sprengladung und hatte das Gefühl, außer einem Rauschen nichts mehr zu hören. Vielleicht war das die Rettung und eine Spezialeinheit der Polizei war gerade dabei sie zu befreien. Dann trat plötzlich Stille ein. Hatte er sein Gehör eingebüßt, oder war tatsächlich nichts mehr zu hören? Sie schauten sich schweigend, aber erwartungsvoll an. Das Wasser stand ihnen bis zum Kinn, aber es blieb, wo es war.

„Es hat funktioniert", rief Ken erschöpft, aber voller Erleichterung und schluckte dabei eine ordentliche Portion Wasser.

„Du kannst loslassen. Lass uns zur Treppe rüberschwimmen."

Als sie auf den oberen Stufen angelangt waren, schlugen sie mit den Köpfen fast schon unter die Decke. Noch gut anderthalb Meter bewahrten sie vor dem sicheren Ertrinken.

„Was in Gottes Namen hast du da gemacht?"

Ken musste ein paar Mal tief durchatmen, bevor er in der Lage war, wieder einen klaren Gedanken zu fassen.

„Du weißt doch, was passiert, wenn du die Hand vor das Rohr eines Staubsaugers hältst. Sie wird angesogen und es dringt keine Luft mehr ein. Wenn du das über einen längeren Zeitraum machen würdest, dann wär's das mit deinem Staubsauger gewesen. Nichts anderes haben wir gerade gemacht. Da die Metallplatte die Öffnung zur Turbine verschlossen hat und keine Luft mehr angesaugt werden konnte, ist sie irgendwann heiß gelaufen und mit einem lauten Knall von uns gegangen."

Karl war fassungslos. Er hatte Physik in der Schule immer gehasst, aber anscheinend konnte physikalisches Wissen Leben retten.

„Ken, du bist ein Genie! Ich hatte schon mit meinem Leben abgeschlossen."

Sie standen beide noch unter Schock und starrten eine Weile einfach vor sich hin. Dann wich Karls verhaltene Zuversicht wieder seinem Pessimismus.

„Jetzt ist nur noch die Preisfrage, wann uns wer hier finden soll."

Ken sah zu ihm rüber.

„Ja, das ist eine gute Frage, aber zumindest haben wir wichtige Zeit gewonnen. Ein paar Stunden können wir es hier noch aushalten. Uns bleibt jetzt erst einmal nichts anderes übrig als abzuwarten." Sie kauerten, ohne miteinander zu reden, nebeneinander und versuchten, so gut es ging, die durch ihre durchnässte Kleidung verursachte Kälte und den unangenehmen Druck, der nach wie vor auf ihnen lastete und das Atmen erschwerte, zu ignorieren. Sie hatten ein Fünkchen Hoffnung, dass irgendwann jemand auftauchen würde. Aber selbst, wenn dem so war, die Frage blieb, ob es ihre Retter oder ihre Peiniger sein würden. Es vergingen gut zwei Stunden und sie befürchteten schon, dass ihr Tod nur aufgeschoben war, als sie Geräusche vernahmen. Karl schaute zum Lautsprecher. Der Gedanke, dass Braunheim zurück war, machte ihm Angst. Da rief Ken so kräftig, wie er noch konnte: „Hallo, wir sind hier unten im Überdruckraum."

Eine kurze Stille trat ein und die beiden hofften inständig, dass sie nicht die widerliche Stimme Braunheims oder eines seiner Komplizen hören würden.

„Hallo, hier spricht die Polizei. Geht es Ihnen soweit gut?"

„Den Umständen entsprechend, ja. Hören Sie gut zu, bevor Sie irgendwelche Hebel betätigen, sonst könnte uns das doch noch das Leben kosten. Wir befinden uns in einem Überdruckraum, der fast ganz überflutet ist. Sie müssen die Reihenfolge, die ich Ihnen jetzt sage, auf jeden Fall einhalten."

„Wir sind ganz Ohr", schallte es aus den Lautsprechern.

„Wir befinden uns unmittelbar vor der Schleuse. Drücken Sie zunächst den Knopf zum Öffnen des inneren Schleusentors. Geben Sie uns eine Minute, um hineinzugehen und schließen Sie dann das Tor hinter uns. Drücken Sie danach den Knopf für den Druckausgleich. Ich glaube, der befindet sich oben rechts.

Haben Sie das soweit verstanden?"

„Ja, ich denke schon."

„Erst wenn der Vorgang beendet ist, öffnen Sie die Außentür mit dem Knopf ‚Schleusentor außen'."

„Ja, ich glaube, wir kriegen das hin. Sind Sie bereit?"

„Sind wir. Wenn Sie die Schleuse öffnen, gehen wir hinein. Sie können dann jetzt starten."

Das Tor, das sich nur knapp über dem Wasserspiegel befand, öffnete sich und Karl und Ken betraten den kleinen Raum. Kurze Zeit später schloss sich die Tür hinter ihnen. Sie hörten nur noch das Geräusch herausströmender Luft. Karl spürte noch einmal eine große Anspannung und hoffte, dass in letzter Sekunde nicht doch noch irgendetwas schieflaufen würde.

„Wir müssen uns jetzt noch einmal gedulden. Es wird eine Zeit lang dauern."

Karl sah ihn mit entgeistertem Blick an.

„Wir befinden uns immer noch in einem Überdruckraum und der Druckausgleich darf nicht zu schnell erfolgen. Das ist so ähnlich wie bei Tauchern, die nicht zu schnell zurück an die Oberfläche dürfen. Das wäre lebensgefährlich."

Erst jetzt bemerkte Karl wieder, dass seine Ohren schmerzten und er nur schwerfällig atmen konnte. Ihm kamen die nächsten Minuten vor wie eine Ewigkeit. Aber er glaubte auch zu spüren, wie nach und nach der Druck nachließ, der im wahrsten Sinne des Wortes auf ihnen lastete. Er versuchte die Zeit zu überbrücken, indem er an etwas Schönes dachte. Er stellte sich vor, wie er mit Paula an einem schönen Sommertag im Biergarten saß und auf den Rhein sah. Dann fiel ihm auf, dass der Rhein bei ihm in der jetzigen Situation so gar keine positiven Gefühle auslöste. Da unterbrach Ken seine Gedanken.

„Hörst du?"

„Nein, was denn?"

„Ja, eben, nichts. Absolute Stille. Es ist kein Luftstrom mehr zu hören. Das heißt, es ist gleich so weit."

Beide starrten gespannt auf das Außentor, das sich endlich, wenn auch nur sehr langsam, zu öffnen begann. Zwei Polizisten nahmen sie lächelnd in Empfang. Karl und Ken kletterten erleichtert, aber völlig erschöpft aus der Schleuse und umarmten ihre Retter überschwänglich. Einer der Polizisten reichte ihnen Aludecken, die sie sich über ihre völlig durchnässte Kleidung zogen. Dann nahm Karl seinen Doktoranden fest in den Arm und bedankte sich.

„Ohne deine genialen Einfälle würden wir jetzt als Wasserleichen auf dem Grund des Rheins liegen."

„Ja, vielleicht, ist kein sonderlich schöner Gedanke."

Trotz der Strapazen kehrten Karls Gedanken sofort zu demjenigen zurück, der ihnen das angetan hatte. Er gab den Polizisten die Adresse Braunheims und bat sie, umgehend Carla zu verständigen. Es war nicht zu vermuten, dass er auf der Flucht war. Braunheim musste mit ihrem sicheren Tod gerechnet haben und würde sich in Sicherheit wiegen.

„Richten Sie meiner Exfrau Grüße von mir aus und sagen Sie ihr, dass sie den Mann so schnell wie möglich festnehmen sollte. Er hat nicht nur *ein* Menschenleben auf dem Gewissen."

Als sie das Boot verließen, erkannte Ken seinen Freund, der am Ufer stand und sie voller Spannung erwartete. Ken fiel ihm in die Arme.

„Ich bin nur froh, dass dein Handy eingeschaltet war", sagte Ken mit einem Ton der Erleichterung.

„Ja, das kannst du laut sagen. Ich habe mich ganz schön erschreckt und wusste nicht so recht, ob das ernst gemeint war. Gott sei Dank habe ich sofort die Polizei verständigt."

„Das war Rettung in letzter Sekunde. Lange hätten wir es dadrin nicht mehr ausgehalten. Ich bin dir unendlich dankbar."

„Keine Ursache. Wozu sind denn Freunde da?"

Karl hatte die beiden beobachtet und reichte Kens Freund die Hand.

„Auch ich möchte mich bedanken. Ich hatte uns, ehrlich gesagt, schon aufgegeben."

Dann blickte er noch einmal zurück. Es war dunkel und das Schiff lag ruhig im Wasser. Was für ein friedliches Bild, dachte Karl. Er konnte noch sehen, wie die Polizisten telefonierten und begannen, den „Tatort" abzusperren. Anschließend wendete er sich Ken und seinem Freund zu:

„Lasst uns so schnell wie möglich nach Bonn zurück. Ich brauche jetzt dringend eine Dusche, eine heiße Schokolade und vor allem Schlaf."

Kapitel XLII

Trotz seines nach wie vor desolaten Zustandes hatte Karl sich am nächsten Morgen auf den Weg ins Präsidium gemacht, um alle Ereignisse der letzten Nacht im Detail zu schildern. Er war außerdem auch darauf gespannt, was die Ermittlungsarbeit der Polizei inzwischen ergeben hatte. Es hatte noch zu viele ungeklärte Fragen gegeben, die ihn nicht zur Ruhe hatten kommen lassen. Er war überrascht gewesen, wie stark Carla ihre Dankbarkeit zum Ausdruck gebracht hatte. Aber immerhin hatte er ihnen den Mörder ja auch frei Haus geliefert. Carla hatte ihm versichert, dass Braunheim und seine beiden Komplizen, die offiziell seine Stellvertreter im Stiftungs-Vorstand waren, bereits hinter Gittern waren und hatte ihm ihr Wort gegeben, dass sie alles daransetzen würden, dass die drei sich für die nächsten Jahre dort einrichten mussten. Nach dem anstrengenden Gespräch hatte sich Karl, nachdem er sich mit Ken und Paula per SMS für den nächsten Tag verabredet hatte, ins Bett gelegt, das er bis zum Morgen nicht mehr verließ.

Karl und Ken saßen auf dem Kaiserplatz auf dem Rand des Brunnens, genossen die Sonne und schleckten gleichzeitig mit kindlicher Lust an ihrem riesigen Eis. Sie beobachteten das Treiben der Kinder, die sich im Spiel gegenseitig nassspritzten, die jungen Leute, die auf der benachbarten Wiese Fußball spielten und Studenten, die sich interessiert die Bücher eines Antiquariats anschauten.

„Das war gutes Teamwork. Ich bin dir was schuldig, aber du hast ja sowieso noch ein Essen gut bei mir“, unterbrach Karl ihr Schweigen.

„Ach ja, richtig. Bevor du es wieder vergisst, ich habe mich für das ‚Il Trovatore‘ entschieden.“

„Aber das ist das exquisiteste und teuerste Restaurant der Stadt“, sagte er mit gespielter Entrüstung. Dann fügte er hinzu: „Gute Wahl, hätte ich auch genommen.“

Ken wollte gerade etwas erwidern, als sie auf einmal eine kleine Person aus Richtung Uni um die Ecke kommen sahen. Paulas Gesicht verriet sowohl Anspannung wie Freude. Sie eilte auf sie zu und umarmte sie stürmisch.

„Ich habe mir solche Sorgen gemacht. Ich wollte eigentlich nur bei dir nachfragen, wie es mit der Aktion auf dem Parkplatz gelaufen ist. Als ich dich nicht erreicht habe, habe ich beim Polizeipräsidium angerufen. Zum Glück kennt mich deine Exfrau ja. Sie hat mir von euren schrecklichen Erlebnissen berichtet.“

„Wenn man die Nerven bewahrt, ist es eigentlich kein Problem“, sagte Karl mit abgeklärter Stimme, spürte im Nacken aber schnell den bösen Blick und zählte die Sekunden, wie lange Ken brauchen würde, bis er sich lautstark beschweren würde. Aber Ken musste nichts sagen.

„Wie ich euch kenne, war Ken derjenige, der sich nicht aus der Ruhe bringen ließ, stimmt's?“

Ken nickte energisch mit dem Kopf und alle drei mussten lachen. Paula setzte sich zu ihnen.

„Und, was haben die Ermittlungen der Polizei ergeben?“

„Ich habe zur Abwechslung mal wieder mit meiner Exfrau gesprochen. Braunheim und seine Komplizen sitzen da, wo sie hingehören. Der Student gilt damit Gott sei Dank nicht mehr als Tatverdächtiger und ist noch gestern aus der Untersuchungshaft entlassen worden. Ich freue mich für ihn und seine Freundin, dass der Albtraum endlich vorbei ist, auch wenn die Tage im Gefängnis sicherlich Spuren bei ihm hinterlassen haben. ‚Kriemhild‘ hat mir eine SMS geschickt, in der sie sich für unser Engagement bedankt. Sie würden uns, als Zeichen ihrer Dankbarkeit, gerne zu einem Essen in ein Bonner Restaurant einladen. Das millionenschwere Taucherschiff wird übrigens einem guten Zweck zugeführt. Es reinigt demnächst die Fahrrinnen der Schiffe zwischen Koblenz und Bonn. Das noch vorhandene Geld wird an die Mitglieder der Stiftung ausbezahlt."

Paula hatte gespannt zugehört.

„Und was ist mit unserem geheimnisvollen Politiker?"

„Unser Politiker ist gar keiner, also nicht direkt. Er ist tatsächlich ein hohes Tier, allerdings im Justizministerium. Er hat vor einem Jahr, als er noch Richter am Landgericht in Düsseldorf war, einen Prozess gegen Mitglieder der Mafia geführt."

Paula sah etwas verdutzt aus. Ihr war nicht klar gewesen, dass die Mafia in Deutschland überhaupt noch eine Rolle spielte.

„Sein Bodyguard war, was kaum zu glauben ist, ein Personenschützer, den er seitdem an seiner Seite hat. Es gibt in solchen Fällen eine Rund-um-die-Uhr-Überwachung. Er hat auf jeden Fall mit dem Mord nichts zu tun. Mohn wollte ihn tatsächlich erpressen, aber er ist nicht darauf eingegangen und wollte es darauf ankommen lassen. Eine Veröffentlichung hätte ihn vielleicht für eine gewisse Zeit diskreditiert, aber kriminelle Machenschaften hätten ihn garantiert seinen Posten gekostet. Sein Bodyguard war zwar an jenem Tag tatsächlich im Hotel, aber nur, um Mohn eine Absage zu erteilen. Ob er ihm auch drohen oder ihn mit seiner körperlichen Präsenz einschüchtern wollte, werden wir wohl nie erfahren. Die speziellen sexuellen Vorlieben des Justizrats jedenfalls sind seine Privatsache und nicht strafbar. Der Bodyguard hat mit seinem Türstehercharme wahrscheinlich nur versucht, sich bei den zwielichtigen Gestalten, die sich im Lokal herumtrieben, Respekt zu verschaffen und damit seinen Schutzbefohlenen vor zu viel Neugier zu bewahren. Ken musste ihm mit seinem Verhalten verdächtig vorgekommen sein. Als er dann auch noch versuchte, wegzurennen, glaubte der Typ natürlich, dass von Ken eine Bedrohung ausgehen könnte. Ich kann mir vorstellen, dass man, wenn man es mit der Mafia zu tun hat, leicht paranoid wird."

„Das heißt, der Kerl, der Ken verfolgt hat, war einer von den

Guten und unser Journalist war kein vorbildlicher Held mehr, der sich die Aufdeckung von Skandalen und Korruption zur Aufgabe gemacht hatte?“

„Ja, er hat stattdessen seine Fähigkeiten dafür genutzt, nach Skandalen zu suchen und sie finanziell auszuschlachten. Er war offenbar verbittert über seine Situation. Man hatte ihn fristlos entlassen und als freier Journalist verdiente er zum Leben zu wenig und zum Sterben zu viel. Die Zeit, in der er mit Preisen überhäuft wurde, war auch längst vorbei. Er hat sozusagen zur dunklen Seite der Macht gewechselt. Ihm ging es nicht mehr darum, die Wahrheit ans Licht zu bringen, sondern sie gegen die Zahlung einer ordentlichen Summe für immer im Dunkeln zu lassen.“

„Er hat sich mit den falschen Leuten eingelassen und dafür einen hohen Preis bezahlt. Das Ganze war wohl doch eine Nummer zu groß für ihn. Was für eine verkehrte Welt, der vermeintlich Gute stellt sich als kriminell heraus und der scheinbar Böse gehört eigentlich zu den Guten. Verstehe das einer.“

„Wir lassen uns oft zu sehr von Vorurteilen leiten und ziehen voreilige Schlüsse. Aber ich glaube, das ist nur menschlich.“

„Wie sagte Cicero so schön: ‚Irren ist menschlich.‘“

„Er sagte allerdings auch: ‚Wer auf seinem Irrtum besteht, ist ein Narr.‘“ Sie lachten.

„Aber was ist überhaupt mit der eigentlichen Ursache des ganzen Übels, mit der Suche nach dem Nibelungenschatz?“, fragte Paula interessiert.

Karl dachte an seine Ahnung, dass der Rhein eine wichtige Rolle bei all den schrecklichen Ereignissen spielen könnte. Man sollte öfters auf sein Bauchgefühl hören.

„Mit dem Nibelungenschatz ist es leider oder zum Glück nichts geworden. Außer ein paar alten Lampen, Autoreifen und anderem Schrott hat man auf dem Schiff nichts finden können. Unser Goldsucher war genauso erfolglos, wie alle anderen vor ihm.“

„Entweder weil es den Schatz gar nicht gibt, oder weil sie nicht gründlich genug gesucht haben."

„Ich hoffe, du hast nicht vor, dich auf Schatzsuche zu begeben."

Paula sah ihn mit ihrem entwaffnenden Lächeln an. „Nein, ich habe meinen Schatz ja schon gefunden."

Ken, der dem Gespräch aufmerksam gefolgt war, fragte sich, was genau sie damit meinte und Karl lief wieder einmal knallrot an. Wenn sie mit „Schatz" ihn gemeint hatte, dann war es ihm peinlich. Wenn nicht, dann war es ihm erst recht peinlich. Eine Erklärung blieb sie schuldig.

Kapitel XLIII

Rooftop-Bars waren jetzt in aller Munde. Karl hasste diese unnötigen und überkandidelten Anglizismen. Er musste aber zugeben, dass, Rooftop-Bar hin oder her, die Aussicht von der Dachterrasse, die sich ihnen bot, atemberaubend war. Man hatte sowohl einen Blick auf die Bonner Skyline als auch auf das Siebengebirge, durch das sich das blaue Band des Rheins schlängelte. Als Karl sich die Menü-Karte ansah, bekam er ein schlechtes Gewissen. Der Student hatte nicht gerade ein billiges Restaurant ausgesucht, um seine große Dankbarkeit zum Ausdruck zu bringen. Immerhin hatte er noch vor wenigen Tagen in der JVA Siegburg eingesessen, in der er von seiner Zelle allenfalls auf den Innenhof sehen konnte. Paula und Karl hatten gegenüber dem jungen Studentenpaar Platz genommen, während Ken den Vorsitz übernommen hatte.

Julian Stöber erhob das Glas, wandte sich Karl zu und sprach in pathetischem Ton.

„Ich möchte mich noch einmal von Herzen bei Ihnen bedanken. Ich glaube, dass der Albtraum immer noch andauern würde, wenn Sie nicht an meine Unschuld geglaubt und sich darum bemüht hätten, den wahren Mörder zu finden. Außerdem haben Sie sich dabei selbst in Gefahr gebracht. Das werde ich Ihnen nie vergessen.“

Karl war gerührt und zugleich verlegen bei den Worten dieses jungen, aber schon sehr reif wirkenden Mannes.

Er nahm sein Glas und zeigte damit auf Ken.

„Wenn Sie jemandem dafür danken sollten, dann ist es meinem treuen Doktoranden Ken. Ohne seinen Mut und seine Geistesgegenwart wären wir jetzt nicht hier, Braunheim würde frei herumlaufen, um weiter seinen kriminellen Machenschaften nachzugehen, und Sie säßen vermutlich noch in Untersuchungshaft.“

Ken sah seinen Chef überrascht an, da er nicht so recht glauben konnte, dass sein Beitrag zu den Ereignissen derartig gewürdigt wurde. Er lächelte etwas verunsichert, wollte gerade eines seiner irischen Sprichwörter zum Besten geben, verkniff es sich dann aber.

Julian Stöber ergriff wieder das Wort: „Wir haben erst einmal eine Reise geplant, um Abstand zu gewinnen und das Vergangene zu verarbeiten. Das Studium ist derzeit zweitrangig."

Er nahm die Hand seiner Freundin und lächelte ihr zu.

Karl war überrascht, in welch gelöster Stimmung das weitere Treffen verlief. Nach all dem Schrecklichen, was passiert war, spürte er bei sich und den anderen eine gewisse Entspannung. Anscheinend war der Mensch darauf geeicht, möglichst schnell zur Normalität zurückzukehren.

Nach gut zwei Stunden verabschiedete sich das junge Paar, um für die Reise zu packen und Ken, um noch Freunde in seinem Lieblingspub zu treffen. Karl sah Paula fragend an.

„Und, was machen wir mit dem angebrochenen Abend?" Paula überlegte kurz.

„Wie wäre es mit einer ‚Casablanca'-Nacht bei mir? Das haben wir uns doch schon lange vorgenommen."

„Nichts lieber als das", entgegnete Karl mit einem freudigen Lächeln.

„Dann lass uns mal aufbrechen."

„Ich bestelle uns ein Taxi."

Bevor sie das Restaurant verließen, schaute Karl noch einmal von der Terrasse auf den Rhein und das Siebengebirge. Er konnte die Umrisse von Schloss Drachenburg erkennen, in dessen Nähe sich der Mord ereignet hatte. Er versuchte beim Anblick des Rheins, den er so sehr liebte, die Erinnerung daran zu verdrängen, dass das Wasser, das so ruhig und gemächlich vor sich hinfloss, ihn und Ken beinahe das Leben gekostet hätte. Dann folgte er Paula zum Ausgang.

Paula wohnte in Poppelsdorf, in einem der Gründerzeithäuser, die sich von der Innenstadt bis zum Poppelsdorfer Schloss erstreckten. Wie beim ersten Mal war Karl überwältigt von der Größe und Ausstattung der Räume. Dagegen fiel auch seine durchaus hübsche Wohnung deutlich ab. Die Decken waren außerordentlich hoch und mit Stuck verziert und der Jurastein auf dem Boden glänzte mit den überwiegend weiß lackierten Möbeln um die Wette. Karl erkannte einige Designerstücke wie die Bauhausmöbel, die gerade wieder eine Renaissance erfuhren. Nach hinten heraus war ein riesiger Wintergarten angebaut, der ganz aus Glas und ungewöhnlicherweise kuppelartig angelegt worden war. Dahinter schloss sich eine weitläufige Terrasse an, von der eine Treppe hinunter zum Garten führte. Die Wohnung und die Einrichtung schienen auf der einen Seite perfekt zu sein, aber irgendwie wirkten sie auf Karl zugleich etwas zu steril. Er hätte gerade Paula einen solchen Stil eigentlich nicht zugetraut. Er vermutete, dass ihr Mann als Architekt hier seine Handschrift hinterlassen hatte. Der konnte sich ja jetzt an einem Haus in Dubai gestalterisch austoben.

Paula verschwand im Schlafzimmer und kam nur kurze Zeit später mit verwaschenen Jeansshorts und einem weiten, grauen T-Shirt mit der Aufschrift „Napoli“, das von einem Herz eingerahmt war, wieder zum Vorschein. Sie schlug vor, sich in den Wintergarten zu setzen, solange die Sonne noch nicht untergegangen war.

„Wenn du möchtest, kann ich dir einen Cocktail mixen. Er heißt zufälliger Weise ‚Casablanca‘ und ist eine Eigenkreation.“

„Ja, gerne.“

Paula ging in die Küche, um bald mit zwei dekorierten Cocktail-Gläsern zurückzukehren.

„Das sieht ja richtig professionell aus!“

„Auf Casablanca und die Macht der Liebe.“

Karl nahm einen kräftigen Zug mit dem Strohhalm und musste sich innerlich schütteln. Paula hatte offensichtlich nicht an Rum gespart.

„Wenn du nichts dagegen hast, könnten wir mit unserem Filmabend beginnen."

„Auf nach Casablanca", sagte Karl voller Tatendrang und nahm die beiden Cocktails mit.

Paula stellte noch schnell ein paar Kleinigkeiten, die sie als Halbitalienerin stets im Haus hatte, auf den Tisch: eine Platte mit italienischen Antipasti, Grissini und dazu eine Flasche Rotwein. Sie konnte ihre Herkunft einfach nicht verleugnen.

„Bist du soweit?", fragte er sie voller Vorfreude.

Paula richtete sich gemütlich in der Ecke des Sofas ein und legte ihre Beine ungezwungen auf dessen Sitzfläche. Karl setzte sich neben sie und rutschte etwas in die Kissen, um eine gemütliche Sitzposition einzunehmen. Auch wenn Karl „Casablanca" schon unzählige Male gesehen hatte, fand er die Handlung und die Darsteller immer wieder von Neuem spannend. Er konnte die genialen Dialoge schon fast mitsprechen. Wenn eines der berühmten Zitate, wie „Wir haben immer noch Paris" oder „Spiel's nochmal Sam" an der Reihe waren, dann stimmten sie im Chor ein und hatten großen Spaß dabei. Der Konsum des Rotweins verstärkte ihre ausgelassene Albernheit.

Die Zeit verging wie im Flug, als der Film schon mit der berühmten Schlussszene endete, in der der traurige Held Rick seine alte Liebe verabschiedet und in Begleitung von Major Strasser, aber doch einsam, das Flugfeld verlässt. Während die letzten Zeilen über den Bildschirm liefen, konnte Karl im Augenwinkel sehen, dass Paula mit den Gedanken schon woanders war. Sie schaute so, als würde sie über etwas Ernstes nachdenken.

Als der Bildschirm schwarz wurde, nahm sie die Fernbedienung, schaltete Fernseher und DVD-Player aus und schenkte Karl und sich noch etwas Rotwein ein. Karl genoss die Stunden mit Paula, stellte aber fest, dass der Alkohol sich allmählich bemerkbar machte. Er hasste es, die Kontrolle über sich zu verlieren und vielleicht dumme Dinge zu tun oder zu sagen, die er am nächsten Tag bereuen würde.

Andererseits zeigte die Erfahrung, dass der Alkohol in der Lage war, zeitweise die Vernunft und damit auch alle Bedenken und Selbstbeschränkungen auszuschalten. An manchen feuchtfröhlichen Abenden hatte er die Erfahrung gemacht, dass er im berauschten Zustand unbeschwerter war und seine wahren Gefühle und Bedürfnisse aus den Tiefen der Seele auftauchten. Aber wollte er das im Beisein von Paula? Er schaute auf die Uhr. Es war bereits zwei Uhr morgens.

„Ich glaube, ich sollte langsam aufbrechen. Vielen Dank für die gute Bewirtung. Ich werde mich demnächst revanchieren. Ich könnte ja mal etwas für uns kochen."

„Ja, gerne, das ist eine gute Idee."

Karl stand auf und hatte das Gefühl, dass der Boden unter seinen Füßen zu schwanken begann, versuchte aber Haltung zu bewahren. Paula, der man den Alkohol nicht anmerkte, außer dass sie vielleicht etwas ruhiger wurde, begleitete ihn zur Tür.

Karl stand bereits im Flur, als Paula sich an den Türrahmen lehnte. Sie waren sich sehr nah und sie schaute ihn mit einem Blick an, den Karl bislang nie an ihr gesehen hatte. Er verriet, dass etwas in ihr vorging, ernste widerstreitende Gedanken. Ihre Gesichter waren sich so nah, dass Karl glaubte, die Wärme zu spüren, die sie ausstrahlte.

„Willst du…?"

Die Worte Paulas beendeten die spannungsreiche, aufgeladene Stille. Sie zögerte jedoch und setzte den Satz nicht fort.

Willst du *was*?, dachte Karl. Willst du morgen mit mir ins Kino gehen? Willst du noch bleiben? Willst du heute die Nacht mit mir verbringen? Wie hatte sie vor, den Satz zu vollenden? Er sah Paula fragend und mit einer gewissen Anspannung an und machte sich bereit, auf jeden dieser Sätze mit einem entschiedenen „Ja" zu antworten. Aber statt noch einmal anzusetzen, zeigte Paula das Lächeln, das er so an ihr schätzte. Wollte sie ihr eigentliches Vorhaben überspielen? Hatte sie ihn fragen wollen, was er sich immer erträumt hatte? Hatte sie ihn küssen wollen, um das Kapitel ihrer platonischen Freundschaft zu beenden und ein neues aufzuschlagen? Karl wusste nicht so recht, wie er reagieren sollte. War dies der richtige Zeitpunkt, die Initiative zu ergreifen und ihr seine Liebe zu gestehen, sie einfach in den Arm zu nehmen und zu küssen? Tage zuvor, als er dem Tod ins Auge gesehen hatte, hätte er den Mut aufgebracht, genau dies zu tun. Aber jetzt? Er konnte viel gewinnen, aber auch verlieren. Wie würde er dastehen, wenn er ihre Signale falsch interpretiert hatte? Sie würde ihre Unbefangenheit ihm gegenüber mit einem Schlag und vielleicht für immer verlieren. Er stand stumm, wie zur Salzsäule erstarrt, da, als Paula sich ihm näherte und ihn innig umarmte. Das machte sie häufig, wenn sie sich verabschiedeten, aber Karl hatte das Gefühl, dass die Umarmung länger dauerte als sonst, dass sie sich noch nie so fest an ihn geschmiegt hatte. Er wollte ihre zärtliche Geste gerade erwidern, als sie sich auch schon wieder löste und einen Schritt zur Tür zurücktrat.

„Gute Nacht, Karl."

Ihre Stimme klang zärtlich und wehmütig zugleich.

„Gute Nacht, Paula", hörte er sich sagen und es klang wie ein Lebewohl für immer.

Sie zeigte noch einmal ihr vielsagendes, verführerisches Lächeln und zog sanft die Tür ins Schloss. Für Karl klang es allerdings wie ein Donnerschlag und er zuckte innerlich zusammen. Er stand noch eine Weile da und starrte vor sich hin, wie jemand, dem vom Schicksal die Tür vor der Nase zugeschlagen worden war. Hatte er gerade die Chance seines Lebens verpasst? Wie in Trance ging er die Stufen herunter, verließ das Haus und wurde von der frischen, spätsommerlichen Nachtluft empfangen. Er passierte das Gartentor, schaute noch einmal zum erleuchteten Fenster, auf dessen Jalousie sich der Schatten einer Frauengestalt abzeichnete und ging endlich die Straße hinunter. Um sich vor der Kühle zu schützen, schlug er den Kragen des Mantels hoch und vergrub seinen Kopf darin. Er kam sich vor wie der arme Rick aus Casablanca, der am Ende die Liebe seines Lebens am Flughafen verabschiedet hatte, bis er im nächtlichen Nebel verschwand. Und Karl war noch nicht einmal in Begleitung eines Freundes. Er ging ganz allein und fühlte sich elend und einsam, bis er das Ende der Allee erreicht hatte und von der Dunkelheit verschluckt wurde.

Kapitel XLIV

Der kleine Junge kniete auf dem feuchten Sand und blinzelte in die Sonne. Es war ein ungewöhnlich heißer und regenarmer Sommer gewesen, sodass der Rhein nur noch aus einer schmalen Fahrrinne bestand und sich zu beiden Seiten breite Strandabschnitte gebildet hatten. Die Menschen nutzten diese zum Sonnenbaden oder Grillen, die Kinder zum Spielen. Der kleine Junge stocherte mit seiner Plastikschaufel im matschigen Boden herum, der nur Wochen zuvor noch mit Wasser bedeckt gewesen war. Der Fluss gab preis, was sonst unter der Wasseroberfläche verborgen blieb. Knorrige Baumstümpfe, Autoreifen und andere zivilisatorische Hinterlassenschaften traten wieder an die Oberfläche. Nachdem der Junge schon ein beachtliches Loch gebuddelt hatte, stieß er auf einen Widerstand. Er ärgerte sich und wollte den Stein, der ihn bei seinem Bauvorhaben störte, sofort beseitigen. Als er den Sand entfernt hatte, funkelte ihm plötzlich etwas entgegen. Nach und nach legte er einen blanken, runden Gegenstand frei, der die Strahlen der Sonne reflektierte und ihn für einen Augenblick blendete. Er hielt ihn hoch und betrachtete ihn ganz genau. Es war ein kleiner, goldener Teller, auf dem Figuren und eine Inschrift zu erkennen waren. Die weit aufgerissenen Augen des Jungen verrieten zugleich Überraschung als auch Freude, als hätte er gerade ein Weihnachtsgeschenk ausgepackt, das er sich sehnlichst gewünscht hatte.

„Mami, ich habe einen Schatz gefunden!“, rief er voller Begeisterung.

Die Mutter, die in einiger Entfernung auf einem Sonnenstuhl saß, rief, ohne ihren Blick von ihrem E-Book zu erheben:

„Das ist ja toll, dann sind wir jetzt ja reiche Leute.“

Ihr ironischer Unterton machte deutlich, dass sie den Kleinen nicht ernst nahm. Innerlich musste sie über ihren phantasiebegabten

Jungen allerdings schmunzeln. Das Mädchen, das neben ihr im Sand saß, lief indessen geradewegs zu ihrem kleinen Bruder.

„Was hast du denn da? Zeig mal!“

Stolz hielt der Kleine seinen Fund wie eine Trophäe in die Höhe.

„Es ist ein goldener Teller mit einem König und einem Schwert und irgendwelchen Zeichen drauf. Das ist bestimmt ein Schatz von einem gesunkenen Piratenschiff.“

Die Schwester nahm den Teller in die Hand und beäugte ihn kritisch.

„Das sieht alt und ziemlich wertvoll aus. Aber wenn das wirklich zu einem Schatz gehört, dann würde ich lieber die Finger davonlassen.“

„Wieso das denn? Ich habe ihn gefunden und deshalb gehört er jetzt doch mir.“

„Ja, aber hast du denn noch nie von dem Schatz im Rhein gehört, den das riesige Flussungeheuer bewacht. Wenn das Wasser wieder steigt und es merkt, dass davon etwas fehlt, dann wird es kommen und dich suchen.“

Ihre Stimme wurde unheilvoll, ihr Blick düster.

„Und dann holt es deine Seele!“

Der kleine Bruder sah sie verwirrt und fragend an. Er wusste nicht so genau, was eine Seele war, aber so, wie es seine Schwester erzählt hatte, klang das Ganze ziemlich unheimlich.

„Meinst du, es würde sich dann an mir rächen, wenn ich das mitnehme?“

„Ja, das glaube ich. An deiner Stelle würde ich den Teller so schnell wie möglich wieder zurück ins Wasser werfen.“

Der Junge sah sich seinen Fund noch einmal intensiv an. Er war wirklich prächtig und er hätte ihn gerne in sein Zimmer gestellt, damit ihn alle seine Freunde bewundern konnten. Aber was seine Schwester erzählt hatte, machte ihm große Angst. Er wollte nicht, dass eines Nachts ein Ungeheuer zu ihm kam, um seine Seele zu holen.

„Los, mach schon, bevor das Monster hier auftaucht."

Der Junge schaute seinen Schatz noch ein letztes Mal an, als wollte er ihn wenigstens für immer in seinen Erinnerungen behalten. Dann holte er weit aus und warf den Teller mit all seiner Kraft wie ein Frisbee Richtung Rhein. Die goldene Scheibe setzte flach auf das Wasser auf, sprang noch ein gutes Stück weiter, verharrte für einen Moment an der Oberfläche und versank schließlich. Ein letztes Mal konnte er ein Funkeln ausmachen, dann war sie verschwunden. Der Junge stand noch eine Weile betreten da und seine Augen wurden feucht. Der Teller indes schwebte wie ein vom Herbstwind getragenes Blatt im Wasser sanft hin und her, bis er endlich auf dem Grund aufsetzte und nach und nach von Schlamm überlagert und vollständig vom Boden verschlungen wurde.

„Schreiben ist leicht. Man muss nur die falschen Wörter weglassen.“
Mark Twain

Danksagung

Beim Weglassen dieser falschen Wörter haben mir einige geholfen.

Zunächst möchte ich mich bei Birgit Würker und Jochen Leyhe bedanken, die von mir die noch ungeschliffene Rohfassung des Manuskripts erhalten haben. Ich bin immer gespannt auf die erste Rückmeldung zu einem Roman, der in Monaten allein im stillen Kämmerlein entstanden ist. Sie zeigen sich begeisterungsfähig und finden immer gute, aufmunternde Worte, üben aber auch konstruktive Kritik, wenn es heißt „mehr Krimi“ oder „mehr Romantik“.

Besonders akribisch und mit viel Mühe liest Brigitte Zenz die Rohentwürfe. Sie findet nahezu jeden sachlichen Fehler und deckt mit sicherem Gespür stilistisch misslungene Formulierungen auf und bietet Alternativen. Ihre Lieblingskommentare sind ein „Mmmhhhh“ (Ausdruck des Unverständnisses) und „klingt ein bisschen schief“. Zahlreiche inhaltliche Fehler und stilistische Unebenheiten wurden auf diese Weise beseitigt.

Auch meiner Lektorin Frau Mai bin ich zu Dank verpflichtet, da sie das Manuskript gründlich gelesen, auf Fehler und Unstimmigkeiten hingewiesen und Vorschläge zu Textänderungen gemacht hat. Mit Herrn Schneeberger, dem geschäftsführenden Verleger des agenda Verlags, gestaltet sich die Zusammenarbeit stets freundlich und konstruktiv.

Christian Gargerle danke ich für seine Kreativität, die er hinsichtlich der Vorschläge zur Gestaltung des Covers an den Tag gelegt hat.

Ganz besonders möchte ich mich bei meiner Familie bedanken, die mich in vielerlei Hinsicht unterstützt. Meiner Tochter, die das Manuskript gelesen, Fehler aufgedeckt hat und mich mit ihrer Koch-

und Backleidenschaft verwöhnte. Meinem Sohn, der mit seinem ausgeprägten Sprachgefühl zur Optimierung des Stils beigetragen hat und immer ein inspirierender Ideengeber ist, wenn es um den Inhalt des Buches oder die Gestaltung des Covers geht.

Meine Frau ist nicht nur die allererste Leserin, sondern muss das sich stets ändernde Manuskript immer wieder auf lästige Fehler und inhaltliche Brüche durchsehen. Ihr danke ich für die vielfältige Unterstützung als engagierte und wichtige Beraterin, wenn es um Fragen der Handlung, den Titel des Buches, die Gestaltung des Covers oder die Vermarktung des Buches geht. Schließlich ist sie immer eine aufmerksame Zuhörerin, wenn es um neue Ideen und Einfälle geht.

Ich freue mich, dass hiermit bereits der zweite Roman mit Hilfe dieses bewährten Teams entstanden ist. Während ich diese Zeilen niederschreibe, entsteht gerade der nächste Folgeband „Des Menschen Eitelkeit", bei dem meine lieben Helfer bereits wieder ihren Beitrag leisten.

Hubert Wippermann Bonn, 12.06.2020